来たる人
Yui Ayuhiko
由井鮎彦
新潮社
図書編集室

来たる人

I

　彼はいつものようにそれに近づいていき、運転席へ回り込もうとしたときに、そのものに気がついた。おかしな話だが、気づいた瞬間、彼はそれまで自分の立てていた靴音を聴き取った。広々としたコンクリートのフロアを打っていく確かな響きだが、それが聴こえたような気がした。もしかして、いきなり彼が立ち止まったため、時が後ろからそれまでの靴音となってぶつかってきたのではないか。高い天井からの明るい照明を受けて、車のボディはつややかな光沢を放っている。その上に真一文字に、いや、いくらか緩い弧を描きながら鋭い引っ掻き線が走っている。

　いったい、何なのだ。加地がその場に立ち止まったために、ともに動いていくはずの時がそのまつんのめるようにして、彼にぶつかってきたのではないか。実際はただ呆然としたまま、広く、静かな地下駐車場の一角で足が静止し続けていただけのはずだ。自分の見ているものが本当にそのものなのかという疑いが湧いてくる。いったい、何なのか。これまでまったく存在しなかったものが、いまはすぐ目の前に動かしようもなく見えている。つややかなダークグレーの光沢の上に紛れもない、画然とした一本の線が刻みつけられている。

　文字通り、物言わぬ一本の線に違いなかった。見つめるほどにただひたすら静かに、不敵なまでにそこに張りついている。何かの間違いではないか、声に出して言いたかったが、それは目前の疑いようもない光景によって跳ね返される。加地は改めて思ってみた、どういうことなのかと。いきなり、それがぶつかってきたのだ。しかし、あくまで静かに、ひっそりと。

　どこか虚脱していたのかもしれない、すぐ直前の記憶とも言えない靴音の響きが耳の奥でリフレインのように鳴っていたというのは。いや、もしかすると、そこにはすでにひとつの思いが、すべてがなかったことになり、元のままに引き戻されていたならといった気持ちが潜み込んでいたのかもしれない。しばらく扉の上の引っ掻き線と向かい合っていると、先の方のコンクリートから靴音が響いてくるのが聴こえた。それはもちろん、加地のものではなく、いまこの瞬間に鳴っているものに他ならなかった。そのままどこかへ消えていくのだろうと思っていたら、彼の立っているところまで次第次第に近づいてきて、止まったので驚いたくらいだ。振り返ったのが早かったのか、彼に向けて声がかかってきたのが先だったのかわからないほどだった。

「どうかしましたか」だだっ広いコンクリートのフロアの一点で、棒立ちのようにもじっとしていたら、そう言われてもおかしくはなかった。その場に立ち止まっていたのは駐車場のあるビルの上階で不動産店を構えている山戸だった。

　とは言うものの、相手はそれまで加地の向けていた視線の先をたどっていく。たちまち事の次第を呑み込んだに違いなかった。「ああ、やられましたね。そうですよね。ひどい話だ」相手のその言葉を聴いて、加地はむしろそれまで自身のなかで蟠っていた気持ちが確信を得たように感じた。

いまや目前のつややかな光沢の上に刻み込まれている真一文字の線と――描かれているのはいくらかは緩い弧だったが――面と向き合っている思いになってきた。そのものは確かに加地のいないときに、彼の目を盗んで刻みつけられたものに違いなかった。まずは明らかな事実を認めることだ。彼がこの不敵で、あからさまな、それでいてとめどない沈黙をはらんでいるこの線に気づいたのは今日のいまこのときだ。けれどもまた、それが車体の上に引かれたのはそれよりさらにもっと以前のことだ。この日の午前中、車を駐車場に駐めたとき、それはやはりまだそこにはなかったのか、それともまた、すでにその場に張りついていたのか。車の運転席のあるフロント扉につけられたものなら、そこを開けるとき必ず気づくはずだった。けれども、そのもののあるリア扉の方なら見逃していた場合も考えられる。ましてや、車から降りるだけのときにはそれに気づく可能性はもっと低くなるはずだった。すでにつややかな扉の上で、その引っ掻き線は幾日も密やかに、まるで眠るように張りついていたのかもしれなかった。いや、そのことに気づくこともなく、眠るように車を運転していたのは加地の方ではなかったか。

「まったくですよ、いま、見つけたばかりなのだが、いつやられたのか」そのうちにこんどは気味の悪い、雲にも似た染みがみるみる広がっていくような感じに捉われた。山戸とは同じビルのテナント同士ということで、幾度か言葉を交わしたこともあった。この駐車場は地下にあるため、外の交通からは遮断され、それがより車体の上に引かれた線の静けさを際立たせているようだった。

「針金ですかね。もしかしたらナイフのようなもので仕出かしたのか。細いけれど、案外、深く抉れているところもある。とくにこの端の部分は」山戸は続けて、言葉を発する。手を差し伸ばそうとして、止めた。何故、ためらったのか。

　加地はふと、昨日は何をしていたのかと記憶をたどってみるようだった。どうして昨日なのか。車体に引っ掻き傷が刻まれることになったのはいつのことか、やはりはっきりしない。そのとき自分はどこにいて、何を行なっていたのか、さらに言えばどんなことを思い浮かべていたことか。わが身のなかから何かが染み出していくかのようだった。昨日はと言えば休診日だった。当ビル内で歯科を開業している彼は従って、その日、この場へ、この地下駐車場へ車を運転してくることはなかった。彼は何をしていたのか。一週間分の食料、飲料の買いだめのためにほど近い大型店に出かけていったはずだ。そこの大駐車場に車は駐められていたことになる。その場で彼の知らないうちに、その忌まわしい行為は行なわれたのか。しかし、その青空駐車場は人も、車も出入りが頻繁で、不審な行動は目を引きやすい。とはいえ、手のなかに禍々しい金属性のものを隠し持ち、顔は明後日の方向へ向け、何食わぬ表情のまま駐めてある車の横を悠々と擦り抜けていくだけなら、とくに難しいことでもないのかもしれない。何にしてもビール瓶の王冠ひとつで、やらかすことができるのだ。

　用事を終えた後、帰り道で深々と木々の広がっている景色が目に留まり、車を寄せていった。何をするつもりだったのだろう。車を降りた後、ぼうっと放電でもするようにそこの芝や、ベンチの上に座り込んでいたのだ。何かが――それはいくらか生温かい気のようなものだったが――それがゆっくりと身内から放散されていくのが心地よくもあった。それは一種、ここのところ溜まっていた疲労のようなもの、あるいは屈託や、落胆のようなものでもあったが、そうしたものを確かめながら、また探っていくと、そのうちそれらのものがわが身から緩やかに抜けていくようにも感じられだし、やがては茫洋とした気分に染まってもいくようだった。芝生を前にして、遠く向こうのベンチに座っているひとりの男の姿が目についた。顔を起こし、前へ向け、まだ年輩というほどではなく、ありきたりの服を着ている。傍らには小振りのショルダーバッグが置かれて、ほとんど身じろぎもしないでいた。何の目立ったところもなく、髪が後ろに寝癖のように跳ねているが、それが唯一の特徴と言ってもいいくらいだ。そのときひとつの考えが湧き上がってきた。不意に、あの男は何をやっているのかと思えてきた。どこから来たのだろう、これからどこへ向かうつもりなのか。朝食は、あるいは昼食には何を取ったのか。

　ふと、どこかおかしみが込み上げてきた。男はどこから来て、どこへ行くのか気づいていないのだと思ってみた。自分自身のことに照らして、加地は思い描いてみた。あの男はどこへ行くかわかってはいないのだ、と。自分が迷子になっていることも知らず、平然とベンチに腰かけているのだ、と。そこに見えたさまはまた、芝生の上の放電中の身体ともどこか通じていくようでもあった。

「まともなのに、奇妙に見えるということってありますか」加地は目の先に張りついたままの鋭い引っ掻き線を見つめながら言った。

「ないこともないでしょう。まともで、奇妙――。むしろそんなことを思えば、皆、そう見えてくる」山戸もまた目をじっと車の扉の上へ据えたまま、言葉を続けた。「この引っ掻き傷のことですか」

「おかしいものだから、まともに見えるというか。こんなこと仕出かしやがって」加地は言葉を吐き出した。

どこからとはどこのことか、どこへとはどこのことか。今日のことか、一週間前か先のことか、一年前か先のことか、二十年前や先のことだったとしたらどうだろう。わかっているつもりでも、わかっていないのだ、と。間近なことを、当面のことを、一週間前や後のことだけを考えていれば安心していられるのかもしれない。人が安んじて、そこに座っていられるのはそのためだ。あのベンチに座っていた男のことが頭から離れない。

「つまり、二通り、考えられますよね。だれが行なったのか。もしかして見知っている人間なのか、でもまた、そうではないのか」山戸はただ淡々と事実を告げるように言う。

「そうです、それにまた、いつやらかしたのか、どこでやらかしたのか。ここで、だと思いますか」いまや隣に並んで同じように棒立ちになって、車体と向き合っている相手に向かって、加地が言う。

あのベンチに座っていた男はそのとき加地が彼を眺めていたのを気づいていない。ましてや加地がその姿を見ながら、さまざま感じるままに思いを巡らしていたことについても知らない。あのときまた、空に広く浮かんでいた雲の形にも——鱗雲にも気づいていなかったのかもしれない。

あえて吹き出すような声を立てながら、加地が言う。「実際、いま、気づいたばかりなんですよ。こういうものをくっつけて、知らずに走っていた、もしかして幾日も。まるで宣伝でもしているように」

山戸は一瞬、加地の方を振り向き、次いで、さらにそれにつけ加えるように言う。「だけど、その当人はいまはどこでどうしていることか。そうなんですよね、でもいまこのとき、まったくそんなことは――やらかしたことは忘れてしまっているのかもしれない。いまは半ば酔ったようにゲームに興じていたり、カウンターで黙々と牛丼を掻き込んでいたり。でもまた、それがいつ爆発してくるか」

そのあと、加地は同じ芝生にいる幼児に気がついた。芝はその中央に向かっていくらか盛り上がった形で広々と延びていたが、そのなかでぽつんと離れて、座り込んでいる年端もいかない子供がいつのまにか手放しで泣き叫んでいるのだった。周囲には幾人も大人がいて、当然、なかにはその保護者もいるに違いなかった。幼児の泣き声はいつまでも止まず、まるで空から異星へ降り落ちてきて、身も世もないといったように声を張り上げているのだった。どういうわけか、そうした光景がいつまでも終わることなく続いていた。すぐ近くのどこかにいるはずの幼児の監督者のみならず、他のだれもすり寄ることはなく、子供はぽつねんとあらゆる絆から断たれたかのようにさらに声を張り上げ続けていた。あまりにその眺めがいつまでも変わらないので、やがてそれはあたりに満ち広がる日の光のように自然で、ありふれたものとすら思えてきた。また少し時が経ち、おもむろにその母親くらいの年恰好の人間が近づいてきて――それはその場にいた人々のなかのひとりのはずだったが、どこに座っていたのかははっきりしない――泣き叫んでいる幼児をまるでラグビーボールでも拾っていくように抱え込むと、そのまま優雅にさえ見える足取りで、芝生の向こうへ歩き去っていく。すると、あれだけの騒音の塊だったものも嘘のように消えてなくなり、それはほんのひと幕の気まぐれな光景といったように拭い去られてしまい、いまやそこには何にも阻まれることのない緑の芝だけが広がっていた。

山戸はいつのまにかその場に屈み込むと、車体の上に引かれた傷を間近から覗き込むように見つめている。それから、どこかぼんやりと周りへ放り出すように言葉を発する。「だけど、確かに強く思い込み、本気の本気でいたのか。どれほど固執していたのか。でももしかして、どこかの空き家に入って、また空き家から出てきたといったくらいの気持ちだったのかもしれない。まさに一本の針金程度の覚悟で。でも、どちらも嫌ですよね。怖くもある」

加地は相手が不動産屋だったことに思い当たった。家と車とはどこか似ている。どうしてなのか。どちらも人を容れるものだ。もっとも一方は動かし、運んでいってくれるもので、他方は文字通り、不動そのものの構えのなかで囲い込んでくれるものだが。

加地は山戸に言う。「その瞬間には仮面を被ったような無表情のままやり遂げる。釘だか、何かで。そしてその一瞬あとに、笑いでも浮かべる。——だけどあるいは、そのままの顔を保っている、でも、それから三日後に薄くくすくすめいたものが浮かんでいる。これは嫌ですね、どういう笑いなのですか」

山戸はため息を吐く。「この場でだったのだとして、そして、見ず知らずのだれかだったとして、それなら、わたしの車であったのかもしれないのですよね」

それはそうなのだ、といまさらながらに加地は思い当たる。目が遠く向こうの、飾り気のない剥き出しのコンクリートの壁まで放たれていく。地下駐車場は冷んやりとして、しんとした静けさを保ち続けている。

加地は思いついて、最前の会話について持ち出す。「さっき言っていた二通りですが、見知った者か、そうではないのか、という。だけど、どちらにしても、向こうだけが何かを知っている。だって、そうじゃないですか、わたしが知って、わかっていることを、向こうも知っているなら、こんなことは起こらない」

山戸が言い直す。「あなたがわかっているように、向こうもわかっていたらということですよね」

そう言えば、あの身体を放電状態のままにしておいたとき、こんどは声も漏れ出て、笑っていたのだ。そのことを思い出す。あれは芝の上から移動して、公道近くのベンチに腰を下ろした後だった。そこから見渡せる駐車場の一角に一台のバンが駐まっていた。そして、そのバックドアを開けて、運転手は延々と荷物のダンボール箱を運び出している。たぶん垣根の向こうに建っている施設事務所への搬入品なのだろう。その都度、それを胸に抱えて、運び出してはまた戻ってきて、再び、抱え、運んでいく。どうしてまとめて台車を使わないのか。律儀に幾度も、幾度もそれが繰り返されていくので、まるで巻き戻しの動画でも眺めているかのようだ。ある瞬間、ついに加地の口からは乾いた笑い声が飛び出した。いったいあの車は山のように蝟集（いしゅう）したダンボール箱によって、何を運んでいたのか。それから思った、人はいったいあの光景を見て、いつ笑い始めるのか。三回目の搬出時か、五回目か、七回目か。そしてもちろん、おかしがるなど思いも及ばないという人々もたくさんいる。

加地は相変わらず車体と向き合い、屈み込んでいる山戸の横に立ちながら、思わず言葉を発する。

「何なんだ、これは」

山戸が屈み込んだ姿勢のままに言う。「何なんです、これは」

地下駐車場の静寂がこのボディの上の引っ掻き線へ染み込んでいくようだ。いや、この引っ掻き線の静けさがコンクリートで囲まれた駐車場へまで染み出し、広がっていくのか。

屈み込んだ山戸が首を振るようにして、加地の方を見上げる。それからまた、顔をそれまでの正面の方へ戻すと、語り始める。「昨日、物件のひとつを内覧者に案内していた途中でなのですがね、そこへ行き着く前に何か気にかかったものがあったのです。一歩、通り過ぎた後にわかったのですが、壁に張りついた雲のような広がりなのですよ。まずはそれが染みだったのか、と気がついた。汚れだとか、焦げだとかではなくですね。それで、また二、三歩進んだときに、ああ、あれは浸水が起こったときのものだったんだな、と思い当たった。いや、こんな仕事をしていながら、迂闊でしたよ。でも、あれはかれこれ二、三カ月前のことですからね。喫水線のようなね、真一文字の線でも残っていれば一目瞭然なのですが。けれども、いまはぼんやりとした濃淡を交えながら、波状の凹凸を作ったまま痣のように張りついているのですね。それがもう、湿り気もないのに、ひっそりと」

山戸の話が終わったとき、加地の身は固くなっている。「そうなのですか」そのまま車体の前に立ち続けながら、淡々と言葉を返す。「何です――どうかしましたか、それが」不意に、次には思いがけずぶっきら棒な口調で、相手に言っている。

自分でも意外なくらいだったので、山戸の方はもっと意外に感じたのかもしれない。「そうなんです」相手はあくまで平静に言葉を続ける。「わたしにはあれが頭から離れない」

「でもね、自然に悪意はありますか。畏怖すべきものではあっても、邪気はない、それにはね」

焦りが湧き出てきたものか、加地はさらに言葉を繰り出していく。「何か話をもっと広げていくつもりですか。あんなものもある、また、こんなものもあると」

それでも、そのときさらに加地はベンチに腰掛けたまま、正面に見える開かれたバンのバックドアからのダンボール箱の搬出作業を眺めていた。すると、近くからジージーという一本調子のモーター音が立ち始めてきた。見ると、隣のベンチでこのあたりを根城にして、家財道具をキャリーカートで引っ張って巡ってきている男がそこに腰を下ろしたまま、同じようにその尽きない搬出作業を手では電気シェイバーを顎に当てながら、真面目くさった顔で眺め続けているのだった。何という素朴な顔つきだったろう。

山戸はいま、〈頭から離れない〉と言ったが、じつのところ、何故そんな話を始めたのかわからない。どうしたことか、やはり自分が攻められているという気持ちが消え去らない。いったい、山戸はこちらに共感してみせたとでもいうのだろうか。むしろ相手との気持ちの行き違いそのものに苛立ちを覚えたのかもしれない。とはいえまた、どこかしらこちらへ向かって染み出てきたような何ものかを感じる、それはやはり向こうのなかに籠っているようなものではないのか。

「いま、そんなことはどうでもいいのです」けれども、加地はまたしても言葉を重ねてしまう。

「どうでもよくない話をしましょう」山戸はあくまで淡々と言葉を続ける。しかし、その口調は平静であり過ぎている。

加地のなかにはいきなり、想像が湧き出てくる。忌まわしいものが人影となって、コンクリートで囲われた広々とした地下駐車場のなかを歩き回り始める。これこそ話されなければならないものだ。加地は語る。

「たとえば、ぽっと幽霊のように出現する。そのおぞましい人間が、ですね。まずは駐車場のあそこの出入り口のところをうろうろ。そこへ出てきます。いくらか決断力にも乏しく、少し情けないようにも見え、それでもやはり警戒は怠っていないのかもしれない。それから次に、こんどはあのエレベーターの方へ移っていって、その前をうろうろ。そこの昇降ランプをじっと見つめたり、人の降下してくる気配を探ったり。それから、居並ぶ駐車中の車の間を静謐な水族館の水槽の合間を縫っていくようにまた、うろうろ。息遣いもなく、靴音も立てず、歩いて進み、でもまたむしろ、機械のように無機的なままにただ当てもなく、彷徨い回っていたのかもしれない」それからさらに、加地は続きの言葉を山戸にぶつける。「そしてついに、あなたの白い営業車とわたしのグレーのセダンの間をうろうろ行ったり来たり。はてさて、どっちにしようか神様の思し召し、とでもいったようにですね。これはもちろん、わたしのいま思い浮かべた空想ですが」

山戸はいったい、どういうつもりでいたのか。そこからはやはり何かしら得体の知れないものがその言葉によって、染み出てくるのを感じる。あるいはまた、じつのところ、彼の行なったことと言えば、ただ無自覚なままに言葉に出してしまっただけということなのか。

山戸はじっと屈み込み、前を向いた姿勢のまま語る。「それなら、仕出かしたのは見ず知らずのだれかだったというのですか。そういうことになりますよね、いまの話なら。まあ、いろいろと思い描いてみるというのも悪くありませんが。それとも、あなたのことも、わたしのことも知っているそんな稀なだれかだったとでも」

もちろん、詳細に詰めたことを思い浮かべたわけではない。そもそも突きつけられた結果の見かけだけはことの外、目に立つものだったとしても、それへの手掛かりはなさ過ぎた。こちらから向こうは見透せない。

「ぼんやりとしたままですよ。霧のかかったように」加地は相手に向かって、言う。

するとそのとき、いきなり山戸は加地の方を振り向く。そして、言葉を発する。「車には何か特別な関心をお持ちですか。以前、駐まっていたものを見て回っていましたよね、ここで、一台、一台」

一瞬、視界が閉ざされたように靄（もや）がかる。どうしたことか。指摘を受けただけで、そんなことになるのはおかしい。そのときのわが身のありさまを加地は思い浮かべてみた。しんと静まり返った地下駐車場のなかに居並んだ車を――あのときにはすでに櫛の歯が抜けるようにかなりの台数がその場からは消え去っていたが――そのひとつ、ひとつをまるで次々と回診でもしていくようにときに首を伸ばしたり、腰を折ったりしながらも、眺めて歩いてでもいっていたのか。傍目にはどう映っていたのだろう。少し滑稽か、いくらか不審か。それにしても、いま、山戸は一台、一台と言った。長く、一か所に立ち止まってでもいない限り、そうしたことを確かめることはできないはずだ。やはり山戸は加地が車の間を歩いて回っているところをじっとその場に立って眺めていた。いったいどんな顔をして、立っていたのか。それはどういうことか、加地にとって気づいていないことを知っているとは。

「暇潰しですよ。待ち合わせまでに時間があったので」冷静な声で、加地は答える。それもまた、事実に違いなかった。そう答えておいて構わないと加地は思う。

山戸の問いかけは止まらなかった。さらに畳みかけてくるように、言葉を重ねてきた。「あまり賑やかなことはお好きじゃないでしょう」

いったいそれは何を言っているのか。加地のことだろうが、そもそも何を根拠にして、そんな判断を下しているのだろう。彼のどんな行動や、様子や、態度を見ていたことになるのか。しかもいまこの瞬間、どうしてそんなことを言い出しているのかとの思いも湧いてくる。それにまた、賑やかさとは何か。それならどこか孤独な、内向きな態度でもしているというのか。

昨日の、あのベンチに座り続けていた男の姿が思い浮かんでくる。ほとんど身じろぎもせず、ひたすら腰掛け続けていたあの寝癖毛のある、目立つこともない男の姿が懐かしくもなってくる。あのあと、いつまであの場所に座り続けていたのか。あの男はあのとき、彼に見られていることも知らないでいた。

どこから来て、どこへ行くかも知らない男――それは加地が勝手に思い浮かべていたあの男のいわば属性だ。どこから来て、どこへ行くかも知らないままにそこにじっと座り続けていた、と。

加地の目は車体の上に刻まれた引っ掻き線へ向かっていく。すでにある瞬間から真一文字にも近い不動の形をして、その上に張りつき続けているもの、つややかな車体の光沢の上に居座り続けているもの――それはいつ、だれの手によって刻みつけられていったのか。そのことは世間の目から、人の目から隔たった、それを逃れたところで行なわれたのだ。それは人の目にも触れず、密かな行為だった。とはいえだからこそ、平然と行なわれた。

その鋭く刻まれた線をさらにじっと見つめているうちに、加地はそのものから強くはねつけられているような気持ちに捉えられていく。いまや、つややかな光沢の上に張りついているそれは見えないどこか向こう側からの強い拒絶だった。そのものは有無を言わさず、すでに真一文字にそこに刻まれていた。すると、まるで途端に強く、厳しく、この場から追い払われたという思いを味わう。いったいどうして彼の方が追い出されなければならないのか。

それから昨日、あの延々と続いていたバンからのダンボール箱の搬出作業を見ているうちに、やがて雨が降り始めたのだった。すると、突然、傘を開いて歩いていく人の姿が目につき始めた。何もせず、傘を差していない人も多かった。同じようにベンチに座ったままの人、芝生に腰を下ろしたままの人さえ見えた。まだ雨はかすかに落ち始めたばかりで、そこに眺められる人々の行動も多種多様だった。

加地は車を駐めていた駐車場の方へ向かった。そして、難なく、何の意識もなく、車へ乗り込んだ。けれども、そのときそれがあったとは言えない。なかったとも言えない。もしかしたら、車体の上にそれが刻み込まれたのは加地がそんなふうに芝に腰を下ろしたり、ベンチに座ったり、木々の間を歩いていたりしたその間のことだったのかもしれない、その駐車場でのことだったということはありうる。

山戸は加地がじっと改めて、車体の上に張りついた引っ掻き線を見つめていることに気づいたのか、それとも、とくにそんなことは気にしていなかったのか。

淡々とした口調で、とくに何の思い入れもないかのように、しかし、さらに重ねてくるように山戸が言う。「その忌まわしさに溢れた人間、いまごろ車が衝突してひん曲がったガードレールの延びている通りを、しかし、そんなものがあるのにも気づかずひたすらただ自分の行くべきところへ向かって、歩いていっている、そんなことかもしれませんね」

こんどは加地の方が山戸の視線をたどっていき、さらにそれを車体の上の引っ掻き傷へ移していく。言葉が思いのなかで、破裂するように放たれる。「触れてみて下さい。それへ触れるの嫌ですか。わたしの傷だと思って、遠慮していますか」

山戸は加地の方を探るように見るはずだ。口は閉ざされている。その表情を欠いた顔の下にあるのは触れたいという欲求か、忌避したいという感情か。

「触れてみろ」加地は言い放つ、落ち着いた静かな声で。

あの昨日のバンの配送車はいったい何を運んでいたのか。それなら車とは何か。それは用事を運んでいるのだ。人が動き、物が移る、人やら、物を通してのそれを。昨日のように山のように積み重なったダンボール箱に入った用事などを。用事が車のなかに収められ、目まぐるしく通りを行き交い、疾駆している。どこから来て、どこへ行く。もちろん、用事というのは当面の必要事、必要物だ。だが、当面とはいったい何か。当面の先には何があるのか。当面の次にはまた、当面だ。当面の向こうは見えないままに、あたかも当面のなかをただ限りもなく用事を運び続けている。おい、針金だか、釘だかを手にしたおまえ。おまえは車体に線を引っ張った。そして、おまえの目はどこへ向いている。いつのことへ向いている。——まるで言葉が湧いて出てくる。

II

駐めてある自分の車に近づいていくということにすら、加地はあるがままになれないものを感じ、抵抗を覚えた。そこにあるものはすでにだれか未知の手によって、勝手に扱われ、弄ばれ、損なわれたそれに他ならなかった。その正体の見えない、空気のようなものの存在を身内のどこかに感じながら、その場にたどり着いた。そこまで近づいていくのにも、足もとには怪しい雲のようなものが漂い流れているという心地がしていたのだが、念のため車の向こう側にも回り込み、一周して確かめてみることにした。すると、わが目を疑った。いや、自身のなかでは最悪の予感として、そういうものが待ち設けていることをどこかで覚悟していたのかもしれない。

彼の目の見出したものはまたしても、真一文字の形に鋭く刻み込まれた引っ掻き傷だった。こんどのものは前回のものとは反対側にあるリア扉の上だった。こうした事態がすぐ翌日にも起こるとはどうしたわけか。じっと見入るように視線を注いでいたものの、そこに刻み込まれたものは覆しようもなかった。〈そうか、やる気だな――〉わが身のどこかからかそんなつぶやきが漏れてくる。

地下駐車場の閉じられたコンクリートの広がりのなかを離れた場所から靴音が響いてきて、それは次第次第にこのあたりまで近づいてくる。加地が振り向くと、そこにはどこか驚いたような顔を、しかし、それを無表情の下に隠している山戸の姿があった。相手は新たな車体の上の引っ掻き線と向かい合っている加地の立ち姿を見て、一瞬のうちに事情を察知する。山戸はいまや、驚きの方を表へ出してきて、無表情はその下へ隠されたようだ。「また、やられましたね。どうなっているんでしょう」

けれども、発せられたその言葉は加地の感じていた思いと変わらない。彼は相手の方へ顔を向けたままでいる。「何なのです、まあ、懲りていませんね。戦意はますます亢進ですか。増長して──まさに増殖ですね」

彼はいまの時刻がちょうど昨日のそのときとほぼ同じであることに気づく。山戸もまた似たような事情で、今日も来合わせたのか。

「いつやらかしたのですかね。どうやって目を眩ましたのか。でも、その現場がここだったということはわかったのじゃないですか」淡々と事実を告げるように、山戸が言う。

「見ての通りですよ。一度ならず、二度目なのだから。並々でない意気込みですよ」

山戸とは目前の引っ掻き線を巡っての、昨日のそれに連なっていく会話が交わされることになった。この日、見出された新たなそれもごく緩い弧を描いた真一文字と言ってもいいもので、その長さ、抉られた線の深さもまったく変わらず、しかも、その箇所は車体全体から見て、前日のものと対称的な位置に当たっている。

山戸はいくらか控えめな口調で言う。「でも、どうなのか、行き当たりばったりだったのか。やはり狙ってきたと見た方がいいのじゃないですか。実際、何かありそうだ、この刻み方への執拗な拘りは」

「やはりこの静まり返っている場所で、ということになるのか。そうですよね、朝、家を出てくるときにはなかったものなのだから」改めて、自分に確認を取るかのように加地が言う。いまの山戸の発言には一つだけ欠け落ちていたものがあって、狙ってきたその先にあるものは加地の車だということだ。いくつかの状況から見て、そう考えざるをえないところにきているはずだった。だれかに車を傷つけられたというだけではなく、その者はすでに加地を見知っていたということになるはずだ。そして、そうした事実を認めるよう山戸は加地に促したというのが実際のところではなかったか。

山戸はそれまで立っていた加地の傍らから離れると、駐車場のなかをいくらか眺めて回っているようだ。その場にじっと時の止まったように駐車し続けている車の幾台かを大まかに何か異状なことは生じていないかと確かめているかのようだ。がっしりとした黒いＳＵＶ車に身を乗り出すようにしていたその姿の向こうに、重なるように人の影が現れたかと思うと、それは青いスーツを着た海野のもののようだった。すると、その場で立ち止まって、ふたりがいくらか言葉を交わし合っている情景が見えた。

ふたりは互いに相手の顔をじっと見て語り合ったり、ときにあたりに駐まっている車の方へ目を向けたりしながら話しているが、加地の立っている場から見ると、それらの言葉がどこか他愛もなく絡んで、粘っていくようにも、あるいはときに、いっそ乾燥したまま淡々と放たれ続けているようにも感じられてくる。しばらくすると——それは思いの外、長く思えたものだが——彼らは連れ立つようにして、自身の車の前に立っている加地のところまでやってくる。

するると、海野は早速、いま山戸から聴かされたはずのことを実地に確認してみるかのように、加地のグレーのセダンの周りを眺めて巡り始めている。一カ所目の傷の前でわずかにうなるような声が漏れ、二カ所目の傷の前でも似たようなものが発せられる。海野もまたこのビルの上階で皮革品店を構えているテナントのひとりだった。加地はその店で牛革のセカンドバッグを買ったことがあり、また海野も大臼歯の治療に加地の医院へ通っていたことがあった。車の周りを一周した後、海野からはため息が漏れた。


しばらくは言葉にするのも憚(はばか)られるといったように沈黙を守っている。それでなくとも大柄な海野の身体からはぐったりとした疲労感のようなものがより重たげに滲み出てきているようだった。

「何なのですか、これは。あるべきじゃないものがこんなに平気でそこに張りついている」

相手の言っていることはほとんど加地の感じていたことでもあり、その意を受けるように彼は答える。「どこまでその覚悟があるのですかね」いまだ少しも見えてはこない影の存在に向けて言うようだった。

「どういう覚悟です。何についてのものですか」すると、すぐにも山戸が率直に反応してくる。

「どれだけ釣り合っているのか、それほどのことを犯すのに。そんなことまでして、どれだけ見合っているのかということですよね」海野がさらに言葉をつけ加えるように言う。

それから、山戸はその場をいくらか離れると、より広く駐車場の全体を見渡せる位置に立ち、ぐるりとゆっくり上半身を巡らすようにする。その動作になぞっていくように言葉を発する。「さっき、ざっと見て回った限りでは他の車にとくに異状なものは見当たりませんでしたね。やはりここだけのものでしたね。他にはなかった」確かにそういうことなのだろうと加地は予期していた言葉を聴かされたように感じる。するとまた、考えられる結論はますますはっきりとその形を現してくるようだ。

「ほんとにどうやら刺さってきているものがあるようですね、棘のように。もしかして、何か覚えがありますか。近ごろ、それに当たるような」山戸はこちらへ戻ってきながら、いくらか肩の力を抜いた口調で尋ねてくる。

それはその通りなのだろうと加地は思う。いまさらながらに置かれた状況に思い至るとは迂闊だったと感じられてもくるほどだった。

「何かありますか」山戸が尋ねてくる。「何か――」加地は時をさらうようにして、思い浮かべてみる。

海野は扉の上の引っ掻き線へ目を向けたまま言う。「こんなに静かで、堂々としていると、これが変にまともに見えてきますね。何かおかしい」こんどはそう言って、自嘲でもするように吹き出す。

山戸は加地に尋ねてくるが、しかし、何か片づかない気持ちがあるのか。「ねえ、もしかしてわたしの車であったかもしれないのですか。今回は違った。でも、いつか次には」

海野は車体の上から視線を移し、加地の方へまともに振り向くと、言葉をかけてくる。加地はそのさまを見て、身が固くなるようだった。「とんでもないことが起こっているというのはそれをしている人間がいるっていうことですよね。歯を抜いてもらった後で、抜かれる必要はなかったんだと言い始めたり。そういう人間っていますよね。これもまた、とんでもないことなのだが」

加地は一瞬、言葉を呑むようだったが、冷静に答える。「そういうことはありえますね」自身の職業にも関わってくるものだったので、なおさら慎重な言い方をしていたのかもしれない。

それから、海野は視線を逸らすようだったが、それはあえて加地を気遣ってのものかもしれなかった。「思っているだけならいいんだが、それとは別に、何か変な形で行動に表れてくる。もちろん、そんなことはないのかもしれないけれど。少し前に聴いたのですが、歯を抜かれて、セラミックを入れられたって。そうさせられたって主張しているんですね。保険が利かないでしょう、セラミックってやつは。こういう類のことって、ありがちですよね。そのことで何かの行動に出たというわけではないのだろうが。でも、似たことは別にもありそうですよね。何をしだすかわからない人間というのはいますから」

海野のいまの言葉で、加地は自分のこれまでの仕事に纏(まつ)わる過去の世界へさっと光が当てられたといった感覚を持った。いくらか物憂い気持ちに染められていくかのようだ。光の向きや、長さによって、いろいろな形をした物体がそこらにあちこち庭石めいて浮かび出てくるようだった。患者との——客との間の悶着めいたことは他の職業と比べても少なくはないだろう。

「何が起こってくるかわからない。そうですよね、そういうことは大いにあるかもしれない」加地は他意もなく答えたつもりだった。「そうなってくると狙いもますますはっきりとしてくるのでしょう」

山戸はとくに抑揚もなく言葉を加える。「見過ごしていたのかもしれませんね。もうはっきりとしたのだから、これまでのことに限らず気をつけて、目を向けていくべきかもしれませんよ」

言うまでもなく、歯科治療の方法はその場合、場合でさまざまだった。たとえば患部そのものの状態やら、その周囲の健康な歯の状況、治療後の良好さをどこまで長く保持していくつもりか、さらには外からの見た目や、治療のために許容できる費用の額など、選択肢が多様であればそれから外れた際の不満もさまざまだったし、ときに強く深くもなってくるのだ。セラミック使用などもそんな一例だった。

「治療した歯がまた染み出して、痛み出したので、こんどは無料で治せと迫られたこともありますよ」加地は別件の場合について、車体の前に立ち続けているふたりに向かって言う。「それで、もう日が経ち過ぎているので、再診請求が派生すると説明しても、自分の過ちは認めないのかとの一点張りです。いまも、どこかでだれかに藪医者と言われているのかもしれません」

海野はさらに憶測を働かせ、整理するかのように、冷静な口調で言葉を続ける。「すでにそういうことが起こっていた。この車体の上の引っ掻き傷と同じように。どちらもすでに起こったことだ。すでに診療室のなかでも起こっていた。どちらも事実として起こっていた」

いったん光を当てられた過去の記憶部分がまざまざとした岩の肌理も露わに見出されてくるかのようだ。加地は傍らにいるふたりに向かって、別の一件について言葉を続ける。「悪い歯を治療するには、別の部分にも手を付けなければならない場合もあるのです。だけど、それが理解されない。

痛んでいる歯だけを治して欲しいと要求してくるわけです、患者さんはね」

ある歯の患部を治療するにはその嚙み合わせまで考慮しなければならず、そのために他の口腔部分の治療も必要だった。彼がそのことを説得し始めると、先方はどうしてその方針が正しいのか、最善だと言えるのかと疑いをぶつけてくるのだった。専門家なら素人を巧みに誘導し、望む方向へ持っていくのも容易だろうと言い募られた。加地は目前のふたりに向かって、そのときの言葉を伝える。「それなら専門家以上に勉強してみますか。それならもう、次の専門家に当たってみるよりないでしょう。どうもこれまではご足労願いました——こんな具合ですよ」

海野はさらにつけ加えるように、淡々と落ち着いて、加地に言う。「わたしの知っているのは削る必要のない歯を削られたというのです。電話で話したのですがね。どうして本人がそう思っているのかよくわかりませんでしたが。どうしていったい、それがわかるのか」

山戸は視線を先の方へ向けると、さらにその話に積み上げるようだ。いくらか砕けた口振りで言う。「何で治療のためとはいえ、こうも幾度にも分け、繰り返し頻繁に通院させられるのか。毎回、毎回ご託宣を聴かされて、と。わたしの耳にしたのはそんな話ですね」

加地は思わず山戸の方を振り向くが、相手の表情にはとくに変化もなく、むしろ言葉を発した後は茫洋とした面持ちでその場に立ち続けているように見える。あたかも山戸にもそんな知り合いが——大して親しい人間ではないだろうが——いたのかと知らされたようだった。実際、これまでおくびにも出していなかったわけだ。

山戸のところへまでそうしたいくらかの風聞が伝わっていたというのは思いがけないことだった。

これまで加地の間近を通り過ぎていっていた際の山戸の鼻の下に髭を蓄えている横顔が思い出されてくる。加地が山戸の整えられた髭を見ていたとき、相手は加地の何を目に留めていたことか。

それからもこんな場所で思いがけなく話し込んでいくことになった。

山戸が車体の上の引っ掻き傷へ目を向け、ぽつりとつぶやくように言う。なだめているような口振りだ。「確かにそのものはここに張りついている。でも、どこから向かってきたのかわかりませんからね。ひとまず見つかったとしても、まだわからない。だって、ここにただ張りついているきりですからね。要求は出てこない」

それに続けて、海野が言葉を発する。「あなたは気づいていなかった。けれども、看過していた。そうだとしたら、いまからでもよく振り返ってみた方がいいかもしれない」海野は皮革品店という商売柄か、常に外出時は黒革のハット帽を被っている。

それからもまた、山戸が続ける。「そうだ、取扱い注意ということがありますからね。残念ながら、目をつけられましたね。どうやったら備えることができるのか。何を仕出かすかわからない者をどういうわけか引きつけてしまった」

海野は俯くように下を見つめたまま語り出し、それから、顔を上げていくと、苦笑いめいたものを浮かべる。「まあ、わたしもね、どうしてこんなに幾度も、幾度もって感じていましたよ。いろいろと治療の都合もあるのでしょうけど。こんな小っぽけな歯のために。それで通わされて、振り回されて」

ついに出てきたか、その言葉が、と加地は感じる。どうしてそう思うのか。患者というものは多かれ、少なかれ何ごとかを気に溜めているものだ。海野が加地のところへ通院していたのは三カ月ほどか。周辺の話を語っているうちに自分のことが思い浮かんでくる。いや、自分のことを知らせるために、周辺のことに触れていくといったことだってあるかもしれない。それからどうしてか、一匹のゴキブリを見かければ、周辺に百匹の同類が潜んでいるという話が思い出されてきた。

「そうなのですね、どうしても患者さんとこちらとの間では隔たりができてしまう。丁寧に説明しているつもりが、導き入れようとしているのではないかとか、優先されるべきはもっと別のことだろうとか。それでまた、そんな一致しない隔たりといったものが見えてきますね、この引っ掻き傷を眺めていると。いや、もっと冷んやりとその場にとどまったまま、平静に、平静にと言っているのか」加地は海野をなだめるつもりでも言ってみる。

山戸はわが身を顧みるかのように、半ばつぶやきながら語っていく。「そうなんですよ、実際、人間なんてものはひとたび邪魔だと感じ出したりしたら、状況も見えなくなり、しつこく思い込んでしまいますからね。この間のことで、いつも散歩しているときに座ることにしているベンチがあるんですがね、芝の先に枝ぶりのいいケヤキの大木の見える気に入りの。すると、その日は先に人が座っている。怒るいわれはないのに、それが邪魔に思えて仕方がない。そんな些細なことでも一日にふたつや、三つ重なってみたらどうです——やり切れませんよ。向こうはただ呑気に座っているだけなのに。だけど、こちらはまったく堪えがたい」

加地は聴かされた話を頭のなかで反芻するようにして、言葉を返す。「そうですね、一方は呑気に座り込んで、他のひとりはかっかと不穏な火柱を立てている。邪魔と言えば、周りにあるもの皆、そう感じられてくる。しかもまた、些細なことでも、大ごとに感じられてくる。ほら、この場に真一文字に張りついています、そんな隔たりが」

それまでしばらく黙っていた海野が笑いを含んだ声で、加地に向かって、言葉を投げかけてくる。

「わたしはねえ、あなたの声の響きが気に入らない」

加地は海野の方を振り向く。いったい、何を言ったのか。一瞬、その言葉があからさま過ぎて、混乱させられる。するとやがて、海野はいま、だれかの真似をして――つまりは、かつての加地の治療に関して不平を鳴らしていた患者のひとりになりきったように――そう言ったのだとの考えが浮かび上がってくる。それがその声に笑いが含まれていた理由ではないのか。それはそうした患者の考えの至らなさを揶揄してみせたことになるのではないか。

けれども、次いでまた別の想像が湧き出てくる。海野はいま、本当のことを言ってのけたのだ。他の患者の振りをして、笑いで装飾してみせて、自分の言いたいことを投げ込んだのだ。

それはどういうことかと考えてみると、やはり海野のなかには黒い根っこのようなものがその場に張りつき、伸び広がっているのではないかとの思いに捉われていく。それほどまでに海野は加地に含んだものを持っていたのか、あるいはそれは治療法やら、通院要請といったものを超えて、いわば態度や、素振り、言葉遣いといったことにまで及んでいたのかもしれない。加地は目前に見えている黒革のハット帽を見つめている。どうしてこうまで黒いのか、どうしてこうまで革なのか。彼は治療室での海野との関わり、言葉のやり取りを記憶をたどって、思い出そうと試みてみる。

すると、山戸がことさらに落ち着きを保ったような声で語りかけてくる。「わたしもね、こんどのことについては何か足もとが崩れていく感じがありますよ。傍観的などでは済まない。身につまされますよ」その冷静な口振りが感情を押し殺しているように見える。「まあ、運命共同体というほどではないにしてもですね、だけどこんな広々とした、頑丈なコンクリートの天井にも覆われているとはいえ、限られ、閉ざされたような空間で起きていることですからね。引っ掻き傷がひとつ、またひとつと。気味が悪いですよ。そうした汚染物めいたものが染み込み、広がっていきそうで」

加地は次には山戸の鼻の下に蓄えられた髭の膨らみを覗き込む。ときに威容を誇り、沈着さを表し示しても見えたものがその根もとにある柔らかな素地に触れたような心地になってくる。けれども次にはまた、その髭だけが顔面から離れ、独立して繁殖している空き地の茂みのようにも見えてくる。山戸の言葉の行き先を注視していきたいとでもいった気持ちが募ってくる。

海野がさらに言い足りないとばかり言葉を続けてくるが、そこに込められた思いはそれまでとは風向きを変えてくるようだ。「わたしもね、通っていた方の幾人かを知っていますよ。ひとりが何かを訴え始めると、自分もそうではないかと気にしだしたりとか、あるいは自分にも言っておきたいことがあるぞ、とか。そうした風聞、風評といったものにしてもですね、そんなことになってきますよ。あっちでも、こっちでも、ラッパの鳴るように」海野は一度、ため息を漏らすと、視線はどこかあらぬ方へ向いていく。「でも、言い出す方については、それもまたそれなりですよ、そういう人はどこにでもいます。それでまた一方、そうしたものを耳にする側にしても、これはこれでいろいろですよ。その当事者としてですよ。確かに聴こえてくるものも雑多です。思いがけないもの、真実を突いていると見えるもの、的外れのもの、トンチンカン、悪意だけが先行しているもの、でも、それらを篩（ふるい）にかけるのは聴き手ですよ。わたしだって、いろいろ聴かされてくるのです、わたしのことに関してですよ、店のことに纏わることについてですよ。悩ましいところですよ、それらを選別していかなければならない。下手をすれば倒れ込むし、上手くすれば気力が出る。そこで是非、お尋ねしたい、何かお聴きになっているでしょう、少しは店のことについても、何ならわたし個人に纏わることでも。言いたくないことでも構いません。言ってみなさいよ。先へ向けて備えておけば、憂いもありませんよ。いったい、この引かれた線は何ですか、どうしたものですか。こうしてこんな場所に張りついているものを見せられれば、そんな気持ちにもなってきますよ」

海野の目はいつのまにか加地の方へ向けられ、まともにじっと見つめてくる。けれども、それがどうにも不確かなものとも見えてくる。いや、それを見返しているうちに、どこかぽつんと顔の上にはめ込まれたもののようにも感じられてくる。

「何かありましたか」加地のなかにはまだあやふやで、怪しげでもある同情心が湧いてくる。

「ですから、この先の備えについてですよ。何か聴いていませんか、聴いているでしょう。それから、わたしの治療を受けた大臼歯はいま現在、健全そのものですよ」加地が答えあぐねていると、相手は言葉を続けてくる。「あの以前、お買い上げ頂いた牛革のセカンドバッグの使い心地はどうですか」

それについて、加地が気に入っていると答えを返すと、そうですか、と海野の方も素気なくそれに応じる。相手のそんな返答を聴くと、どうしていま、そのことを尋ねてきたのかとの疑いが湧いてくる。とはいえ、その代物を買った後、その次第について甦ってきたのも、言葉に上せたのもこの日が初めてだったはずだと加地は思い返す。

するとそれから、山戸が再び、加地の方を振り向くと、まるで彼を掴まえるようにして、語りかけてくる。

「じつはね、わたしのいまの仕事は家業だったわけではない。わたしは不動産に、家というものに興味があったのです」山戸は何故かしら、さらにいきなり自身の生い立ちめいたことを語り始めてくるようだった。「とは言っても、もともとからそうした職に就くというつもりもなかったのだけど、ひょんなことに、あるいはそう仕向けられたといったように、気づけばこの仕事を始めていた。資格さえ取ってですね。けれども、家とわたしとを結びつけているものについてはわかっていた。普段は気にしていなくとも、わが身の深いところでわたしを捉えているものはわかっていた。子供の時分だ、それが起こった。家が洪水に見舞われたのです。近所の川が氾濫し、褐色の濁流が果てしのない生き物のようにうねりながら家のなかへ入り込んできて、ほとんどすべてを呑み込んでしまった。わたしは家族とともに辛うじて、屋根の上に昇り、そこで生死の間を彷徨っていた。もちろん、生還したのですがね、わたしを含め、身近な者は。けれども、あの時間や、空間から、天から、地からただひたすらに見放されていたような気持ちは忘れられない」

加地は冷静だが、何ごとか漲（みなぎ）っているものの感じられる山戸の目を見つめ続けた。山戸は言葉を続ける。「それがどうして、家というものへの興味につながったのか。いや、何というのか執着のようなものが生まれている、離れられないといったような。愛着とは違う。むしろまったく逆かもしれない。家というものに仕事として関わっていることで、わたしにとっての家を監視し、押さえ込み、鎮めているといったように。そんなふうに思えてならない。わたしはねえ、ある種、どうにも家に住むということが怖い。何かが起こるのではないか、と。気持ちの底のどこかで怯えている。家のなかにいても、裸のようだ。何かが襲ってくるのではという気持ちが消えない、あの流れ込んできた濁流のように。いや、不安になると、あの濁流が甦ってきてしまうというのか。一昨日、物件を案内していたときに他所の家の壁の上で見かけたもの、あの壁の上に張りついていた染み、それが昨日、あなたとこの場で話していたときについ、思い出されてきてしまったのですよ。あの浸水の後に生まれ出てきた、その爪痕としての壁の上の染み。もちろん、見た瞬間、それはわたしの心を抉ってきましたよ。けれども、昨日、ここで話したときにはそうは言わなかったが。一、二歩進んだ後で気がついたなどと、なるべく差し障りのない言い方をしたつもりだった。自らを鎮めるためにもね。それなのに、あのときあなたはどういうわけか、わたしに嚙みついた。どうしてそんなに色めき立ったのだろうと疑わしいまでに。わたしはね、ここに張りついたこの気味の悪いもの、このつやつやとした光沢の上に無残に引かれた引っ搔き傷を見て、感じたのですよ、思い出したのですよ、甦ってしまった。もちろん、あなたのせいじゃない。次に襲ってくるのは何なのか、だれなのか、とね。実際、これでどうなるのか、どう思います。どこで、だれが、だれに、とね。それで何が起こっているのか、とね」

加地は昨日の山戸の姿について、そして自らの気持ちについて思い起こす。確か、自然には邪気はない、そう言ったはずだ。自然現象などを持ち出して、話の核心を薄められることに苛立ったのか。いまの言葉を聴かされてみると、加地のなかにあった昨日の山戸についての認識や、印象はまた変わってくる。

加地は山戸に向かって、答える。「あのときはあの言葉で、何かが飛び火した、こちらに向かって。それがたまらなかった。きっとそうです」自分で語っていて、繰り出されてくる言葉が当てにならなくなっていくのがわかる。

それまで沈黙を守っていた海野が言葉を発する。山戸に向かって、放っていくようだ。「でも、あなたは結局、昨日、それを語りたかった。そしてまた、今日も。知って欲しかった、言わずにいられなかった。それが同情を、共感を呼ばなかったからと憤っている。そうなのですか。でも、そんなことは当たり前ですよ。何ごとかが始まるのはそこからですよ。もしかしていま、あなたは今回のことがあなたとは別の特定の人間を狙ったものだとわかって、安心している？　苛立っている？　焦っている？　それともまた、待たされているのがたまらないとか」

山戸は素早く海野の方を振り向く。思いがけないところから銃弾が飛んできたというかのようだ。けれども、海野に向かって語り始めると、その口調には余裕も見えてくる。「いいですね、それなら始めて下さい。そんな当たり前だという場所から。そこからなら、そんなところからなら、そうした不穏な場所からなら、わたしが始めてみましょうか。わたしは外の街なかでね、あなたを見かけたことがある。街なかと言っても、あの向こうの通りの緑陰の下で、ですがね。あそこの木陰で眠っていた、口をあんぐりと開けたまま。だけど、あなたはわたしが通りかかったことを知らない、眠っていたので。でも、確かにあなたはそこにいた、その場所に」

海野はそれに対して、鷹揚に答える。「わたしはよくあそこのベンチに座っているのですよ。三時ごろですかね、遅い昼食を取るので、たびたび。けれども、眠っていたりなんかしない。暇を持て余していたりしたわけではありませんよ、ましてや仕事を怠っていたわけでもない」

「眠っていましたよ」山戸は素気なく答える。

「何かわたしを煽り立てようとでもしていますか。そんなことはありません」海野はいくらかむきになって言う。

「あなたは眠る男だ。わたしが見かけていたことも知らない」そう言った途端、山戸は加地の方を見る。どうしてこのとき、自分が目を向けられたのか。山戸はいまのその素振りによって、彼があえて焚(た)きつけるような言い方で、海野を弄んでいるということを示してみせたのだ。しかもそれはまた、そのことを加地に見せつけようとしたものでもあった、と――加地にはそう感じられた。いったい、どういうことになるのか。

海野は相手に向かって、説明するようだった。「わたしはね、あそこで鳥の声を聴きながら、遅い昼食を取っていたのですよ。あそこには野鳥が集まってきますからね。ここらのメッカですからね」

山戸は自信をもって、答えるようだ。「そうやって、なごやかに自然に包まれて、休んでいる、と。でもねえ、だから、あなたは知らないでいたのですよ。あなたにはね、鳥の声なんか聴こえていない」

海野は驚きをもって、その言葉を聴き、さらに気色ばむようだ。「何ですか、わたしに自然は与えられていない、と。それで安らぐことはできず、それへ目を触れるなとでもいうのですか」

山戸は淡々と答える。「わたしはそんなことは言いません。でも、だれかが言うかもしれない。あなただって、そのことを言っていたのでしょう、さっきは。実際、いまこの上に刻まれている一本線のように、とんでもない存在には事欠かないっていうことでしょう」

海野が救(たす)けを求めるように加地の方を見て、言う。「わたしが野鳥の声に耳を澄ましていたら悪いというのですか。いったい、何なのです。気味の悪いことを言うのはやめて下さい」そして、最後は山戸に向かって、言う。

問われた加地は答えを返そうとして、言葉を飲んでしまう。

海野は自分の頭の上を指先で叩き、山戸に言う。「あんたはこう言いたいのか。わたしがこんな姿になってしまった牛なんかと一緒に、鳥の声に耳を澄ましている、と」

山戸は冷静な態度を崩していない。「問題はわたしではないのですよ。だけど、とんでもない者はどこにでも出没します。いいじゃないですか、チキンサンドを頬張りながら、鳥の声を聴いていたって」

しばらくは互いに口を噤(つぐ)み、その場にじっと立ち続けている。車体の上の引っ掻き傷を真っ直ぐ見つめ下ろしていた海野が視線を起こすと、気持ちを改めるようにして、穏やかな語り方で口を開く。

「忌まわしいことと言えば、とんでもない者がいつ周りを引っ掻き回し始めるかということですよ」

「いいでしょう、それで備えが必要だ、と」山戸が物柔らかに答える。

海野はおもむろに冷静に、語り始める。「わたしの聴いたのはこういう話です。あなたはいつも物件の内見者を案内して、いろいろ車で飛び回っていますね。それで、乗ってきた車をしばらく路上に駐めて、顧客に建物の内部を見せて回っている。最近は高層マンションも多いし、道路から入って、奥まったところに建ち並んでいる広大な建物群もある。そんなところのうちのひとつでしょう、そんなわけでそちらの営業車が道を塞いで、近所の住人の車が動かせなくなったとか。それで、ひと悶着あったと。わたしの聴いたところではこういうことはよくあるのだと」海野はそう言って、加地の目を捉えると、ふいと吹き出してみせる。「あの車には社名のロゴが張りついていますけれど、別のことを宣伝しているのじゃないですか。路上の無断駐車の常習犯というのでなければよいのだが。さっきは予定していたベンチに座り込んでいた邪魔者の話をしていましたね。あなたの車はベンチの上ではないが、公然と至るところの道路の上で座り込んでいる」

山戸はすんなりと、むしろまともなくらいに相手の言葉に答える。「いや、それはもっともですね、あなたの言われていることは間違っていない。今後とも十分、気をつけなければいけない。いろいろの方面でね。それで、わたしの車については言ってやりたいですよ。よくぞ今日まで、被害もなく、無事でいられた、と。あなたの黒いハットもよくお似合いですし」

「そうだとしたら、幸運なのか」海野が淡々と言う。

「そのようだ。わたしたちはまだ、確かにね」山戸が冷静に応じる。

「そうであったと言ってもいい」海野が言う。

「確かにいまのところは」山戸が応じる。

それから再び、沈黙が続いていくと、その場は穏やかとは言えない空気に包まれてくる。けれどもさらにしばらくするうち、加地のなかには考えが浮かんでくる。もしかしたら、山戸と海野のふたりは何かから逃れようとしていたのかもしれない、そう思いつく。確かにそうやってものを言い、何かから脱け出ようとしていた、そしていま不安のようなものを打ち消そうとしていたのだ、と。

ふと、目が車体の上に止まる。そこに張りついている引っ掻き線がそうしたありさまをじっと見守っていたかのように感じられてくる。彼はふたりに向かって語る。

「昨日、少し思ったのですが、街の通りを車は休みなく走り、行き交っていますよね。人や物を乗せたり、運んだり。それはつまり、そのなかにさまざまな用事を積んで、運んでいるとも言えるわけです。車のなかには用事が詰められ、運ばれている。それらが通りを縦横、行き交っている。その用事とはいったい、何か、どんなものなのか。それは概ねすぐ目先のものだ。そもそもその目的地へは数十分、数時間で到着することになる。それはいい——けれども、いつもそれだけで、それが延々いつまでも、どこまでも繰り返され、続いていくだけだ。いつも目先、目先——当面、当面だけが繰り返され、続いていく。常にあくせくと目先のことだけを追っていて、疑われることがない。目先に目先を継いで、続けていくだけだ。すでにひとつの用事に捉われ、それはまた次の用事を用意していく。積み重ねられ、つながっていく用事のなかで、たとえ疲弊しても、不安になっても、疑わしくなっても容易に用事の連環のなかから抜け出すことはできない。それでいいのか。けれど、そういうことになっている。まるで変わらない、どうすればいいのか」

ふたりは、山戸と海野は言葉を語っている加地の方へじっと静かに視線を注いでいる。それまでの互いの間にあった不穏な雰囲気は薄れて、消えたように感じられ、彼は自分の発している言葉を頼っていく気持ちになっている。

「車を駐めて、考えよ、と。それはいいかもしれない」やがて山戸が加地の語った内容に対して、答えを返してくる。

「大事ですね、車は。車は欠かせない。衣服のようになっている、家のようにもなっている」続けて、海野がもっともらしく答えを返してくる。

いったいどういうことだったのか。彼らは意図的にか、それとも意識することなしにか、加地のいま語っていることに対し、曲げたか、踏み外したかした言葉を返してくる。

山戸がさらに話を続けてくる。「でも、駐めてもその場を安易に離れない方がいいかもしれない。ご覧の通り、ボディをはじめ、何をされるかわからないので。それでまた、車とともに息をしている。多かれ、少なかれ、われわれは」

海野は自身の言葉を続けていく。「その車のなかでは何が話されているのでしょう。奥歯を抜かれたとか、あそこの歯科は腕がいいとか。わたしの店の正価は高いとか、あそこの賃貸は事前の説明とは違って、壁が薄く、騒音がひどいとか。そういった言葉が積荷のように車で運ばれていく」

山戸が強い口調で言う。「大通りの真ん中で、車を停める、ハンドルを握ったまま身動きもしなくなる。まったく、いつまでそれを頑張れるのか」

海野がさらに言葉を続ける。「実際、とんでもないことをとんでもないことと思わなくなる。これは怖い」そう言って、加地の目をじっと覗き込む。

またしても自分の不安だけではなく、彼らのなかにあるそれを見せられたような気分に占められていく。加地は霧のように漂い、被さってくるものを、あるいは渦巻き、絡みついてくるものを吹き払うかのようにして、言葉を発していく。

「昨日のことなのですが、家で丼鉢を割ってしまったのです。食器棚から出そうとして、つい手もとが狂って。それが四鉢重ねてあったものを、その端を少しずつ、そっくり皆、欠いてしまった。それでゴミに出して、捨てるわけですが、妙に嵩張ります。そこで新聞紙を広げて、割れた鉢をその上に乗せ、上からもまた新聞紙を被せて、金槌で叩いていくわけです。まあ、いくらか細かくできればいいわけなのだけど、そのうち気持ちが入ってきて、手の動きが止まらなくなる。視界も窄(すぼ)まったようになり、一点から離れなくなって。物音すら絶えて消えたようになって、そして頭の中心は白々と引いていく。だけど、金槌を握った手は振り下ろされていく。ただ淡々と、振られるだけで——。ひたすら潰れて。醒めているのに、憑(つ)かれている。醒めたままで、憑かれている。それで、鉢はどんどん砕けていく。もう鉢だか、何だかわからないものは」

しばらくの間、相手のふたりはその場にじっと、表情もなく立ち尽くしている。凝り固まったように少しの身じろぎもしないでいる。それから、やがて言葉が飛び出してくる。

「いったい、何が起こったんだ」山戸が加地に尋ねるように言うが、その声は冷静だ。

「あなたは逃げたかった、それとも進みたかった?」続いて、海野が同じように質問を言葉にする。

「自分の身にのしかかろうとした」山戸が推し量るように加地に尋ねる。

「それとも、わが身から逃げ出したかった」さらに海野が思い察するように加地に尋ねる。

ふたりとも無表情な姿勢を保ち続けている。

「あなたはいま、言ったんだ」山戸が断定するように加地に言い放つ。

「間違いなく、言ってくれた」それから、海野も冷静に断言する。

すると次に、加地は思いつく。ここに立っているいまの彼らを包んでいるもの、それは不安であり、焦りであり、苛立ちだ、と。さっきの諍(いさか)いの言葉のぶつけ合いを生んでいたのもそうしたものだ、と。それはまた加地の抱えているものと変わらない。たとえ彼の方がそれらをいま、直撃でもされたように彼らより強く味わわされているのだとしても。

彼は山戸と海野を目で捉え、次いで車体の上に張りついている引っ掻き傷の方へ視線を注いでいく。それから、穏やかで、落ち着いた声で語っていく。

「まずは眺めてみましょう、これを。つやつやとして滑らかで、明るい光沢を放っているボディ。

その上にそうしたものを無残に断ち切るように引かれた一本の線。強靭で、野放図で、無関心で、勝手な線。しかも偏執的でもある。昨日がこっち、今日がこっち。ひとつ増えました、この日になって」

改めて、そのものを見つめると、加地はその真一文字に引かれた線に撥ねつけられたような思いを抱かされる。手を伸ばしたとして、それに触れたとして、何に届くのか。何を知ることができるのか。そのものからはただ撥ねつけられ、明らかな拒絶を受け、追い払われる。それはひたすらその場に張りつき続けている。

山戸が冷静に判断を下すように、口を開く。「これはねえ、だが、ふつふつと語っている、何かを。そして、このことは言える。そうは言ってもね、まずはあなたに向けられたものだ、これは。どうやら、はっきりしたのじゃないか、それが」

「そう思ってられるなら、それでもいいが」加地はとくに異を唱えることもなく、穏やかに答える。

海野がさらにそれにつけ加えるように、言葉を差し挟む。「そして——しかもまた、次には別のことが起こる。だれかがだれかに取って代わる。そのことをされる方も、もしかして、する方も」すると、山戸がさらにつけ加える。「そうだ、それはその通り——だれかがあなたになる、あなたがだれかになる」

加地は淡々と言葉を続ける。「信じられますか、それまで存在しなかったものがある。いまや、そこに張りついている。いったい、何故か」

海野が平静な声で加地に尋ねる。「あなたは怒っている、そして、何かを悔いている。何を悔いているのだ」

加地は繰り返し、言葉を続ける。「何でこんなものが張りついた。わたしはよそ見でもしていたのか、眠っていたのか。まるで時間そのものに騙されているようだ」

山戸が言う。「あんたは襲われている、こいつにね」

海野が言う。「あんたは噛みつかれている、こいつにね」

山戸が言う。「あんたは打ち砕かれている、こいつにね」

海野が言う。「あんたは裏切られている、こいつにね」

再び、加地は真っ直ぐ目を車体に張りついている引っ掻き傷の上へ据えていく。しかし、やはりその鋭い刻み目からは静かに、はっきりと拒まれる。そのものに触れたとして、何に届くのか。いったいそのどこに触れられるのか。その場はまるで無傷そのものといったようだ。それなら、どうなのだ、これらのふたりは。ここに立つ彼らは間違いなく怖れている、次のだれかになることを、次のだれかにされることを。そうなのだろう。彼らはいったい何をすべきなのか。

加地は静かに、しかし、断固として、傍らにいるふたりに向かって、言葉を発する。

「いいでしょう、それなら、これに触れてみて下さい。この引っ掻き傷に触れて下さい」

彼らふたりはともに加地の方へ視線を移す。初め、彼らの目にはいくらかの驚きが浮かぶ。次にはそこにはっきりと反発の光が生まれてくる。あたかも病の感染を怖れてでもいるというかのように。次が自分の番だとも怯えてのことか。このものを何だと見なしているのか。心の底では縁切りしたいものそれ自体だと感じているのではないか。

「傷に触れろ」加地は繰り返す。

彼らの沈黙した目はさらに反発の色を強める。それから、そこに見える表情は平静さを取り戻していく。やがて、そこからは少しずつ、前向きなものが滲み出し、広がり始めていく。まるで怖れのようなものを静かに克服していくかのように。さらには新たなものが生まれてくる。これから先へ向けての密かな決意を表しているかのようだ。

彼らは次々に腰を屈めていく。山戸が車体の方へ腕を伸ばすと、指の先でボディの上に刻み込まれた鋭い窪みの上をゆっくりとなぞっていく。あたかもその感触を確かめ、覚え込もうとしているようだ。次に、海野が同じように腕を伸ばし、指先を刻み込まれた鋭い線の上へ滑らせていく。まるでそこから何かを写し取ろうとでもしているかのように。

それから、再び、ふたりはその場に立ち上がり、静かに頷く、こくりとばかりに。言葉はなく、沈黙を守ったままだ。

とくに彼らの目に促しの色は浮かんでいない。ただそこにはありのままの無表情が湧いて出ている。こんどは加地がその場に屈み込む。腕を伸ばし、面と向かい合ったその鋭い刻み目を持つ真一文字の筋へ指先を重ねていく。その線に沿って、指はゆっくりと横へ滑っていく。その有無を言わさず走っている一本の筋からは、取りあえず表立っての凶暴さは消えている。とはいえ、いまは静まり、身じろぎもしなくなっている猛々しい獣を思わす秘められた気味の悪さといったものがいまだ——いまこそ——どこかに潜んでもいるようだ。指先は何ものかを確かめるように、あるいは探り出すように、さらには鎮めるようにその上をなぞっていく。

延びていく筋の掻き傷から手を離すと、指はその象(かたど)りをして、記憶を刻み込むかのように冷たい熱を持った。それは間違いなく、確かめられた何ものかだ。たとえそこには静かで、明らかな拒絶があったとしても、それを含めた上でのものに他ならない。加地のなかにはそれが入り込んできた。これからはそのものといつでも向き合えることにもなるのだといったように。そのものはまた、さらにいくらでも形を変え、挑みかかってくるかもしれないが。


加地は車体の引っ掻き傷から離した指の先をじっと見つめる。気づけば、山戸と海野もそれぞれ同じように自らの手の指先を黙ったまま見つめている。彼らもまた、引っ掻き傷から受け取ったものを改めて確かめているといったようだ。

やがて加地はいまを吹っ切るかのように、あるいはいきなり思いついたというかのように視線を指先から離し、手を下ろすと、車の後ろの方へ歩いて回り込む。「さあ、何を感じました。指の先にどんな感触が残っていますか。それでは、このなかに入っているものをご覧に入れましょう」彼らに向かって、そう言い、車のトランクを開くと、確かな手際のよい動作でなかに入っていたものを取り出してくる。

「これは何だと思いますか」そう言って、加地は手にした大きな銀色に光るアルミのシート状のものをマントのように身体に重ねていく。それは防雨、防寒用のブランケットだったが、アルミのため防炎効果もあり、車の日除けにも使えるものだった。そんなふうにして彼は次々とトランクのなかに入っていた強化プラスチックのヘルメット、エアマット、携帯トイレ、レインポンチョなどを取り出しては、山戸と海野のふたりに見せていく。

初めはいくらか戸惑いや、訝りを見せていたものの、海野がようやく口を開く。「何が起こるかわからない、どんなことが降りかかってくるかわからない」それから、確信し、納得したように冷静な声で言う。「備えあれば、憂いなし。そういうことですね」

山戸が落ち着いて尋ねてくる。「防災グッズの山じゃないですか。何かわたしに向かって、訴えていますか」

「それまでなかったものが突然、生じてくる。思いがけなくも、予想を裏切って」加地が答える。

海野が言う。「災厄はいくらでも現れてきます。前もっての覚悟が必要ですよね」

山戸が言う。「襲いかかってくるものに備える」

海野が言う。「降りかかってくるものに備える」

それから、加地はその場に立ち尽くしていた身体から力を解いて、やわらげるようにして、周囲を当てもなく巡り回り始める。ただ同じような足取りのままにいくらかの時をかけ、またもとのところへ戻ってくる。

言葉からは感情は抑えられ、冷静な口調で彼は尋ね、訴える。「まだ姿を見せないそのものはいったい、わたしの何を拒絶したかったのでしょう。あるいは、責めか、恨みか」それから、加地は上体を前へ屈め、トランクのなかへ潜り込むようだったが、そこからいくらか嵩のある塊を両手で抱えるようにして取り出してくる。こんどはずっとやわらぎ、くつろいだ声でふたりに向かって、語る。

「これは台風の来た後に海岸に漂着していたのを拾ってきたものです。幾分、以前のことですが」

加地の両手から大きく飛び出すように乗せられているものはごつごつとした、かなり変化に富んだ形状をしている流木の塊だった。「まるで枝のようなものが四方八方、放恣に伸びて、全体は絞り込まれたように捩れている。でも、よく見るとその捩れの向きは部分、部分でまた違っている。どこか遥か彼方の海から流れ着いてきたようですよね。いろいろと想像をたくましくしていくこともできそうです。その長い旅路を表しているのか、捩じ切れ、もぎ取られたようになっている箇所もある。そして、ほら、かなりの部分はタールに塗れたようにもなっている」

山戸と海野のふたりは加地の手にしている異様な形をした、しかし、確かな重量を持ったものへ、いくらか気圧されながらもじっと視線を注いでいる。加地の言葉はさらに淡々と続いていく。

「そして、こんなひとつの塊のなかにもいろいろな形のものが見えてくるようです。このあたりなんかは鳥の嘴のように大きく開いて、虚空に向かって、何か叫んでいるようだ。でも、この中心近くにはぽっかりとした穴も空いていますね。まるでこっちは静かに音や、気配を呑み込んで、ひたすらにひっそり沈黙と化しているようだ」それから、加地は笑い声を立てる。「はっはっ、ここは一本だけ大きく角のようなものが突き出ている。何か調子に乗って、大演説でもぶっているようだ」

山戸がそれら加地の言葉に加えて、流木の一箇所を指で差して、口を開く。「それからまた、ここのところはあなたの職域というのか、まるで人の口蓋を大きく押し広げたような形をしているではないか」

加地は落ち着いた口調のままに、言葉を続けていく。「だけど、やはり全体から見れば、その枝々のようなものは強（したた）かに張り出て、その大もとは捩られ、ひねられながらも、揉み込まれ、引き絞られ、遥々、荒海のなかを組んずほぐれつ、ようやく岸辺まで漂着してきたといったようだ。それにしても、この塊を通してさまざまな力がのたうち、あがいてもいるようだ」

海野が口を開く。「でも、四方八方へ腕を伸ばし、絶妙な均衡を保っているようでもある。そうだ、タコの足か、ヒドラの触手のように奔放で」

山戸がそれに続けて言う。「まるで大きな洗濯槽に放り込まれ、さんざん揉みしだかれたようにその全体が捩れに、捩れている」それから、その一箇所を指で差す。「ここらあたりをよくよく見ればいい。断末魔という言葉が浮かんでくるようじゃないか」

加地もまた改めて、自らの手にしたものを見据えつつ、言葉を放つ。「そしてまた、この穴の周りのあたりを見て下さい。どうしたわけか、イボの塊のようなものが満面に張りついているでしょう。気泡めいたものがガマのイボのように。そして、広くタールがかかって、至るところが捩じれて、のたくり打っている。まるで自らが自らを苛（さいな）んでいるようだ。気味のいいものじゃありません。いや、じっと見ていると、引き込まれてしまう。だからこそ、家のなかへは置いておけない。こうして車のトランクに仕舞い込んである。もちろん、大事なものです。自分にとっての重りのようだ。自分はこのものの下に敷かれている。だが、このものの上に乗っかっている。これはわたしにとっての秘密か。いいや、とんでもない、こうしてまさにお見せしているじゃないですか」

山戸もさらにその塊を注視するようにして、言葉を発する。「そうです、家のなかに置けないほど気味の悪いものというのがあります」それから、目を据えたまま、さらに続ける。「気味が悪いと言えば、気味が悪い。いったい、どうなっているんだ」

海野もまた、その塊の方へじっと目を向けている。「そうです、気味が悪い。タールに塗れ、イボが張りつき、全体がのた打って。いったい、どこからもたらされたのだ」

ふたりの言葉を受けて、加地が言う。「何だかあちこちでそれぞれ得手勝手に別の力が働いて、制御不能の威力を秘めている。さあ、思い出せ、思い起こせ、と。まったくね、これは何です。まだ足りない、まだ知らない、まだ気づかない、と」

山戸が挑発するように言う。「あんたはこのものをあいつに見せている。そうなのかな」

海野が無責任に言葉を放つ。「はっはっ、それで、何者かがそれを狙ってきた、と。けれど、盗れないので、忌々しくって、車に引っ掻き傷をつけていったのだ、と」

加地はこれまで以上に沈着に、じっと身じろぎもせず、ふたりに言葉を放つ。「触わって下さい、叩いて下さい。それなら、これに触われ、これを叩け――」

山戸も、海野もじっと凝り固まった姿勢を保って、その塊を見つめている。やがて山戸が試してみるといったように、あるいは降ってきた言葉に操られているとでもいったようにおもむろに腕を伸ばしていき、加地の抱えている塊に触れていく。さするようにゆっくりと、その表面の凹凸の上をたどっていく。海野もまたすぐそれに続けて、腕を伸ばしていくと、その塊をまるで上から打診でもするように、さらには何かの力を込めるか、受け取ろうかとするかのように叩いていく。それはさながらまた、何ものかを試し、探り、親しもうとしているかのようにすら見える。

すかさず、それに被せるように加地が言葉を発する。「それなら、こんどは噛んでみて下さい。それを噛んで下さい。それに噛みつけ――」それから、つけ加える。「何もわたしが歯医者だからって、言っているわけじゃありませんよ」

山戸も、海野もそれまでの動作を止めて、じっとその姿勢で目の前の塊へ見入っている。それから、われに返ったかのようにそのものから手を引っ込め、隔たりを置くように同じ場所に立ち続けている。

すると、山戸は笑い出し、それが止まらず、吹き出し続けている。海野はその塊を叩いていた手を他方の手に重ねるようにすると、それらをこすり合わせ始め、口を閉ざしたままその仕種をいつまでも続けている。

加地はすでに全身がやわらぎ、くつろいだようになっている。もはや手仕舞うかのように両手に抱えていた流木の塊を再びトランクのなかに収めると、ダンボール箱に入っていたビニール包装の袋を取り出してくる。

彼の顔には親しげな笑いが浮かんでいる。ふたりの相手に向かって、声をかける。「今日はお付き合い頂きありがとうございます。何ともご心配をおかけし、お騒がせしてしまって。それに、不安の種まで播(ま)いて、広げてしまったのかもしれません」交互にふたりの方を見て、穏やかな調子で言葉を続けていく。「もともとはと言えば身から出た錆、おかしなことが起こるのは世の中はと言えば得体の知れない奇態な塊、そんなものかもしれませんよ。これは鹿肉のジャーキーなのです。保存食でもあるが、キャンプに行ったときなどに最適です。あまり見かけないものじゃないですか。どうぞ、召し上がってみて下さい」

ふたりは加地の手を差し伸べる仕種をじっと黙ったまま見つめているが、手渡されたスティック状の鹿ジャーキーを素直に抵抗もなく、口へ運んでいく。ゆっくりと嚙み締め、落ち着き、味わっているように見える。しばらくはつぶさにその味と感触を感じ取っているようだ。

山戸が感想を言葉にする。「柔らかく、滑らかですね。燻製にしては」

海野がそれに続けて、言う。「嚙むほどにいろいろな味わい、香りが広がっていくようで、まるで燻製された時の長さまでが圧縮されているようだ」

言葉の交わし合いは取りあえず、終わる。あたりは静けさに満ち、時が止まったようで、何も動かない。

山戸がその場に棒立ちになったまま、思いを明かすように静かに言う。「気味の悪いことだ、これはね」

海野がその場で身を固くしたまま、続けて言う。「おぞましいことだ、こんどのことはね」

やがて加地が身じろぎもせず、向かいの一面のコンクリートの壁に向かって、淡々と言う。「ただひたすらそこに立っている。石の固まり。何て見事に立ち続けているんだ」

やがて三人は黙ったまま、次の行動に移っていく。山戸と海野はそれぞれ、駐車場に駐めてある自分の車に向かって歩いていき、その運転席へ収まっていく。加地もまた、立ち止まっていたその場所から移動し、自身の車の運転席へ乗り込んでいく。

Ⅲ

加地は地下駐車場へのエレベーターを降りて、車に向かっていく間にも身が硬直していた。いや、それより前の診察室での治療中でも終業時刻が近づくにつれ、身内にははっきりと緊張感が高まってきていた。この先はもはやこちらの力ではどうにもならないもの、ほとんど向こうの考え次第、思惑次第といったもののように思われた。事態はいったい、どういうことになっていくのか。

地下駐車場の広い空間はいつものように、ひっそりと静まっていた。彼はそこへ近づいていったが、それは早くも目に飛び込んできたといったようだった。愕然として、落胆する暇もないほどで、強く後頭部を打たれたかのようだ。いくらか離れた場所からも、その真ん前のボンネットの上につけられた刻み傷は余りに歴然としていた。これまでは両側のリア扉の上にほぼ真一文字の形で描かれていたものが、そのままこんどはそこの上の左右に一本ずつ、中心線を対称にして引かれているのだった。遠慮会釈もなく、それは刻まれている。大胆というより、もっと何か大きな空虚のようなものすら感じさせられた。笑い出したいくらいだった。

加地はその引っ掻き線を目前にして、目に焼きつけるほど見つめ続け、また考えをまとめようともしていたが、そうしたものは筋道立つ前に散り散りにばらけ、また形も変わっていき、崩れ出してもいくようだった。あたかも自らの全体が雲のようになって、溶けたり、結びついたり、みるみる形を変えてもいくかのようだ。

そんな曖昧で、覚束ない思いのなかを確かな、一定の響きを持ったものが近づいてきて、その靴音が歩みを止めると、ほど近い場所に山戸のじっと佇んでいる姿が見えた。顔は青白く映り、表情は欠けているようだった。そこに見出されたものに対してはしばらく絶句していたが、おもむろに山戸の口からは言葉が漏れ出てくる。「やらかしましたね、またですね。三日目ですよね、今日で」

加地のなかでは気持ちが蟠ったまま、表に出てはこなかった。何か言葉を発すること自身、相手の思う壺ということになるのではないかとの思いに捉えられる。「無残ですよね。むごいものだ。どういうことなのか、わたしにつきまとって。そうですよね」

山戸はつくづくボンネットの上の引っ掻き傷を眺めて、言う。「こんなことがあるんですね。どこまでやる気なのか、まったくあからさまだ。車体の上に刻みつけられたまま、じっと動かない。だがそれが、何かを訴えているように見える、無言のままに」

加地はつぶやくように言う。「執拗だということですよ。一昨日だけでは満足していない、昨日のものでも満足していない。そして、今日のものがここに張りついている、まだ不十分とばかり」言葉に発してみると、忌々しくなってきた。すでに相手の気持ちに沿って、思い巡らし始めていることになる。

山戸が引っ掻き傷を見つめたまま、思わず口走る。「何なのですか、これは。笑ってはいけない」それから、あえて決めつけたように言う。「こいつは馬鹿なんですか、白痴なんですか、空っぽなんじゃないですか」

加地は冷静に言う。「いま、この場にはいない。すでにもう、消えてしまっている、そいつはね。それが忌々しいじゃないですか」

山戸はさらにはっきりと言う。「すっからかんだ、すっからかんだ。ただそこに張りついている、そうなんでしょう」

加地は口を噤んだまま、じっと立ち尽くしている。山戸もまたつぶさにボンネットの上の刻み傷を見つめ続けている。すると、背後から気配があって、人影がかなり近くまで迫ってきているのが見える。この日の海野はカジュアルなゴム底の靴を履いていたため、すぐそこまで近づいてきていてもわからなかったようだ。

彼もまた、加地と山戸の間に加わるようにして、ボンネットの上の引っ掻き傷を見つめている。やはりふたりに対して驚きや、やりきれなさといった思いを口にした後、さらにつけ加えるように言う。「どういうんですか、これは。どうにも大っぴら過ぎてわからない。こんなに切羽詰まっているというわけか、やはり見た通り。それとも、思惑や、時さえ無視して、ただぬけぬけと構えているんですか」

山戸がそれに続けて、思いつきを口にする。「どうなんです、これをやらかした者はひどく飢えているんじゃないか。まるで何もできず、途方もなく。それなら、何をくれてやったら、それが満たされるのか」

そのうち加地にはこの車体の上の傷を中心にして、その周囲に延々と広がっていく雲のような、沼のようなものが思い浮かんでくる。そうした広がりのなかのどこからか突然、泡のようなものが、ガスのようなものが噴き上がってくる。けれども、そうした現象がじつはどうして生じているのかわからない。とはいえまた、それらの泡やら、ガスやらは無際限に至るところで噴き上がっている。いや、噴き上がっているだけではない、いつか噴き上がるべくいまだ機を見るように蠢（うごめ）いているだけのところも数多ある。そしてそれらの中心には紛れもなく、この車体の上の傷がある。いや、噴き上げたり、蠢いたりしているものがいまや、はっきりと車体の傷となって、その身を結びつけてきた。

三人はしばらく黙ったまま、ボンネットの上の引っ掻き傷と向かい合っている。やがて、海野がその場で口走る。「いったい、どういうつもりなんだ。だけど、こうしてこいつはこのボディの上で口を噤んでいる」

山戸が加地に向かって、冷静に、むしろ加地の身になり代わってのように疑いをぶつける。「あんたは何をしたんだ。自分は邪魔者なのか」

それを受けてのように、海野も同じように言葉を続ける。「あんたは何をしたんだ。自分は知らない」

山戸はこんどはむしろ穏やかに、なだめるような口調で加地に語りかける。「いまやあなたは切り刻まれている、こんなふうにね」そう言って、ボンネットの上の引っ掻き傷へ視線を据える。「一方、もちろん、これを仕出かした者はとんでもないものだ。まったく、とんでもない。でも、そこまでとんでもないことを強行したっていうことは、その当人も切り刻まれているわけです。切り刻まれているんです、そいつもね。それで、こんなことを仕出かした。当人も切り刻まれている。当人が切り刻まれている」山戸はあえて、不敵に笑ってみせる。「そいつはこうして、自分の傷を見せつけているんじゃないか。ここに見えているのは何ですか。あなたの傷ですか、そいつの傷ですか」山戸は調子を変えて、言い切る。「だけど、押し返さなければいけない。切り刻みの連鎖を止めなければならない」

加地はますます見つめ入るように、ボンネットの上へ目を据えていく。ほとんど顔面がそのものに張りつくかというほどに。

海野も山戸の言葉に乗ずるようにして、さらに言い放つ。「だけど、こいつはまだかわいいじゃないか。こうして働きかけてくるだけ、仕出かしてくるだけ。そうじゃないか。風のようにただ吹いているだけ、石ころのようにただ転がっているだけというよりは」

加地は顔をボンネットの上に張りつけるようにして、引っ掻き線を向こうから、手前へ向かってたどっていく。そういう気持ちになって、改めてそのものを眺めてみる。「そうか、わざわざわたしを相手にしてくれているわけか」それから、どこかへ奉るように言葉を発する。

三人は再び、じっと立ち尽くし、黙り続ける。視線はボンネットの上へ向かっているが、疑いのなかへ落ち込んでいくかのようだ。いまやそこから掴み取るべきものを探しあぐねているというかのように見える。

加地が茫洋とした先へ向かって放つように、言葉をつぶやく。「何だか騙されているような気がしてきましたよ。いったい何に。時間に、そして、だれかに。いや、これをやらかした者でもない、他のどこかのだれかにですよ」

その言葉に対し山戸からも、海野からも反応はなく、三人はさらに沈黙を守ったまま、車体の上を眺め続けている。

すると、そのとき、駐車場のいくらか離れた先から乾いた女の笑い声が聴こえてくる。振り返った三人の目に入ってきたのは太いコンクリートの柱の横に佇んでいる椎名の姿だったが、そのじっと静止している姿勢からすると、すでにいくらか前からその場に立ち続けていたようだ。そのまますぐに笑い止むと、椎名はおもむろに真っ直ぐ、こちらへ向かって歩き始めてくる。


三人がいくらか驚き、ぼんやりと見つめていると、すぐ間近までやってきた彼女は語りかけてくる。「いま、不意に、思い出していたのですよ、以前にここが浸水してしまったときのこと。この駐車場全体が田んぼのようになって、洪水で」

「ああ、ありましたねえ」それまで相手に訝しげな視線を送っていた海野がようやく口を開く。

「だけど、それがまた、どうかしましたか」山戸はいまだ椎名の漏らした笑いについて、釈然としないといったように言葉を口にする。

「そうですよね、わたしとしてもいきなり、そんな光景が甦ってきてしまって」椎名自身、そのことに困惑しているというかのように返答する。

彼女もまたこのビルのテナントとして、どちらかと言えば新しい方だが、二階に画廊を構えているのだった。二年ほど以前、集中豪雨のため地下駐車場は浸水してしまったのだが、そのときは比較的短時間で雨も降り止んだため、水深も、被害もさほどのことなく済んでいた。

椎名の顔つきはすでに無表情に近いものになっている。しかし、それは内心の動揺か、怖れめいたものを抑え込もうとしている表れのように見える。ただし、やはり車体の上に露わに張りついているものを前にしてもさほど驚いていないことははっきりとしていた。しばらくしたとき、椎名の口からは短いため息だけが漏れた。

「こうしたことになりましたか」やがて、椎名がぽつりとつぶやくように言う。その声音は静かで、むしろ沈んだ印象だったが、その言葉には何かしら蟠りめいたものが潜んでいるようにも感じさせられる。加地はそのことに引っかかるようなものを覚え、どこか不当な感じすら味わわせられた。

やがて、それから椎名の語ったことによると、今回の事態についてはやはりテナント同士である知り合いから聴いたとのことで、その人間に話を伝えていたのが海野であり、またさらに別の人間からのメールもあり、それは山戸から告げられたものだったという。すでに彼女は出来事のおおよそのことは知っていて、それを心配し、不安にも感じていたようだ。それで、あらかじめ気持ちの備えはしていたものの、やはりまたこの日になって、さらに新たな引っ掻き傷が生じていたことには動揺もしているようだ。

椎名の言葉はどこかに向かってというわけではないが、しかし、なおだれかに向けて訴えているようだった。「何のせいなんでしょう、こんなことって。あの浸水のときの一面に張っていた濁水も気味が悪かったけれど、これはもっと静かで、より深く抉り込んでくるようじゃないですか」

海野がそれに答えるように言う。「そりゃあね、自然には悪意はありませんからね。でも、こいつにはそれがある。そしてまた、その悪意の正体がわからない。悪意はあるのに、それがわからない」

椎名がほとんど自分に向かって、つぶやく。「どういうつもりなのか、どこにいるのか。正体を知られることが困るのか。もしかして、知られたって構わないと思っているのか。何を狙っているのでしょう。望んでいるものなどひとつもない、と。だから、姿を見せないのか」それから、こんどは加地に尋ねるように言葉を発する。「何か思い浮かんでくることはありますか。やはりあなたへ向けられているのか。それともまた、だれでもよかったのか。たまたま、あなたが当たったのか。だれでもよくって、あなたに粘着しているのか。だって、実際、あなたはこれをされることで思い改めたような何かはあるの」

加地は俯き気味に車体の方を向いたまま、思いに耽っているように沈黙を守っている。

山戸が代わりに、考えついたように言葉を発する。「そうか、わたしが知り合いに喋った話があなたのところへまで回っていたのか。あっという間にビルのなかを駆け巡っていたというわけか。それならまた、もっとその周辺にも広がり、巡っていっていたのかもしれないな。そうか、そうだとすると、それはもしかして当の本尊のところへまで伝わっていたのかもしれないな。これはありうる。それで、今日もひとつ、いや、倍に増えて、ふたつ、ここに引っ掻き線が引っ張られた、と」

海野もまた、その口調に合わせるように言い放つ。「こちらが無用に触れ回ったせいで、向こうが早速、お返しを送ってきた、と」

椎名は思い浮かんだことを口にする。「ここらにカメラは備わっていますか、それ用の。ただ正確に、隙もなく見届けてくれるような」

山戸が淡々と答える。「通りとの出入り口のところには一台、据えられていますね。後はエレベーターのなかですね。地下の駐車場で乗り降りすればわかります」

海野が言う。「でも、階段もありますからね」さらに続ける。「そうですよ、ここには振りの車は入ってきませんよね。契約車両だけで」

山戸はいきなり椎名に関心を向けてくるように尋ねかける。「さっきは言っていましたよね、浸水のことが思い浮かんできたって。どうしてでしょう」

椎名は尋ねられたことに戸惑うようだったが、それに答える。「突然、思い浮かんだんですよ。でも、どうしてでしょう。見えてしまったのですよ」

山戸は笑いを浮かべる、しかし、それはすぐに消える。「何故、このときに。どうして浸水だったのでしょう」相手をじっと見る。

椎名は口調が硬くなっている。「噴き出してきたのですよ、そうですね、発火したのですよ。浸水がどうかしましたか」

「あなたにはわかりませんよ」山戸は向こうを向いたまま、淡々と答える。

海野はじっと表情もなく、ふたりのやり取りを眺めていたが、おもむろに自らにつぶやくように言葉を発する。「何かねえ、じわじわとした蠢きのようなものが感じられてならないのですよ。こうして立っているだけで」

山戸がその言葉に続け、重ねるように言う。「そうですね、ぽん、ぽんと日を追って、気味の悪いものが張りついてくる。それがいつのまにか、何だか、いきなりでもある」

海野はいくらか俯き、考えを詰めていくように語る。「それでね、加地さんには悪いが、いや、そういうことではなく——加地さんだけというより、何かこの車が代表しているだけなのではないかって。こいつはね、この刻み目は、このものは、確かにここにあるだけでは済まない、と」

山戸はむしろじっとその場で身じろぎしないで言う。「このコンクリートだけで塗り固められた広い空間にそれが充満している。それだけの力がある。この張りついた引っ掻き傷には、それから染み出していくものにはね。だけど、こいつは動きもしない。そして、ただ張りついている」

その言葉に促されるように椎名は改めて、遠く隔たり、取り囲んでいるコンクリートの壁や、天井へ視線を巡らし眺める。それから、ぽつりとつぶやくように言う。「静かですからね、その分、怖い。次に何が出てくるのかって」


山戸は同じようにじっと立ち続けたまま、遠い思い出について、洪水の記憶について問わず語りのように話し出す。「わたしはあのとき、つくづく裸に剝かれたという思いを味わった。のたうつ濁流の上でね。容赦のない水の勢いに取り巻かれてね。まさに無力の塊だった。決してもう、忘れられないことになった。でも、そのことが人にすがる、協力するということにはならなかった。むしろ逆で、それを当てにするな、安心するな——そういうことになった」

海野は山戸の喋り続けているさまをじっと見ていたが、まるでそれに誘われ、促されるようにして、いきなり普段から自らの捉われている思いについて、語り始める。「つまり、こうだ——食いつ、食われつ、それはどうしようもない。その紛れもない真実について忘れているわけではない。けれども、肝に銘じているというのとも違う。だけど、人を見たら、この人は食べているじゃないか、そう思ってしまう。何も食わずに、息をしていけるか、と」さらに静かに、言葉を続けていく。「しばしば夢のなかに出てくるのですよ。ただひたすら牛が暗い荒れ野のなかをのそり、のそりと歩いていく。クロコダイルがどういうわけか、砂州の上でじっと岩石のように凝り固まったまま、こちらへ視線を送ってくる」

加地は黙ったまままじまじと、語り続けている山戸と海野の顔を眺めていたが、口を固く結び、ひと言も発しない。

しばらくすると、またしても山戸が発散するかのように話し始める。「実際、わたしはケチだ。金銭についてだけじゃない。人間関係についても、環境や、時間についてもケチを貫いている。何も当てにするな、安心するな。わたしはケチの塊なんだ」

「それはわからなかった」海野がそれに応える。

「人には知られないように気を使っています」山戸が答える。

さらに海野が再び、話し始める。すでに焦りが込み上げてきている。「阻もうとしている人たちの存在を感じる。人はそうするものだ、阻んだり、阻まれたり。人の口に戸は立てられない。だけど、そんなに邪魔なのか。それが口々に広がっていっている。いろいろとよくも言ってくれるものだ。わたしの店が大いに目障りとばかり」

山戸は椎名の方へ振り向いて、再び、問いかける。「あなたが最初に見たというもの、甦ってきたというもの。それはどうしてだったのですか、何ですか、それは」さらに穏やかに、しかし、はっきりと続ける。「それで、いまやどこかから見ていますか、見ているように感じますか。こいつを仕出かした大もとのやつが」

「そんなことわかりませんよ」椎名はいくらか当惑するようだったが、きっぱりと答える。

「さっき、あなたには見えたのでしょう、その映像が。だって、この一面が浸水していたときの光景が」山戸は譲ることなく、言葉を重ねていく。

椎名は絶句している。相手の方をじっと見つめているが、しかし、その表情からは力が抜け、穏やかにすら見える。

やがてその椎名に向かって、海野が冷静に問いかける。「確かにあなたはいろいろ耳にしているようだ、このビル内の出来事についても、さっき話していたところでは」それから、さらに前へ向けて尋ねてくる。ほとんど責めているような口振りだ。「それで、何か聴いていますか。こちらのことについて、店のことについて、あるいはわたし自身のことについてでも」椎名が言葉を漏らす前にも、さらに問いかける。「もしかしてわたしが無残で、無慈悲な行動に加担していると思いますか。まさに世の中の阻んだり、阻まれたりの真っ只中で」

椎名は静かに相手の方を見つめている。それから、思い出したことを言葉にする。「そうでした、以前に、そちらでシープ革の手袋を買わせて頂いたことがありましたよね」

海野はしばらく茫然としたように、黙ったまま椎名の方を眺めているが、それは次の言葉を準備していたためのようだった。「それなら、これは聴いていましたか。わたしはしばしば午後三時ごろ、野鳥の集まる木陰の下で昼食を取っている。そしてある晩、そこを通り抜けようとしたとき、後ろから肩を強打されました、聴いていましたか。そいつはそのまま走って逃げていきました、手には金属バットを持ったままね、これは知っていましたか」

椎名はその場に立ち続けたまま、長い間、沈黙を守っている。ふたりの語っていたことを静かに咀嚼し、ゆっくりと消化し、吟味していくかのようだ。海野や、山戸の方を見返しているが、その視線には漲るようなものはなく、柔らかで、穏やかだ。それから、やがておもむろに口を開く。

「それなら確かめてみればどうです。いえ、探してみれば。探せば見つかりますよ。探すことが大事かも。何を怖れているのですか、何を不安に感じているのですか。あなた方はあなた方のものを見出すかもしれませんよ。おやりになってみればいいじゃないですか」

山戸が疑問をぶつけてくる。「何が言いたいのです」

海野が探るように言葉を口にする。「つまり、試してみろと」

そのままふたりは――山戸と海野はその場でじっと身じろぎもしないでいるが、それは身体から気が抜かれたように身動きもままならなくなっているためか、それとも身内で蠢き、揺れて震えているものをじっと抑え込もうとしているためなのか。

「もしかして人を脅していますか。たまさか千里眼にでもなった気で自惚れていますね」山戸が言い切る。

「何が不安なのか」海野は自らに向かって問うようだ。それから、すぐ次には切り返す。「それにしても、何でそんなことが言えるのか。確かにわたしは周りに触れた、今回の件について。でも、たとえあなたが早耳だったとしても、一杯、食わされることはいくらでもありますよ」

椎名の言葉は同じように落ち着きを保ったまま、淡々とさえしている。「本当に、もしそんなものがあれば、何かが起これば、乗り越えて欲しいと願っているだけですよ」

加地はほとんど無表情のままに山戸を見て、海野を見て、さらに椎名をじっと眺めていく。何も言葉は語らない。

山戸と海野はあたりを当てもなく、ぶらぶらと歩き回り始めている。その身は落ち着きがない様子で、苛々として、焦りに追い立てられているといったように見える。けれども、次にはそうしたものを抑えつけ、単調な規則立った歩みに返り、その場を巡ってもいくようだ。さらにはまた、茫然とした姿勢で立ち止まると、むしろこともなげで、悠長な視線を先の方へ向けたままでいる。けれども、その姿勢がいくらかでも揺らぎ、崩れていくと、それは自らの緊張や、不安を抑えつけておくためのはぐらかしめいたものでもあったと見えてくる。そのうちにまた、そこらを焦りに捉われたようにぐるぐると巡っていくかのようだ。

急激にふたりは不安に占められていくようだ。そうしていきながらも、山戸は言葉を発する。

「用心せよ。何が起こるかわからないそうだ」

海野もまた、自分に向かってつぶやいたものがぶつくさと声になってしまったようだ。「そういうことだそうだ。先に見えてくるものは望みか、不安か」

やがて山戸はその場に立ち止まると、少し離れたところから椎名に向かって声をかける。「あなたはいきなりやってきた、聴きつけたと言って。ずいぶんよく知っているふうじゃないですか。でも、あなたに何を見られたって構わない」

海野は山戸とは反対のほうから二、三歩、椎名の方へ近づいてきて言葉をかける。「あなたはこのところ、何かの蠢きめいたものを聴いていますか。だけど、あなたが耳をひそめていたって、当然だ」

それらの声は外へ向かって放たれるというより、内へ向かって語られるといったようだ。椎名はじっとその場に立ち尽くしたまま、とくに相手の方を見ることもなく、それらの言葉に答える必要も感じないでいる。加地もまた、われ関せずといったようにじっと立ち尽くしたままだ。

山戸は再び、ゆっくりと歩き始めながら、こんどは確かにひとり言めいたことをつぶやいている が、それは車体の上の引っ掻き傷についてのようだ。「そうだ、さっきは話していたのだよなあ。そいつは、これを仕出かしたそいつはわざわざこうしてわれわれを相手にしてくれているのじゃないかって」

海野はその場にとどまったままで、言葉を発する。「あなたはいい耳をお持ちのようだ。教えてくれますか、いろいろ知っていそうだ。まだ何か言っていないことがあるでしょう、ありますよね」

山戸が即座に、その言葉に被せるように言う。「あなたの後ろには何人いるのです」

椎名は驚き、思わず相手の方を振り返る。しかし、それはただの軽口だったようで、その姿からは少しも返答など期待していないというのが明らかだ。

海野の立っている場所から、声が聴こえてくる。「もしかして、あなたの周りからは何かが染み出してきている」

椎名がその方を振り向くと、相手は目を伏せ俯き、他人のことなど知らぬげにコンクリートの床を見つめている。

やがて山戸はその場に立ち止まると、加地や、椎名に向かっていくらか改まって、言葉を告げるようだ。「この先、またどうなっていくことやら。それでは、まずは明日を期すこととして」

海野もまた、その場に立ったまま、向こうに佇んでいた加地と椎名に言葉をかける。「それは十分わかっていますよ。もちろん、変わるべきだし、変わらなければならない」

ふたりはそうして別れを告げた後、車の前に立つ加地と椎名から離れ、それぞれ自分たちの車の方へ歩き去っていく。


駐車場のやや端に寄ったところに山戸の社名のロゴの入った車は駐まっているが、そこまで達した後、念を入れるように彼はその外見を注視しながら回ってみる。遠くから近づいていったときと同じようにとくに何の変化もないと思えていたが、それを回り込みながら、ふと下の方へ視線を落としたときに異状なものと目が遭った。屈み込み、タイヤのホイールと向かい合ってみると、その光沢のあるスポークに絡みつくようにして、鉄製の鋏が張りついている。それはまるで十字の形に押し広げられ、そこに挟まっている。瞬間、山戸は磔刑（たっけい）の形が思い浮かぶ。ぞっとして、血の気が引いていく。視線が離れなくなっている。しかし、そこに絡み込んでいるあられもなく開いた鋏は限りもなく静かで、不動を保っている。山戸はしばらくして、ふらふらとその場から立ち上がっていく。

歩を進めながらその一歩、一歩がどことなく探り、探りであるような落ち着かない気持ちを抱えたまま、海野は自分のSUV車の方へ近づいていったが、そこには特別、何の変化も見出せないことにほっとした思いを味わうようだった。そして、それまでのいわば死角に当たっていた箇所である車の後方へ回り込んでも同様の安心感を抱いた矢先、その目につきにくい下部の方に何か不審な異物を見出す。それはまず形というよりも、色彩として目に飛び込んできた。黒一色のボディからいくらかはみ出るようにして、赤い毛糸の塊のようなものが見えている。それが丸められて、マフラーの排気口に突っ込まれている。隙間もなく一杯に強く押し込まれていて、あたかもその穴を赤い毛糸が塞いでいるかのようだ。途端に、海野にはその赤い塊が言葉を奪い、人の口を黙らせている情景が思い浮かんできた。突然、水を浴びせられたようで、背筋に冷たいものが走る。赤い毛糸そのものもきつく、苦しげにその穴に押し込まれたままだ。その場に屈み込んでいた海野はやがて、ぽおっとした面持ちでそこから立ち上がっていく。

ボンネットに引っ掻き傷の走った車体の前で佇んでいた加地と椎名の耳に、駐車場の向こうから声が響いてくる。

「やられたぞ」山戸の叫びが走る。「タイヤのホイールに鋏が絡みついている。十字に押し広げられている。気持ちが悪い。磔（はりつけ）の刑だ。糞食らえ」

「仕出かしやがった」続いて、海野の怒号が響く。「マフラーに赤い毛糸が押し込まれている。毛糸の真っ赤な猿ぐつわだ。身の毛がよだつ。真っ赤っかの口封じだ。ざまあみろ」

　山戸は運転席からうなり声を発し、海野はハンドルを前にいきり声を発する。それから、車を発進させると、相前後して、駐車場の出入り口から外の通りへ向かい、二台は息せき切って、走り出ていく。

　車の走り去っていった後、四方をコンクリートで覆われた広い空間は再び、前と同じような静けさを取り戻している。それまでと同じように車の前に立ち続けていた加地と椎名は顔を見合わす。しばらくは互いに言葉も出てこない。ようやく加地は椎名に向けて言葉をかけるが、それがこの日にとってのひと言めだ。「何が起こったんだ。いよいよですか。雨だったら、本降りか、風だったら、つむじ風か。いったい、これはどうなっているんです」

　椎名はあらゆる感情を抑え込んだ言葉で応じる。「だけどもね、これは静かだ、ということですよ。ひたすら静か、表面はね。雨も降っていない、風も吹いていない、何ひとつ、動いているものは見えない、およそまったく」

□

　いったんは言葉の交わされた後、なおも引っ掻き傷の刻まれている車の前で立ち続けたまま、長い沈黙が置かれていた。ようやく加地は傍らの椎名に向かって語りかけた。

「さっきは彼らふたりに確かめてみては、探してみてはと言っていましたね。どうしてそう思ったのか、どうしてそうすれば見つかると思ったのです」

椎名はしばらく言葉に詰まっている。それから、自分の気持ちをまとめるように語り出していく。

「わかりません。でも、見つかるっていうのは思い当たるということでもあるでしょう。そう思ってみてもいいじゃないですか。思い当たること、思い当たること——自分に向かって、当たってみればと」

加地はゆっくりとした口調で言う。「おかげで——いや、実際に、とんでもないものが現れてきてしまったのかもしれないが。彼らにしても、真っ逆さまに不安のなかへ」

椎名は冷静に答える。「脅していたわけではありませんよ。でも、次に進むには避けて通れないものもある」

そのあと、椎名は口を噤み、沈黙を守っている。加地は探るように相手の方を見る。「何か言いたそうですね」

彼女はしばらく黙っている。それから、一気に言い抜ける。「だから、あなたも自分に向かって、探ってみれば。大いにね、もうわんさか、わんさか宝の山が」

加地は半分、予期していたことが当たったような気がする。相手に言葉を返す。「わんさか、わんさか恐怖の種が。次はわたしの番か」

椎名はいくらか言い直すように続ける。「わたしだって、驚いていますよ、こんなこと。いえ、怖い、身のすくむ思いですよ」

　加地は再び、相手の表情を探るように見る。そのまま言葉を投げかける。「そうなのですか。それはまたお気の毒」

　椎名の顔にはしばらく何の変化も表れない。それから、不意に、そこに閃きのようなものが浮かぶと、ただ淡々と言ってのける。「見てみたい、わたしも見せてもらいにきたのですよ、あなたのものを。そこのトランクのなかに仕舞ってあるのだとか」

　彼女の眼差しは車の後ろの方へ向けられ、それを示している。加地は一瞬、虚を突かれる。どうして相手がその事実を知っているのか。しかし、すでに聴いている話のなかで——確かに、彼女は耳ざとくもよくそのことを知っていたものだが——その一端のこととして、承知していたとしてもおかしくはないと思い直す。

　加地は相手の方を向いて、おもむろに話し始めていく。「そう、確かに、そこに収まっているそのものはわたしのものだ。わたしが海で見つけて、拾ってきて、こんなところに仕舞い込んでさえいる。そしてもちろん、ある部分ではわたしとつながってすらもいる、このものはね」彼はいっそう確かな口調で言葉を続けていく。「だけど、ここに、この車の上に刻みつけられている傷とわたしとのつながりもはっきりとはしていない。そもそもどこまでわたしと関わっているのか、どんなふうにこちらへ向けられているのか。その上、そこに収まっている塊とこっちに刻みつけられているものをつなげてみようとしたって、どうなるというのか。でもね、実際、何がどうなっているのかわからないのですよ」あえてそうしていくつもりもなかったが、またしても話は振出しに戻っていくようだ。

　椎名はまるで一般論でも口にするように言う。「あなた、何をしたの」

　加地はさらに言葉をつけ加える。「だけど、またわからなくなってきた。ますます増えてきて。こちらだけではなく、他のところでも、別の場合でもいろいろ出てきて」

　椎名は意にも介さず続けていく。「そうですよね、仕出かした方も仕出かした方、まったく何を考えているのかわからない。その少しも見えてこない頭のなかには何が詰まっているのか。大して何もないのか、執拗に思い描いているのか。何を狙っているのか、どこを突こうとしているのか」

　彼女は言葉を切り、別の方へ舵を向ける。「それにまた、あの人たちのことはよく知らないのです。ここにいない人たちのことは、すでに立ち去ってしまった人たちのことは。わたしの知っているのはもちろん、あなたのことですよ」彼女はこの場に残ったのはすでにふたりだけだということを強く自覚してものを言っているようだ。

　加地は慎重に答え、さらに探りを入れていく。「それはありがたい。そして、それが救けになってくれるのかな」

　加地の方を向いている椎名の口もとに笑いが浮かび、それが消えると、視線は向こうへ向かう。それから、こちらの方を振り向くと、言葉を発する。「救けになると思っているのですか。もちろん、救けになりますよ。あなたはそうは思わないかもしれないけれど」

　加地は顔を車体の目前にまで寄せていき、引っ掻き線を眺める。「これを見つめていると、何かが湧き出てくる。そんな気がしてきましたよ」

椎名は気にも留めず、言葉を続ける。「わたしは親切ですから、教えて上げますよ」

加地は同じ体勢のまま、言う。「ますます何かが湧き出てくる、そんな感じがしてくる」

椎名ははっきりとした口調で、さらに続ける。「ほとんど言葉が足りていない、そう言っていますよ、皆さんは。あなたのことについて、わたしの知っているところでは。その少なからずは歯の治療を受けている方たちですけれど」

加地はまともに椎名の方を振り向く。その動作には驚きが見られる。「そういうことか――いろいろ出てくる」

椎名はさらに語り続ける。「行き当たりばったりだ、と言っていますよ。方針がはっきりせず、融通を利かしていると言えば聴こえもいいけど、そのときそのときで場当たり的でと。親切心が欠けているとも。ほとんど質問にも素気なく、そして、どんどん勝手に進めてしまうともね」

加地はじっとおとなしく相手の言葉を聴いていて、それに答える。「どういうことです。そうしたことはこういう仕事柄、いろいろあるわけです。えてして、そういう声ばかりがシャワーのように降ってくる」

椎名は同じ調子で続けていく。「でもね、診察台の上で痛みを訴えているのに、なおも治療を続けていたというのを聴いたことがありますよ。落ち着き払ったまま、まるで心ここにあらずといったように反応もなく、とね」

加地は平静に言葉を続ける。「いろいろと相手の方たちも感じていますよ。どうしてそう思えたのですかね。状況を理解してもらえていないっていうのは残念だけど」

椎名ははっきりとした口調で尋ねる。「どうしてそんなことが起こっていると思いますか。そのくらいのことは大したことではないと思っていますね。親切心が欠けているというのには理由があるのです。どれも投げやりから、放擲からきているのですよ」

加地は受け流す。「たいがいのところはうまく治まっているわけです。そうじゃないと、医院はとっくに潰れている。うまくいったからって、表彰状をもらえるわけでもなし」

椎名は繰り返す。「でも、どれもそこからきているのですよ。投げやり、なおざり、ないがしろ」さらに続ける。「自分でその自覚はありますか」

加地はようやく相手の言葉に返す。「人に親切にされて嬉しいのですか。そもそも何に向けての親切なのか。その親切とやらで何が実現するのか。むしろその親切心の行き着く先、それでかなえられるものこそ疑ってみるべきではないのか。いろいろと声は上がっていますがね。それで、いったいどこへ向かって努めろというのです。勝手なものが皆、勝手なところを目指している」

椎名は同じ調子で応じる。「悪評を気にしないというのは大した図々しさですけどね。それなら一切、何もしないでいて欲しい。それもできずに、ただ知らないで済まそうとしているじゃないですか」

加地は目を車体に近づけ、ほとんど顔面がそれに張りつきそうになっている。「そうか、あなたのやろうとしていることはこの上に、さらにまた新たな引っ掻き線を引っ張ってくることか」

椎名は動じることもなく、言葉を返す。「確かに、そう感じているのですか。でも、そうだとしたら、まだよくわかってくれていないということですね。それなら、もっと聴かせて上げますよ。

渇ききったところへ水をじゃんじゃんとね。どうして、丼鉢を叩き割ったのか。金槌で丼鉢を叩き割った、間に新聞紙を挟み込んで。もうそのことはすっかり知られています」

　加地は車体の方から顔を起こす。昨日、山戸と海野に向かって話したことを指摘され、驚きにも近いものが浮かんでいる。「そうか、もう知れている。なるほど――ああ、ますます染みが広がっていく。染みだか、雲だか」

　椎名は落ち着いた口振りで続ける。「どうしてそんな行為に及んだのか。何もしたくはなかったからですか。何もしたくなく、何もして欲しくなかったから、そんなことをしたのですか」

　加地は考えているようにも、考えている振りをしているようにも見える。「どうしてなのかな」

　椎名はもはや相手の方から、半ば視線を逸らしている。「何故、そんなことをしてしまったのか。思うに、あなた自身、きっとよくわかっていなかった。すでにもう、あなたのなかには密かに蠢いていたものがあった。でも、じつは知らないところであなたを蝕(むしば)んでいるものがあって、それがそれを行なった、と。そして、金槌が丼鉢の上へ。しかも、あなたは自分で自分の抑えが利かなくなっている。それで、振り下ろされる金槌は繰り返され、何度も、何度もね。密かに蝕んでいるもの、それって何ですか。ねえ、それって、どこからか聴こえてくるだれかの声、いえ、たくさんの声の集まり、シャワーになった声だったのではないかって。それがあなたの金槌を握った手を動かしていた、いえ、もうそれこそ叩き割られる丼鉢の方でもあったのか」

　この日、とりわけ椎名から出てくる言葉は厳しいものに聴こえる。この期に及んでも、いや、こんなときだからこそなのか。それは叱咤しているものだったのか。いや、それは彼女自身の内にある恐怖心にも似たものから発していたものですらあったのかもしれない。

加地は実際、感慨深げに言う。「それがさっき言っていた、わたしのなかに隠れている宝の山ってやつですか。とんだものが出てきた。きっと自分に自分で知らせてやっているんだな。そうだとして、大いに掘り出してもみるべきなのかな」

椎名はゆっくり加地の方へ振り向くと、むしろそれまでより穏やかな口調で問いかける。「こんなことが続いて（そう言いながら、彼女は車の方へ視線を巡らす）あなたは何かが変わったのか。それまでと、これが始まった後。あのときと比べて、どれだけ気持ちの変化があったのか、教えて欲しい、聴かせて欲しいですね」

加地はそこに立つ椎名の方を探るように見る。とはいえ、相手の声が抑えられてきたことによって、いまになり、半ば浮かび上がってきたものがある。加地は彼女の言葉をたどっている。「あのときのこと――」

椎名の声はますます静まり返っていくようだ。「ほんとに、いま、思い返しても怖ろしいことですよ。あのとき、起こったことはどうしたって忘れられない。そうです、あの日、起こったこと――整備された一本道を走っていて、でも、車はそのまま港の埠頭の方へ入っていった。しかもスピードはどんどん上がって、浜辺の方へ曲がるはずだったのに、ハンドルを握ったあなたは見向きもせず。いったい、何が起こったのかって。車は横に倉庫の建ち並ぶ埠頭の上をひた走り。助手席で何が何だかわからず、わたしは声さえ失って。突然、すると、あなたの足はブレーキを踏み込んだ。そして、そこはもう岸壁の直前だった。車はその場で驚嘆の急停止」

加地は語っている間もほとんど表情を欠いたままの椎名の顔をじっと見つめている。やはり彼女は半ば彼の予期していたことを話し始めていたが、それでもそのことには驚きを覚えている。しかも、その当の事態はどうしてかどうにも実感のともなっていないものに感じられてならない。そうすることで、気持ちを確かめ直そうとでもしていくように、加地は自らのそのときの状況を——車での事故になりかけたときのことを——明かし、語っていこうとする。

「あれはね、ひどく奇妙だ、いま思い返してみても。奇妙というのは自分でもはっきりしないということだが。そうだ、車はまっしぐら、岸壁へ向かって。スピードはいや増し、風景は流れ。実際、その瞬間はどこを走っているのかさえ忘れていたようで。自分で運転しているっていうのに」

椎名は平静な口調で続ける。「そのあともあなたは冷静でしたよ。その怖ろしさにも気づいていないくらい。どこかの地下にいて、外が大雨の水浸しになっているのにまるで気がついていないといったように」

加地が思いをたどるように語る。「車が故障したのではない、突然、体調がおかしくなったのではない、もちろん、居眠りなんてものじゃない。それどころか覚醒の頂点のような場所、そして、覚醒し過ぎたので世界が真っ白に、光そのものと化してしまったといったような。それなら、いったいどうしたのかって」

椎名は淡々と言い放つ。「いったい、何が起こったのかって。それは実際、こちらの言いたいこと。瞬間的にも本当に怖ろしさで、髪の毛が真っ白になるのじゃないかというくらい。あなたの真っ白とはまったく、わけが違う。まるでもう間違ったことが起こっているのにどうにもならない、どうしようもない。無力の極みでしたよ」

加地はさらに思いをたどっていく。「それなら、その前に何か思いつめていたことでもあったのか。いや、そんなことはない。むしろ逆だった、まるですべてが飛んでいったようだった。何もなかった、まったくね、澄み切ったように。何も思いつめていることなどなかった、きれいな空白だった」

椎名は口振りが変わり、いくらかくつろいだように言う。「それで、車は岸壁直前で急停止。最後は急ブレーキとともに、車ごと勢いよく前へつんのめった。フロントガラスにも、ダッシュボードにも衝突することはなかった。座席の上で並んだ二体は——あなたとわたしは——そろって同時に、前へ突っ込んだ。ほんとに、バレエでもこれほど息を合わせるのは難しいというくらい」

加地はさらに同じように自分の気持ちをたどっていく。「あのときは何かをしたわけではない、したかったわけでもない。思うにシートに座ったままじっとしていただけなのだ、何もしなかった、ただそのまま走り続けていたというだけで。何かをしようとしたのじゃない、何もしようとしなかったのだ。それが結果だ、あのときのことだ」

椎名は思い起こすように、静かに語る。「すると、車が止まってみると、目の先に広がる海が見えた。あのとき目に入った海の波ほど怖いもの、気味の悪いものは見たことがない。あの揺れ動く鉛色を眺めているうち、吐き気がしてきた」さらに言葉を続ける。「それから、二十分くらいじっとしていた、車のなかで、ふたりで。すると、いまや切り抜けたんだ、救かったんだという気持ちが染み出てきて——そしてシートの上でどうにか無事で、と思えてきて——さらにはそのとき起こったことも、わが身を取り囲んでいる状況もほとんどすっかり嘘っぽく、浮世離れしたものに感じられてきた。するとこんどは、目の先で揺れている波が、その穏やかなたゆたいが遠い、どこか遥かな天国の眺めのように見えてきた。羨ましいくらい、のどかなものに」

加地はさらに言葉を続ける。「まったくああいうことになった。ああいうことっていうのは自分のやったことに後で自分が追いついたっていうことだけど。あの埠頭の上で、スピードのなかですべてを投げ出した。自分で自分を放っぽり出した。自分を放っぽり出す勢いで、自分以外のものまで放っぽり出した」

椎名もまた、そのときを思い出すように語る。「あのとき、ぽつんと男の人がひとり、歩いていた、あのだだっ広い埠頭の上を。後でそれが甦ってきたのだけど、それで、その人、びっくり振り返って、そのわけもわからず呆然としている顔が写真のように焼きついて、忘れられない。そしてそれから、その同じ人を見たのは車が急停止した後、こんどは埠頭をずっと回り込んだ真っ平らなコンクリートの遥かな先をぽつんと歩き過ぎていくその小さな後ろ姿、それがまた記憶のなかに残っている」

加地は投げ出すように、しかし、慎重に言う。「何もしなかった——すると、ああなった。わからない、あのときのことはね、いまも。あるいは、何とでも言える。何かを埋め、それでその都度、そういうつもりになっていく」

椎名もまたいくらか投げ出すように言う。「あなたはね、何も信じていないのよ。しかも、抑えって」

が利かなくなっている」それから、表情もなく口もとを緩める。「それでまあ、こんなことにもな

椎名は不意に、その場から離れると、ゆっくりとした動作で、車の周囲を巡るように歩いていく。首をいくらか前へ差し出すようにして、つぶさに改めて、つやつやとした光沢を放って、微動だにせず静止している車体を眺めていくようだ。

彼女はとどのつまり、また同じ場所へ戻ってくると、落ち着いた口調で語りかける。「そう、この車、この車――同じ形、同じ色合い、同じ光沢、同じ佇まい――何も変わっていない。今回、やらかされた傷痕以外はね」彼女は視線を車の方から、加地の方へ移していくと、言葉を続ける。「そして、岸壁直前でのあんなことが起これば、わたしの方から縁を切り、さっさと逃げ出していてもおかしくはないのに、そうはならなかった。いったい、それはどうしてなの。お人好し？　未練？　うつけ者？　看護師気取り？　記憶喪失？　ほんとに、あまりはっきりしているわけではないけれど、様子を見ようって、そんなふうには思っていたのかもしれない」

椎名の方を振り向いた加地の顔は無表情を保っている。けれども、相手の話し始めたこと、これから話そうとしていることを予期して、あえてその口は何も語らずにいるといったようだ。

しばらく沈黙を置いた後、椎名はさらに言葉を継いでいく。「見届けてやろうって、思ったの、これは確か。心配？　同情心？　そんなものはまったく微塵もない」淡々と、さらに語っていく。「でも、そのうちに思いがけないことが起こった。それから、十日ほど経っていたのか、もう止め

ようと、話をすることも、顔を合わすことも、メールをすることも、連絡し合うこともと、そう言ってきた、あなたはね。これには驚きました。そうなのか、そうだったのか、そういうことか、と」

加地は漠然と前を見たまま、それまで噤んでいた口を開き、まともに語り始める。「そう、そのことについてはね。それで、そうした気持ちがいつ生まれたのか、いつから染み広がり始めていたのかというのははっきりしない。それに関してはいわば時機を待っていたとも言えるが、そういうつもりが前もってあったというわけでもない。実際、直接的な、はっきりとした理由があってということではないのだからね。むしろ長い間にわたってのことが――人との付き合いや、仕事方面での煩わしいこと、さまざまなところから聴こえてくる声、世の中で起こっている事象への落胆、失望――そうしたものがいくつもの黒い穴ぼこのようになって、どこかじわじわと息苦しさや、不全感のようなものとなり広がっていたのじゃないか。そして、そのことを言い出したことと、あの岸壁で起こったこととは直接関わっているわけでもないのじゃないか。どちらも突発的なことで。たぶん、そんなものだった。それぞれが突発的で」

椎名は同じ調子で、加地に言う。「それで、わたしもいくらか知恵を絞って、考えてみた。あなたは自分からつながりを断ち切ろうとしていた、わたしに限らず、だれかれに限らず、人に限らず、周りから、物事から、環境から。それをそうさせていたのは一種の拒絶であり、そこからはいろんな顔をしたもの、性格をしたものが派生していた。なおざりだったり、放擲だったり、不親切だったり、抑制欠如だったり――。まったく何もしたくないのよね、あなたは」

加地はまた、率直に相手に話しかける。「そして、そうした思いはまるで浸水していくように生活の場へも、仕事の場へも広がっていった。生活での至るところの場面が上滑りしたまま、ほとんど感じるものを失っていっていた。徒労感を覚えるばかり。社会のなかで皮を被り続けていっても何にもならず、何かのためといった気持ちも失せていっていた。身近にあったものや、出来事、そしてつながりといったものが厄介な見通せない異物のようにも感じ出していた。こういう話です――そこにひとり、だれかの顔が見えている。本当にいるのかな、と。そして――でも、それはいつからだれなのか、いつまでだれなのか、と」

椎名は落ち着いた口調でさらに言葉を続ける。「突発的って、何ですか。そして、何かをしだせば見事に突発的。それにまた、同じころ仕事の方もやめるつもりでいるとも言い出していましたね。すっかりきれいに店仕舞い、いまもその気持ちは変わらない？　いったいそれで、どうするのです。それで、世界の涯てまで旅する計画でも練っているの。でも、そこにあるのは大変、目覚ましい、突発的なもの。あなたに残っている力って、気まぐれ力だけなのかって」

加地は過去の記憶をたどり直すように言葉を続けていく。「夜中に帰宅の道すがら歩いていると、造成地の建設現場があってね。そこに囲いの隙間があって、酒は入っていたんだが、何だかその間を進んでみたくなったんだ。すると、暗がりで足を踏み外すことになり、掘られた穴のなかへ落ちた。太い側溝のようなところで、深さもかなりあった。本当に黒い穴ぼこのなかに落ちたってわけです。土の湿って、沈んだ匂いが全身を包んでいた。黒い穴のなかでじっと身じろぎもせず、土くれと向かい合っていたんだ。動く気もなく、なす術がないといったように横たわっていると、本当になす術がないという心地になってきた。何とも鬱屈的なものを覚えたが、その鬱屈が身に合っていて、むしろ親しみのある実感のなかにあった。脚はどこに触れているのか、腕は何と接しているのか。土くれに取り囲まれていた。芋虫を思った。それから、思い浮かべた、蝉だったらこのまま何年じっと逼塞（ひっそく）していることかと」

椎名はいったん加地の方を振り向き、それからまた首をもとへ戻すと、言葉を続けていく。「だけど、実際、予期もしないことが起こった。本当に、こうしてまったく予測もしなかった怖ろしげなこと。こんなおぞましくもあることがぬけぬけと、あからさまに仕出かされるなんて。わたしたちはいま、その傷だらけの現物の前に立たされている、と。それならいったい、こんどは突発的なものが向こうからやってきたのじゃない？　こちらの起こした突発力にだれかが応えたような突発力。何というとんでもない、驚天の仕打ち」

加地は自分のなかの考えを探っていくように言葉にする。「そうだ、つまり、やらかされた、思うがままに、思いがけなく。いったい、それはどう仕出かされたのか。それは世間の目から、人の目から隔たった、それを逃れたところで行なわれた。それは人の目にも触れず、密かな行為だった。そしてだからこそ、平然と行なわれた。世間や、人の目から逃れたところではこうした行為も平然と行なわれるのだ。それは社会や、組織のなかで被っていた皮を取ったときの行為だ、脱いだときのものだ」加地はいまさら気づいたといったように言う。「そうか、そうだとしたら、そいつは人や、仕事から距離を取っていたんだな、確かにその瞬間は」

椎名は落ち着いた、定まった口調で言葉を続けていく。「確かにね、もうこれまでのつながりを断つつもりだったのですね、もちろん、あなたは、そしてまたわたしも。それでも、のこのこわたしは今日、やってきた。けれど、決まりが悪かったのか、あの人たち、あのふたりがいる間はわたしに対し、口を利かなかった、あなたはね。あるいは、密かに憤慨していたのかも。とはいえ、わたしはこうしてやってきた、大いに邪魔で、気に染まないものかもしれないけれど、やってきた。でも、見てみたい、見てみたかったという気持ちが勝ったのです。事情を聴きつけてね。どんなふうに悩んでいるのだろう、どうするつもりなのだろうってね。もちろん、大いに困惑して、苦心しているのだろうけれど」

加地は自分のなかにあった思いをたどり直すように、言葉を発する。「確かにそうだ、人との諸々のつながりを断ち、近いうちに仕事の方もひと段落してしまいたい、実際、そうしたことを進め、そう考えていたことは間違いない。それまでの自分を取り巻いていたものに従い、合わせていくことを避けようとして。すると、どうにも見かけがたい、いかがわしいものが現れてくるようだった、生ま生まとしたものが目に見えてくるようだった。まったく何だ、そんなとんでもない、奇怪な、気味の悪いものとは。そうなんだ、出現した、ときに理解しがたい裸の、正体不明といったようなものが」

椎名は半ば加地に問いかけるように、言葉を続けていく。「それでそうしているうち、いったいどうなったのか、そして何が起こったのか。もしかして、そんなところへ向かって、すでにすっかり皮を被ることをやめてしまったものが——少なくとも、それがなされたその瞬間には——そうしたものが実際、あたかも闇のなかから挨拶をしてきたようじゃない。それは皮を脱いでしまったものからの、その世界からの当然のお返しだった。これはいったい、どういうことなのです。なおざり、放擲、不信、不親切。そして、それがいまのあなた」

そのあと、ふたりは、加地も椎名もしばらくの間、黙り続けていた。椎名はさらに気持ちを落ち着けるかのように、あるいは、それまで語った言葉からいったんは離れ去ろうとするかのように、それともまた、むしろ話したことのさらに先の行方を見定めようとでもしているのか、その場を離れ、ひとり、地下駐車場のしんとして、閑散とした空間を巡って歩き続けていくかのようだ。

加地の方はむしろ逆に、相手が歩いて、移り動いて回っている分、自分の方は一点にとどまり続けたいとでもいったように、車の前の同じところに立ち続けている。それから、漠然と振り返るかのように、あるいは気持ちをたどり直してみるというかのように相手に言葉をかける。「それで、まあ、黒い穴ぼこのことなのだが、いろいろとそういうものが生きているうちにも湧き出てきて、何もかもやめようと言ったとき——少なくとも中断しようと言ったとき、一挙にすべてが片づくとか、はっきり違った場所へ移れるだろうとか考えていたというわけでもない。確かにその後も、どうしたってその姿くらいは見かけたりするだろうし、もしかしたら言葉だって交わすこともあるかもしれない、そう思っていたくらいでね」

椎名は向こうから言葉が聴こえてきたとき、それまで歩き続けていた足を止める。けれども、それ以上、近づいていくこともなく言葉を返す。「それは実際、その身に沿った突発的ということですよね。だけど、そちらが突発的なら、こちらも突発的。こちらっていうのはいま、ここにはっきりと見られるもの、車の上に張りつき、刻みつけられているもの、このおぞましいものなのだけれど」

加地はひとまず離れたところからでも、椎名の言葉が聴こえてきたことで確かめを得たという気持ちになっている。「そうだ、そのこともある。そのこともあるというのか、そのことがあって、それで、あなたはやってきた。今日、ここにね」それから、尋ねる。「さっきから考えていたのですけどね、それで、やってきたそのとき、何故、笑っていたのか、そうでしょう、どうして笑ったのか」

加地からの問いかけに、椎名は一瞬、虚を突かれたように黙り、そして、記憶をたどり直そうとする。「そう、わたしがここへきたとき、あなた方は車の前で話し込んでいた、その三人で。わたしは真っ直ぐそこへ近づいていこうとしたのだけど、話の切れ端が聴こえてきて、足がためらい、そして怯(ひる)んだというほどではないけど、及び腰になったまま太い柱の横のところで、耳を澄ますようにして立ち続けていた。やはりそのまま入っていくのには戸惑うものがあった。まさにそうだった、まったくもう傍目からでも、交わされているそれらの言葉を聴いていると、ざらざらとして、荒涼として、およそ人知れないものを覚えた。こんなことが実際に起こっているなんて、と」

加地が割って入るように、椎名に問いかける。「こんなこと、っていうのはその仕出かされた事態だけではなく、それについて語り合っていたわたしたち三人も含めてでしょう。陰気で、救われず、迷子のようで、どうしようもなくって」

椎名はそのまま言葉を続ける。「何でこんなことが仕出かされたのか。なんでわたしは笑ったのか。ほんとにもう、寒くなっていた。それで、怖れを吹き払おうとしたのか。何だか、得体も知れず怖ろしくなっていたのかもしれませんね」

「だけど、浸水のことが思い浮かんだのでしょう。この地下駐車場の、そう言っていた」加地が問い返す。

「思い浮かびましたよ。何でそんなものが出てきたのか。同じように気味の悪いところから湧いて出てきたものだからなのか」椎名が答える。

加地は半ば推測するように言う。「わたしたちの困惑がそちらの方へまで伝染した。しかもどこか屈折して」

椎名はそのときのことを思い返し、またそれをまとめていこうとしながらも、前へ向かってゆっくりと歩き始め、やがて車の前に立っていた加地の傍らにまでたどり着く。そのままじっと先の方を見つめている。それからやがて、抱えてきた気持ちがようやく形を整えてきたといったように語り始める。

「もう少しはっきり言いましょうか。何だかね、あの瞬間、得体の知れない正体不明のようなものが垣間見えたのですよ。そんなものが実際、どこにあるんだか、目にも見えず、はっきりとした実態すらないようなものが――そんな存在が。でもね、確かにそこからもたらされた駒のようなものではないかって、わたしたち。いまになってわかってきました。そう思った、それで、笑いが出てきた。駒っていうのは自分も含め、地上の人たちみんな、っていうことですけど」椎名はさらに手繰り出すようにして、言葉を続けていく。「それでね、わけもわからず、勝手に駒のように動いて回っているだけ、わたしたちはね。その正体不明のものの下で。けれどもね、そうしたものへどうにかすればたどり着けるのかって。自分で動いているつもりかもしれないけれど、別のものに動かされている。焦点もずれているし、方向もずれている。こんなことをやらかしているどこかの輩も含めてですね。しかもね、その先のものへどうにかすればたどり着けるのかと言えば、そのたどっているつもりがすでにもう、次のそのものの何かに突き動かされてのことでもあって。それについても、どこまでいっても、ちぐはぐなんですよ。それで、くるくると駒のように動き回っている。動いているのか、動かされているのか、そこへ向かっているつもりが、別のところへ向かっている。そして、どこまでもちぐはぐなまま。何だかちぐはぐ、何ともちぐはぐ。これを笑わずにいられるのかって」

加地は一瞬、椎名の方を振り向くが、すぐにまた首を戻し、口の端に笑いを浮かべている。それから、言葉を発する。「まさに、瞬間的に閃いたわけだ。そして、笑いとなって飛び出した。それなら、あなたももうたくさんだと思ったのではないか。そう感じたのでしょう。そしてそれなら、つながりを断って、逃げ出したくなってもおかしくはない」

椎名はいまの加地の言葉に笑いが混じっていたことを確かに感じ取り、それが次の自身の言葉を促していくかのようだ。「いったいどうしてですか。逆ですよ、知りたくなった、もっと見させてもらいたくなった。いままた、その気持ちが新たに膨らんでくるようですよ」こんどは椎名が口の端に笑いを浮かべる。

加地は当たりをつけるかのように言い放つ。「わたしを罠にかけようとしていますね」

椎名も同じ言葉を返すかのようだ。「あなたこそ、何の振りをしているつもりなのでしょう」

加地の顔からはもはやどんな表情も失われている。「いったい、いまは何の話をしていたのか。だって、すでに駒なら、何かのことをさせられているわけですからね。何の役回りをさせられているることやら。そうじゃないんですか。ちぐはぐの真っ只中で。そして、傷つけたり、傷つけられたり。ほら、見てみればいい」そう言って、加地は手を上げ、車体の上に張りついている引っ掻き傷を指差してみせる。

椎名の顔と視線は指し示されたその箇所へ向けられていく。その表情からは一瞬、緊張が解けて、茫然とした気のようなものが立ち昇っていく。しかし次にはもう、もとの面持ちを取り戻して、じっと見据えたようにその箇所へ、その引っ掻かれた線へ目を向けていくかのようだ。それから、おもむろに言葉を返していく。

「そうですよ、こんなにはっきりと刻み込まれている。何なんですか、これはいったい。これは、ここにあるものは何かの執念の塊のようでもある。でもまた、わけのわからない落とし物のようでもある。そして、それが三日にわたって、三発も。空からの鳥の糞だったら、一発くらい命中することはあるだろうけど」相手はまともに加地の方へ振り向いて、尋ねてくる。「それなら、ちぐはぐついでに聴きますけど、ここに張りついているこのものはこんなに露わで、あからさまだというのに、その一方、あなたの方ではいままでずっと、わたしに見せないできたものがあるでしょう。いったい、それは何なのか。ありますよね、隠していたいと思っていたようなものが、まさに見せたくはない、と」

加地は同じように前を向いたままでいる。「さあ、何だろう。あなたの言っているものと違っているものなら、あるけれど」

椎名は構わずに一歩、車の後ろの方へ寄っていく。それから、落ち着いて、淡々とした声で言う。「このトランクのなかには大事なものが仕舞ってありますね。大事過ぎて、人に見せるのも躊躇するような。自慢のものですか、恥入るようなものですか。見せてもらいにきたのですよ、それを」

加地はその場にとどまったまま、それに答える。「もうよく知っているのでしょう、いろいろな人から聴かされて。でもまあ、その聴こえてきた言葉といったって、ほとんどもう雑音の集積といったものかもしれないけれど」

彼は歩を進めていき、トランクの前に立つと、それを押し開けたまま、言葉を続ける。「とくに隠していたわけではない。でもまた、ぶしつけにならないかといくらか危ぶんでいたのかもしれない。いきなり見せたりしたら、その気持ちや、意図を疑われもするだろうし」

椎名は穏やかに促す。「まあ、見せて下さい。でもやはり、こちらから言い出さなければ見せる気にはならなかったということですか。ほらね、それがあなたですよ、通じようとする気持ちが欠けているのではないか。それとも、そもそもこうだと思ったこと以外、受け入れるつもりがないのか」

加地はトランクのなかから両手で抱えるようにして、幾重にもひね曲がり、枝めいた、角めいたものが突き出て、タールに塗れて、イボのようなものの張りついたその塊を取り出し、それを椎名の面前に差し出す。表情を変えることもなく、しかし、息を呑むように彼女はじっとその得も言えない、いかつく嵩張った塊を見つめている。

加地が沈黙を守っている椎名の横顔に向かって言う。「わたしがどう悩んでいるのか見にきたのでしょう。こう悩んでいるらしい。いったい何です、これは」

椎名はただひたすらに目の前の流木を見つめ続けている。「いったい、これは何です」思いもかけず、加地と同じ言葉をつぶやいている。

加地は淡々と言葉を投げつける。「簡単に通じるとも思えない。救からないということを知ることもいいことだ」

椎名は目前の塊をじっと見つめながら、まるで言葉でそのものの上をたどっていくようにつぶやいていく。

「何と言えばいいのか——すべすべとしている、おおむねは。突起のように突き出ている部分が何箇所か。ここも、ここも、またここも。ここらあたりは鋭さもあって、まるで鬼の角のよう。だけど、これなんかは野放図に長く伸びていって、どこかの何かに向かって、ものを言ってそう。それとも、まるでアンテナのように世界の気配を聴き取ろうとしているのか。世の中の見えない、静かな、もしかして不穏な気の流れでも」椎名は指を伸ばして、ひとつの箇所を指す。「だけど、ここらの急激に折れ曲がった部分なんかはあたかも呻吟でもしているよう。それでもまた、こんなふうにも屈曲して、ぐっと耐えてもいるよう、力強く踏ん張って」それから、いくらか声が高まっていく。「それにしても、この塊の、その全体の持っている捩じれ具合、のたうち具合って、いったい何なの。竜巻の化身のように何かいくつもの力がいろいろ別のところから働いて、ひねられたり、圧し曲げられたりもしているよう。見えない強引な力によって。どうすれば、こんなに痛めつけられるのかっていうほどに。自分で苦しめて、自分で耐えて、何というエネルギー――。でも、遥かな以前に海へ放り出されて、長い旅をして、何の因果か、いまここにある。これってもう骨、木の遺骨でしょう。もうすっかり死んでいるのに、まだ戦っている」

加地は改めて、椎名に向かって言葉を発する。「そして、どう見えるのか、何を見にきたのか。そうか、それで、こちらの本心や、欠点を探りにきたというわけか」

椎名は言葉を続けていく。「それにしても、このいくつも突き出た枝々の名残りのようなものはそれぞれがとんでもない方向を向いて、しかもその中途で折れ曲がってみたりしている。独善的で、気まぐれで、しかもその足掻(あが)いているさままでがまた身勝手である。それで突発的で、ひね曲がっている。よく見つけてきましたね、自分にも似たものを。あなたの落としたものを、忘れたものを、切り離そうとしたものを拾って上げますよ、教えて上げます。そのことにもまだ気づいていないし、わからないのかもしれないけれど」

加地は相手に向かって、落ち着いた口調で言う。「いまねえ、これを見せて、この遺骨を、亡霊を見せてよかったのかもという思いが湧いて出てきた。これだけ嫌がられるのは大したものだ、憤慨させるのは大したものだ、と」

椎名は自らの言葉を続けていく。「ああ、そうだ、ここに気色も悪く染み込んでいるこの褐色のタールはすでにこれだけ醜く、汚れ切っているのだからと、自分にあらかじめ暗示でもかけているのでは。それに、表面に盛んに張りついているこのイボイボだって、先にこんなおぞましい自虐を演じていれば、と逃げ道を作ってでもいるのではないかって」

加地は相手の語る言葉に注意を促す。「そうやって何でも自分の思うさまにつなげていって、人を巻き込み、絡め取っていき、自分の望みを達しようとする。自分の望みをかなえることが悪いことですか、とあなたは言う。それが他人を当てにしていく限りよくはない――そうではないか」

椎名はわざわざその塊へ向かって、身を乗り出すようにして、言う。「それで、わたしはこのどのあたりに逼塞しているのでしょう。ここらあたりの急激なヘアピンカーブというのはどうでしょう。でもそれより、ここに突如として、空いている歪んだ、暗い穴はわたしのあなたへ向けての叫びなのか。このイボイボだって、わたしのあなたに対しての嫌がらせなのかもしれないけど」

加地は淡々と言う。「あなたはいない。ここの穴からとっくに滑り落ちていって、どこかへ消えていった」

椎名は静かに加地へ振り向く。「なんて悲しい話。そういう悲しいことを考えているあなたがここにいる。この塊にぴったりと張りつき、この亡霊を抱え込んでいるのよ」

加地は言い改めるように、相手に語る。「それでは、こうしよう。そちらの願いをかなえることなく、つながり合う。願いなんかかなってみたところで、周りへ迷惑ばかり振り撒いてロクなことはない」

椎名はそのまま言葉を続ける。「さっきは簡単に通じるものでもない、と言っていましたよね。お陰で、どこやらからか、このものへ向けてミサイルが飛んできたじゃないですか」さらに相手に尋ねる。「三日で三発。これは通じなかったせいではないですか。それとも、もしかして立派に通じたせいなのか」

加地は両手にその塊を抱えた姿勢で、じっとその場に立ち続けたまま言う。「想像力ばかりが膨らんでいるようだ。勝手な理由で、ミサイルまで飛ばすほど。どうせわたしはこれを抱えて、汗を掻いて、よだれを垂らし、鼻汁を出して、髪を逆立て、立たされているのだ。醜くて、ありがたい」


不意に、椎名はその場から離れ、歩き始めていく。何も語らず、目はとくに何ものかへ向けられているわけではないが、前の方を見つめている。加地の言葉に倦んざりしたのか、それとも気分を落ち着かせようとでもしているのか、または何かの考えでも巡らしているのか。それでも、さっきほどでもなく、小さくあたりを一周するようにして、再び、同じところへ戻ってくる。それから、加地の両手に抱えられている塊を視線で指すと、いきなり彼に向かって言葉を発する。

「噛みなさい」彼女は穏やかだが、決然とした声で言う。いったい、何を言っているのか。

「だけど、これはあなたの思っているものじゃない」加地はとくに感情を交えることもなく、淡々と応じる。

「噛んでみなさい」同じく強く、確かな調子で椎名が繰り返す。しかし、そこにはまた潜まり、こもったものがありありと見えている。

「これは違う。あなたの感じているものではない」同じ調子で加地が応える。いったい何を味わえと言っているのか。

「嚙め」さらに強く、はっきりと椎名が言い放つ。あるいは、改心しろとでも言っているつもりか。

「違う。まったく、そんなものじゃない」加地がそれに応える。はっきりと拒む。

突然、椎名の身体が前へ倒れ込んでくる。いや、そうではなく、足もとは踏み止まったまま、顔だけが前へ差し出される。加地は手に痛みを感じる。椎名が加地の手に食らいつくと、持たれていた塊は加地の手から離れる。「そら、落ちた」椎名が叫ぶ。加地の手から滑ったその塊はコンクリートの床に落下する。

加地はその場に屈み込み、流木を拾い上げようとするが、その間に椎名はそこから離れ、立ち去ろうとしている。それに気づいた瞬間、彼は行動を変え、離れていこうとしている椎名の脚を捉えようとする。足首を両手で掴むと、確保していく。椎名はそれに強く抵抗し、脚から振り払おうとするが、力に引きずられ、片膝を床に着く。

すでに二体はもつれあい、絡みついたまま床の上を転がり動いていく。加地は脚を抑え込み、椎名は引っ張り込む力から逃れようとし、互いに抵抗や捕捉を続けていく。

二体の間では距離と壁が消えたように見えたものの、椎名は床に両手を着き、ようやく脚に絡まりついてくる加地の手をもぎ離し、その場からひとり、立ち上がる。

何歩か進んだところで彼女は振り返り、まだ床に這いつくばっている姿勢の加地に声を投げかける。「まだ何もしていないでしょう。ここに備えつけられているカメラにだって、何か写っていないとも限らない」さらに続ける。「変わるべきよ、変わりなさい。ひとまず変わってみろ」

言い終わった後はその場に立ったまま、しばらくじっと加地の方を見つめていたが、再び、身をくるりと翻すと、前へ向かって歩き始める。しかし、何歩か進んだところでまたしても立ち止まり、椎名はこちらの方を振り返る。それから、気分も変わったようにいくらか口調も柔らかになり、思いがけず加地に向かって語りかける。

「さっきね、歩きながら、あたりを見回しているときにもふと、思ったの。これまで気づかなかったことに気づいたみたい。いったい、これはどういうの。何だか、ここにきれいに整列して見えている車たちがけなげなものに見えてきました。みんな、よく働く、殊勝で、頼もしいものに見えてきた。そう、本当に。ここに見えているもの、すべてのものに感謝を捧げたい気持ちになってきた」そう言った後、椎名は改めてあたりを見回し、言葉を続ける。「それだけじゃない、ここのコンクリートの太い柱にも、静かな明かりの灯っている広い天井にも、平たくどこまでも続いていっている床にも、そしてまた、並んで押し込まれている数々の車にも。ひたすらにそこに在り続けて、と」

いまになってどういうつもりだといったように、加地は警戒の目で相手の方を見つめている。椎名は変わることなく、むしろいっそう口調は柔らかになって、言葉を続ける。

「それに、もっと言うなら、何だかいまあたりに広がっているこうしたものがすっかり、浮世離れしても見える。まるで別天地のよう。しんと静まり返って、何かしらのどかなくらい。コンクリートの固さ、打ちっ放しののどかな無骨さ、居並ぶ車の森閑。遥かな壁の眺め、遠くの天井の広がり」

笑い声が漏れてくる。その身はすでに向こうを向いている。そのまま椎名はこんどこそは立ち止まることもなく、駐車場から立ち去っていく。

加地は立ち上がるのも忘れたように、あるいはそれをはっきりと拒むかのように、いまだ床の上に座り続けている。コンクリートの床の上を一匹のアリが盛んに脚を動かしながら、細かな方向転換を繰り返し、あちこちへ向けて歩き続けていくのが見える。この一匹はどこから湧き出てきて、どうしていま、この場を歩いているのか。椎名は出ていくときにもまた、笑って去っていったのだと思いつく。見せてもらいにきたと言いながら、何を見て、何を探って帰ったのか。彼女の語っていたことについて思ってみる。加地がどんなふうに困惑し、苦心しているのかを見せてもらいにきたと言っていたことについて、どう考えてみればいいのか。ここで何を見て、何を知ったのか。もしやとんでもないものでも抱えて帰ったのではないか。

何かしら背中を触れられていたという感覚が広がっていく。その口から彼へ向けて飛び出した、なおざり、放擲といった言葉が響いていく。

加地は自分自身のことについて思いを馳せてみる。それなら、何を奪い取られたのか、あるいはまた、何がもたらされたのか。いったん床の上に座り込んでみると、また次に立ち上がるのがこんなにも億劫とは。

Ⅳ

翌日になって、加地はビルの管理事務所に足を運んでみることにした。とはいえむしろ、念のためという思いが強かった。確かにその管理者とは顔馴染みではあったが、防犯カメラに映った映像をそうやすやすとは見せてはくれないだろうとの予想があった。それでも、半ば椎名に背中を押し出されるようにして足を踏み入れてはみたものの、やはり相手はプライバシー保護の観点から、開示を渋っているかのようだ。椎名にとっても、管理者は彼女のよく知っている相手だった。それならそうしたものを取り溜めているのはいったいどういう火急事態のためなのか、と彼女も訴え、迫るようだった。それでも、どうにか念書を書くことで、取りあえず要求は受け入れられた。

地下駐車場を主体にして、人間の出入りを逐一、突合せ、照合するというのは手に余る作業だった。エレベーターの前のカメラ位置はともかくとして、外の街路へと通じる出入り口付近のものはその直下部分などが広く死角になり、車ならまだしも、人がひとり、姿も見せず、擦り抜けるつもりならそれは容易だった。しかも、上階とは駐車場の隅にある階段で昇り降りすることも可能だった。もちろん、駐車中の加地の車などその片鱗も映っていない。

録画記録を通して、車単位でその移動時刻や、状況などを把握することはできても、車に紐づけられている場合はともかく、個々の人間単位でそれを行なおうとするのはかなり困難だった。ましてや、それをかいくぐろうとする意思があれば見た目はどうとでも操作できるはずだった。そんななか外見だけでも不審に感じられる人物はいないかと探ってみても、むろん目出し帽を被っていたり、ドラキュラのコスプレをしていたりする者がいるわけでもなく、走り過ぎていっている者も、住所不定を思わす人間も確認することはできなかった。あるいはまた、この際の凶器としては針金一本、ビールの王冠ひとつでも可能なものだったので、その所持品を当たってみることも意味はなかった。

延々と続いていくそうした無機的な映像を眺めていて、それでもあえて気になったと言えば言えるいくつかの場面があった。ひとつは小学校低学年くらいの子供で、ひとりエレベーターから出てきて、また一、二分してそれに乗り込み、消えていくといったものだった。想像するにその場にだれか、たぶん保護者でもいるのではないかと、あるいはその所有車のあるなしを確認しにやってきて、それを確かめまた戻っていったのではないか。他にも大人がひとり、エレベーターを降りて、大して時間もかけずまた戻ってくると、エレベーターで消えていくという姿が写っていたが、これも車内に置き残したものでも取りに帰ったかといったところだろう。しかも、これらの行動を特異なものだと見なしたとしても、それが同様に三日間、生じているかと言えばそんなことはなく、その点からも疑わしさは限りもなく零に近いものだと思われた。

加地にとって顔見知りの人物は幾人も写っていたが——もちろん、自分自身や、山戸、海野、それにまた椎名も含めて——やはり取り立て疑念を抱かされるような相手は見出せなかった。それでも、あの公園のベンチにずっと長く同じ姿勢で座り続けていた男に似た人物が――実際、寝癖髪まては確認できなかったにしても――これもまた似たようなショルダーバッグを肩にかけて、映っている姿にはどうしてか引っ掛かるところがあった。とはいえ、その男についてはほぼ横顔しか見ていなかったし、他人の空似がどうのという以前のものでもあった。確かにその映像は三日とも映り出ていたが、それが何を意味するのかそれはそれで茫洋としていくようでもあった。同じようにまた、椎名にとっても気になる人物がいるようだった。それは理屈や道理というより、まさに直感そのものに働きかけてくるもののようだった。そこに映り出ている映像で彼女を強く刺激したものは女の履いているオレンジ色のパンプスだった。それは椎名自身もよくわかっているように理屈を超えて、ただその色の鮮やかさだけが彼女を惹きつけているようだった。確かに切迫した状況の下で眺めているからこそ兆してくる勘のようなものに違いなかった。椎名に指摘されて、その映像をつぶさに見直してみると、その人物はかつて加地の医院へ通っていたことのある者でもあった。それはそれでいくらか棘の刺さってくる感覚も覚えるようだった。

また実際、案に反してか、むしろ案の定というべきか、ひと通り映像を見終えても何がしかの決定的なもの、結論めいたものを得たとは到底、言えなかった。とはいえ、こうして行動を起こし、得体の知れないもの、気味の悪いものと面と向かい合っていると、加地のなかの気持ちも固まり、改めて周りを落ち着いて眺められ、またこうした結果と反するようでもあるが、より柔軟にもそこにはだかっているものへ対処できていけそうな思いも湧いてくるようだった。

傍らに立っている椎名が確かな口調で、しかも感嘆混じりの声で言葉を発する。「ほら、何かを感じ取れるでしょう。それはどこかへと広がっていって」
加地は窓の外に見える遠くの空へ視線を注ぐ。「鬼が出るか、蛇が出るか。でも案外、後ろから出てきそうだが」

加地のところへ電話がかかってきて、椎名の言うところでは確かめてみて欲しいものがあるとのことだった。このところ加地のなかでは何かしら波の上に漂っているような落ち着かない、不安定な気分が、むしろ胸騒ぎと言ってもいいようなものが潜み続けているようだった。個人的にかかってくる電話の相手は限られていたが、いまその筆頭とも言えるのは確かに椎名に違いなかった。

それは他でもない、昨日、確認していったカメラの録画映像に映し出されていた、あのオレンジ色のパンプスを履いていた女性に纏わることだった。椎名がその人物を街で見かけたというのだった。加地はあの開示された映像を前にしての椎名の発言や、様子を思い起こしてみた。彼女自身も認めていたように、そのものについての彼女の強い思い入れは確かに単純な理屈を超えたものだった。とはいえ、椎名はその直感に対して譲ることなく、それについて何か尋常ではないものを嗅ぎ取っているようだった。しかしまた、何にしても人の目に触れては困ることを、隠しておかなくてはならないことをまさに遂行しようとするとき、よりにもよってそんな鮮やかな色をしたものを身に着けようとするだろうか。そのとき、加地は椎名が口にしたことについて、いまさらな疑問を呈してみた。すると、椎名はそうだとしたら、気づかれたがっているのよ、無意識にもね、と答えたのだった。さらには、もうそんなことにも頓着しなくなっているのかもしれない、とすら言うのだった。そんなふうに語られ、繰り出されてくる言葉を聴いていると、どこまでがその当人の思いなのか、あるいは椎名自身の思いつきなのか、その境も曖昧になり、はっきりしなくなっていくようだった。むしろまた、椎名の強いこだわりばかりが浮き彫りになっていくようでもあった。

しかしまた、加地はその言葉に対して、さらに思いを凝らしていった。それならいったい、当人も、無意識にも気づかれたがっている、とはどういうことか。見せて、示して、表したい、とは。するると、あの車体の上に刻み込まれた引っ掻き傷が生々しく浮かび上がってきた。そこには確かに、見せて、示して、表したい、という黒く、おぞましい望みが浮かび上がっているようだった。そしてまた同時に、そこには、その傷の上には人を斥けるものが、強く、鋭い拒絶も刻まれているようだった。そしてそれはまた、もはや無頓着というものへも、もう後一歩というものではなかったか。

するとまた、椎名の強い直感を覚えたというオレンジ色のパンプスもあながちやすやすとなおざりにはできないものとも感じられてきた。その当の女性は加地の医院へも通院していたことがあって、皆木といった。電話での椎名の話だと皆木を見かけたのは街なかの通りを歩いているときだということで、この日もまた同じオレンジ色のパンプスを履いていた（カメラの記録映像を見る限り、別の日にはオフホワイトのパンプスのときもあった）。これについては椎名の口から〈挑戦的〉といった言葉すら飛び出したが、それからまもなくして、皆木は通り沿いの映画館へ消えていったというのだった。椎名の方はこれから顧客と会う約束があるので、その場を離れなければならないということだった。皆木の入っていった映画館では次に上映されるものが終わるのがほぼ二時間後になるという。そう告げた後、電話の向こうで椎名は沈黙を守っていた。

そこに広がる静けさのなかで、この日そもそも椎名から電話のかかってきたことの意外性を加地は改めて思っていた。一方では、このところどこからか、何ごとかの事態が起こってくるのではといった胸騒ぎのようなものを抱えてもいた。さらにはまた、椎名のこれまでのいくつかの面での拘りの強さというものにも思いがけない気持ちを味わっていた。そうしたことも含めて、また実際、そんな胸騒ぎにも応える形で、何かしらのものが動いている、あるいは自分のなかで蠢いているという思いが高まってくるようだった。しばらく考えてから、加地はその場へ行ってみようとその電話のなかで椎名に向かって答えていた。

言ってみるとしたら、おかしなことが起こっている。実際、確かにそう感じられた。見ている目に何かが欠けているのか、見られている方に何かしらが足りていないのか。見えているものそのものはその場に充満し、溢れ返っているほどなのに、いまだそれに気づいていないのかもしれなかった。車のボディに刻み込まれ、張りついている傷が得体も知れず、気味悪く、怪しげなものであるなら、椎名が伝え、知らせてくれたこともまた、そうしたものに感じられた。そしてまた、その奇怪さは興味によって引きずられてもいくようだった。あたかもどこかでわが身を笑い、それがまた泥のなかへ引き込まれていくことにもつながっていきそうな興味といったものにも。

加地は映画の上映の終わる時刻を見計らって、館の出入り口付近で待っていた。しばらくすると、ほぼ予想していたころに、相手の姿が現れたが、実際、果たしてそのさまを目にすると、いくらか気の抜けたような、さらにはどこかわが身への訝しさめいたものすら覚えていた。皆木はとくにあたりへ視線を向けることもなく、さりげない日常そのものの動作で、歩き始めていた。これまでは数回、観客として当たり前のように出入りしていた映画館だったが、この日、そのパステルカラーの建物はどこか目新しいものにも、また遠く隔たったものにも見えた。とくに前もって、どうするかを決めていたわけではなかった。話しかけるべきか。とはいえ、咄嗟には何をどう切り出したらいいのか迷いが生まれてくる。その先の方を歩いていく姿を見守ることで、考えをまとめていきたいと思った。もちろん、映画館の前で待ち構えていたということにはしたくない。

　この日の彼女の出立ちは黒の太めのスラックスにオレンジ色のパンプスだった。あのモニターで見たときにはスカートのときもあったし、ストライプのワンピースのときもあった。しかし、その着ている服より、どうしても靴の方へ注意が引かれてしまう。その色ではない靴の場合もあったが、何故なのか。皆木の足の踏み出し方にはいくらか勢いがあり、それが特異な印象を与えていたのか。

　椎名がまた、その靴に注目したというのも無意識のうちにか、あるいははっきりと自覚していたのかもしれないが、そうしたことに気づいていたのか。加地としても、ここのところ蟠ったように潜んでいた胸騒ぎのもとがいま、目の前に現れ出てきたという思いにもなってきて、いくらか気持ちが高ぶっていくようだった。じつのところ、あの初めて車体につけられた鋭い引っ掻き傷を目にして以来、かなりの回り道をしてここまで達したようにも、しかし一方ではまた、すぐ足もとに空いていた穴に思いもかけず早く気づいたといったようにも感じられた。とても安堵できるものではないが、ひとつの里程標めいたものを目にしているのかもしれなかった。皆木が歯の治療のために、加地のところへ通院していたのはしばらく前だった。患者のなかにたまにいるのだが――割合は少ないが一定数とも言えた――いわば遅刻の常習だった。予約の時刻というのはあってないようなものので、いつも大幅にずれてやってくるのだった。ほとんどは遅れて姿を見せるのだが、ときには余りに早く現れ、待合室に座っていることもあった。

皆木はそのまま表通りを歩き続けていっていた。とくにどこかの店に入るということも、ショーウィンドーへ視線を向けるということもなかった。その足取りは昨日、モニター画面で見た通りで、次から次へ足が伸びやかに前へ出ていっているという印象があった。彼女は健康食品の渉外めいたことを行なっているようだったが、その仕事のせいで予約時間に食い込んだりしているのかどうかはよくわからなかった。そうは言っても、時間を違えた上、さらにいくらかの要求を持ち出す人物と言えば、さらにその数は限られた。できたら早めに回して診て欲しい、次回の予定分もまとめて治療できないかなどと持ちかけてくるのだった。もっとも、その声の調子は高飛車に見えて、ただ率直で、あるがままといったようだったり、非を認め、謝った上ではっきりとすがり、求めてくるといったようなところもあった。

信号待ちのため、皆木は歩道の上で立ち止まった。加地もまた近づき過ぎないようにいくらかの距離を保って、その場に立ち止まった。すると、まるでその場所にはそれ以上近づけないといった相反する磁力でも働いているように感じられ、わが身がいま奇妙な空間に落ちているのだと気づかされざるをえなかった。けれどもまた、そんな場に置かれているのはいまだ加地がはっきり知ることもできない当の相手や、またその状況や、環境に対して、警戒や、戸惑いや、疑念やらを抱えさせられているために違いなかった。実際、こんなところを、いまもあの車体の上に張りついていた傷にじっとどこかからか見つめられてでもいるのではないか。皆木がそれに合わせることのできなかったものは時間ばかりではなかった。治療の方針や、目標についてもしばしば変更を迫られ、覆されたりもするのだった。完治までにかかる期間や、歯列矯正なら保険の適用の有無、またときには説明不足か、聴き間違いかどうかなど、いくつも衝突する場面はあった。そんなときにはまた、しばしば相手の視線とも行き交い、ぶつかり合った。しかしそのとき、そこには何かしら予期しないようなものが見えた。言葉のやり取りの上では対立しているそのときに——むしろそんなときにこそ、その目はどこかもっと先の方を見ているように感じられた。確かに相手はいくつもの点でこちらとはそぐわないものを抱えていた、しかし、それは当の加地を超えて、どこかもっと先の他のところへ向けられているように感じられてならなかった。ほとんど他の何ものかへ向かって戦っているのではとすら感じさせられる意思の力のようなものを覚えるほどだった。まるで加地が取り巻く環境のなかの一要素ともなっているかのように。そして、確かに一種、まさに異物のようなものがシートに座っていると感じられたときもあった。そんなようなことのあった後、皆木は形としては出入り禁止のようになった。彼女の方では自分でこちらへ向かって匙を投げたとも思っていたかもしれない。あるいはまた、貴重な時間や費用を空費させられてしまったとも。

それから、そのまま歩き続けていると、驚くべきことが待っていた。彼にはついにその相手と出くわすことになったのではと思えるほどだった。

不意に、皆木の姿が角を折れたところで消えた。かなり思いがけなく感じたのはそこが細い路地だったからで、加地もそのままその通りへ入っていった。両側にはぽつぽつと乾物屋やら、製本所などといった家屋も見えるが、仕舞屋(しもたや)ふうのところも多い。通りは細いながらも、先までよく見通せる。そこには通行人の姿はまったく見えなかった。皆木はどこへ消えたのか。怪訝に思いながら少し進んでみると、道の片側に広い空き地が見えてきた。その奥まったところにぽつんと相手は立っている。こんなところにこれほどの空き地があったのかと思えるくらい広かったが、またそこにはかなりの雑草も茂っていて、その合間には何やら石壁や、建具の一部が瓦礫(がれき)のようになって転がっている。そのなかで皆木は加地の方を真っ直ぐ向いて、立っている。

　初めは何の用事でこんな路地へ入っていくのだろうと不審にも感じていたが、それは加地をこの場へ引き入れるためだったということになるのではないか。相手が正面を向いて、加地の前に立っているのだから、そう思わないわけにはいかない。これまで気をつけたり、組み立てていたりした思いはどういうことになったのか。いつこちらの存在に気づいたのかわからない。

「何か、ご用ですか」穏やかだが、平板な声で皆木が言う。その言葉の響きに驚きはなく、やはりすでに加地の存在に気づいていたのは間違いない。

　しかしまた、本気で、あるいは切迫してそう問いかけているようにも見えず、ほとんど何も言っていないに等しいといった気もしてくる。そこには何かしら含みを持ったもの、余裕のようなものすら感じさせられる。あの皆木との緊張関係にあったとき、加地の方でも実際以上にそのときどきの感情や、思いを相手に向けて発散していたのではという気もしてきた。苛立ちに捉われるなか、言わずもがなの言葉を投げつけていたのかもしれなかった。一方、皆木の方でも実体を超えて、自らの気持ちを押し出し、加地の勢いを殺(そ)ごうとしていたところもあったのかもしれなかった。

「久しぶりですね」ひとまず加地は言った。相手の警戒を解こうとしていたのかもしれない。

「どんな風の吹き回しなのでしょう。診察室以外のところでお会いすることになるなんて」皆木は平静を装っているような口振りで答える。

加地はいまとなってはあの映画館から出てきたとき、皆木は目の端ですでに加地の姿を認めていたのではないかという気持ちに傾いていく。それからまた、以前の相手との関わりについて思い出した——こちらはとくに手を出して、鳥に危害を加えるつもりはない、しかし、鳥は何らかの侵害を受けたと感じて、嘴で突ついてくる。

加地はむしろ単刀直入に相手に尋ねてみる。「わたしについて、何か気になさっていること、伝えたいものをお持ちですか。抱え持っているもの、忘れてしまえないもの——」

皆木は淡々と答える。「いったい、何のことでしょう。それなら、同じ言葉をお返ししますよ。そうだとしたら、わたしのことについてはどうなのでしょう。何かお持ちでは、って」

それは確かにもっともな言い分だったし、普通に冷静な場に立ってみれば、そう答え返したとしてもおかしくはない。そしてそれほど落ち着いているのだとしたら、むしろいまさっき、彼女は平静を装っていたというより、平静を保とうとしている素振りそのものを見せていたということになるのではないか。それはまた、それだけの備えを——あるいは覚悟を——すでにその内に持っていたということにもなるのだが。

加地は不意に、思い出したことを皆木に尋ねる。相手の気持ちをなだめたいと考えたのかもしれない。「小鳥を飼っているのでしたよね。ジュウシマツでしたっけ。いまでもそれを覚えていますよ」

皆木はあえてのように、はっきりとした口調で言う。「いまのところ、歯の具合については問題ないのですが。悪くなったとして、お宅の方へ伺うかは少しも決めていませんけど。もしかしてボランティアか何かで参加できるのですか」

加地は互いの気持ちを静めるようにもして、患者に対して、よく使う言葉を口にする。「好きな甘いものを控えたいなら、いまは人工のものが広く販売されていますからね。コーヒーに入れても、パンに染み込ませても」

皆木は視線を少し先へ放ち、口もとにいくらか笑みを浮かべて言う。「そちらの車はもう何年か前から知っていますよ。お乗りになって出かけていくところを見たこともあります」それから、平生の顔に戻って、さらに言葉を続ける。「このたびのことはね、もちろん、ご同情、申し上げます」

加地は改めて相手の顔を見つめてみる。そこには自然な、普通に血の通っている表情が見えているが、どう捉えるべきかは決められない。いくらかの躊躇と用心といったものが湧いて出てくる。やはり皆木は今回、起こっている事態に関して知ってもいたし、またそれを隠そうともしていないというわけだった。加地は改めて、周囲の荒れた、雑草の生い茂り、瓦礫の転がっている空き地を眺めやる。事の発端は加地が皆木の歩いていく後ろ姿をたどっていったということであったにせよ、この場所にまで突き進んでいき、たどり着いたのは彼自身の予測からは大きく外れていた。

加地は柔らかに親しげにも、打ち解けるように相手に語りかける。「それならなおさらですが、何か話を聴かせてもらえればと思ったのですよ。少し厚かましいかもしれませんが、どうしてなのかと、何かを知っているかもしれない、と」

皆木は穏やかな口調だが、はっきりと言ってのける。「つまり、わたしは強くあなたと対立していたので」

加地はいまや率直に答える。「そうですね、そういうことになるかもしれない。お察しの通りですよ」

皆木は言葉を重ねる。「だから、わたしならあなたの欠点を、自分でも気づいていないことを指摘できるとでも思ったのですか。あなたはそう考えた」

加地はこのとき、すでにひとつの抗(あらが)いがたい力をはっきりと突きつけられていたのかもしれなかった。それはどこから向かってきたものだったろう。確かに驚きだった、彼女を追っていたつもりが、待ち構えられていたとあっては。

この日、彼の予想と思い込みはきれいに覆されたと言うべきだったのか。しかし、それは単なる失敗や、落胆を意味するものでもなかった。彼の問いかけと望みは外れた、しかし、彼には別のものが与えられ、もたらされた。

どうしてこんなことになったのか。皆木の姿が思いがけなく、いや、密かにどこか底の方で蠢き続けていた挙げ句、時がきたかのように浮かび上がってきたとまで思えるほどだった。いったい彼女はどうして、何のために現れたのかといった思いに取り憑かれてもいくようだった。

彼はどこまでも思い悩まされることになったというのが真実だろう。いったいどうして加地はそんなところへ突き進んでいったのか。しかし、間違いなく彼女はそこで待ち構えていた、こんなふうに黒い意思と怒りをもって。とはいえまた、やはりあの場で――あの地下駐車場で起こったことについて、ひとつの答えに手がかかったという思いに占められてもいく。確かにそこには彼女が立っている。車のボディの上に刻みつけられた引っ掻き線の傍らには。

　そう言った後、不意に皆木は身体ごと後ろへ振り向くと、ぼんやりとしたようにじっとその場に立ち続けている。何か思うところがあるのか、気持ちを入れ替えようとしているのか、やがてまた、おもむろに、しかし、毅然とこちらへ振り返ると、静かに、張りのある声で語りかける。

「そうですよ、わたしは醜い――あなたがわたしを追ってきたのはそのためですね」その途端、何故か、加地の頭には彼女の足に履かれていたオレンジ色のパンプスが浮かび上がってくる。しかし、いったい、何を言っているのか。まるで霧のようなものに包まれる。何について、何をもって、またどこへ向けて言っているのかわからなかった。その言葉は推し量りがたかったが、そのとげとげした、ざらざらしたそのものの響きに気圧され、また同時に、引きつけられもするようだ。

「何故、追ってきたのか。よく考えて下さい」皆木は静かに、さらに言葉を続ける。

　それなら、いったい彼女はこんなふうにそれについて何ひとつ、関わりを持っていないというかのように通し、語り続けてくるつもりなのか。

　加地はようやく気持ちを立て直す。彼は皆木のなかに抜きがたく生じていた反発のもとについて考えてみる。ボタンの掛け違いと言えば話を矮小化し過ぎだが、そうしたことから始まって、ことごとく対立するようにもなり、売り言葉に買い言葉へと発展し、ときに彼女の不安を認めてやろうとして、却って手を噛まれるといったこともあった。そして仕事柄、指示をしたり、指定したりしようとすると必ず反抗し、覆そうとしてくるのだった。いわば患者としてすがらざるをえない立場に彼女は我慢できなかった。自身が一種、無防備にさせられることを恥じた。

加地はいくらか思いつきのように、あえて当てつけるようにも言葉を発する。「そうか、あなたがいつも時間に遅れてしまうというのはどうしてもわたしに裂け目を、切込みを与えたかったからなんだな。それが勝手に患部を扱われること、治療されることへの代償か、お返しかであるように。もともとわたしは憎まれ役だったのだな。だけどまた、その憎まれ役にすがらざるをえない、と。いじられることに、組み込まれることに、行使されることに抵抗を試みていたのだな。そして、そうやってわたしを拒んでいた」

相手はたちまち言葉を返してくる。「拒んでいるのはあなたですよ。自分が拒んでいないとでも思っているのですか。あなたは指図して、決定して、自分の言葉を繰り出してきて、そして、自分の決めたものではないものを排除し、斥けているのですよ。あなたのね、声が嫌いでした、目つきが嫌いでした。その素振りや、態度が。すべてが嫌いでした」いきなり決めつけるように――溜め込んでいたものを吐き出すように相手は言ってのける。

加地のなかには改めて、思いが湧き上がってくる。もし彼女がそのことを行なったのだとしたら、彼女はいつそれを仕出かそうとしたのか。その実際の行動に取りかかるのを決めたのはいつなのか、何のきっかけだったのか。すでに通院していたころから時が経っているというのに。

皆木の声はむしろ穏やかになっていくが、そこには落胆のようなものも混じっている。「わたしのことに腹を立てている。わたしは責められているのですか。あなたは責めたがっている、わたしを。責められるはずだと思っていますね、わたしを」

さらに加地は思う。彼女はそれを仕出かすとき、どんな気持ちでいたのか。いつかは彼の前に姿を見せることを望んでいたのか。いったい、いまは彼女にとってどういう意味を持っている時なのか。

彼は纏わりついてくる相手の言葉を振り切るようにもして、声を発する。「そして、あなたはね、そのときどきで要求を次々に変えてくる。要求も、時間もね。これをしたい、これを止めたい、こっちにしたい、と。方針も、目標も、方法も宙をさまようばかり。そうして人を困らせ、また自分を困らせている。でも、それが密かな、根深い欲求なのだ、あなたのね」

彼女は打ち明けたがっているに違いないという思いが加地の気持ちのなかを占めていくようだった。いつ、彼女はそれを始めるのか。

いくらか皆木の声の調子が変わるが、むしろそれは明るくなり、わずかに軽みさえ帯びてくる。

「ほら、あなたは言いたい放題。でもまた、もしかしたら、こうも言える。確かに、あなたはわたしを待っていてくれたのですね。あの映画館の出入り口か、どこやらで。それなら、わたしも待っていました。知らなかったのですか。わたしこそ待っていた。でも、それが、その出会いがいつになるかなんて少しもわからなかったのだけれど」

皆木が車の前に立っている。その目前にある鮮やかに刻まれた引っ掻き傷を見つめている。

相手の脅しめいた言葉が蝶のようにふわふわと飛んできて、肩の上かどこだかに止まる。不意に、加地のなかに思いが湧いてくる。実際、本当に皆木は彼を待ち構えていたのかもしれない。あるいは、いま当人が言ったように互いの間で、相手を待ち構えていたということでは加地以上の執着があったのかもしれない。訴えるべき、責めるべき相手をいつからか、それがいつのことになるかもわからず、しかし、蜘蛛が網でも張るようにじっと待ち構えていたのだ、と。するとまた、さらに推測が生まれてくる。そしてそれなら、椎名もまたどこかでそんな皆木の姿を見抜いていたのか。椎名にとって、いったい彼女は何だったのか、どういう存在だったのか。不意に、加地は首を巡らし、あたりに広がる茫々とした草の茂みと、何かの彫刻か岩のように突き出ている瓦礫の群れを眺めやる。

彼は皆木がぼんやりとしたような面持ちで、こちらを見ているのに気づく。話しかけられるのを待っているのか。自分の仕出かした行動をいつ認めるつもりなのか。けれども、彼女はむしろ滑らかな口調で語りかけてくる。「わたしの仕事で顧客先の近くに城のお堀があるのですけど、雨の降った翌日、そこに沿った道を歩いていると、あなたの車が走ってきて、水たまりに突っ込み、わたしに向かって、飛沫(しぶき)を引っかけました」

加地はしばらく黙ったまま、相手の顔を見つめている。何が言われたのかを考え、記憶をたどろうと試みる。言葉を口にする。「知りませんよ、そんなことは。そもそも近ごろ、そんな場所を通ったこともない」何かの間違いではと思ってみるが、一種のでまかせか、むしろあえて別の何かを語ろうとしているのではとも疑わしくなってくる。

皆木は平然とした顔つきのまま、また次のことを語りかけてくる。「あの治療に通っていたときもわたしが言いたいことだけ言って、去っていったと思いますか。わたしだって、悔い嘆いていたのです、ひどくあの後。わが身の至らなさを思い知らされて。あなたのせいというより、もっと何か動かしようのない岩盤みたいなものに触れてしまったような気がしたのです。こうしたものか、どうにもこういうものなのだ、と。この周りに見えているものは、触れてくる世のありさまはと」

加地は相手の語った言葉に思いを致している。それに対して何かで応じるというより、言われたことそのものについて確かめ、見極めようとしているといったようだ。自身の話したいことを言わせておこう、すると、ある瞬間、彼女はありのままを語り始めるのだ。

すると皆木がまた、ぽつりと言葉を投げかける。「いつだったか、近くの公園で姿をお見かけしたことがありますよ。たぶん、昼休みの時間だったかと思うけれど。いくらか奥まった、あまり人気のないうらぶれた藤棚のあるあたり、あなたはそこを歩いていましたね、しかも行ったり来たり、幾度も繰り返して。不思議な感じがしましたね、何をしているのだろうって。運動のようには見えない、何だか万歩計がらみのようなものには。もっとどこか投げやりめいて、でも、執拗で、何か思っているようで、だけど、律儀でもあるようで。まさかお百度参りじゃあるまいし。どこか迫られているようで、憑かれてでもいるようで。見えてしまいましたよ。何をしていたのでしょう」

あえてそう保っているのか、それともそれが自然なままなのか、相手の表情は変わらない。こんど言っていることには心当たりがあった。というより、忘れるはずのないことだ。一時期、習慣のようにそんな行為を続けていた。気持ちとして、駆られるものがあったからだった。ときに人の目につくことはあるだろうとは思ってもいたが、それを彼女が見ていたというのは思いがけなかった。どうしてそんなことを始めたのか、他人に言ったところで仕方のないことだろう。言ってもまた、おかしなだけだろう。

「いろいろありますよ」加地は簡単に答える。

するとやがて、皆木はいきなり、確かな口調で言葉を放つ。「怖ろしいことはね、もう世の中があなたみたいな人しかいないのじゃないかと感じられてしまうとき。どうにかしなければいけないのよ、あなたを。どうにかするべきなの、あなたを。こんなものを目にしなければいけないなんて、こんなものと話さなければならないなんて」

それに対して、加地はすぐにも言葉を返すが、それは相手をなだめようとしているものか、焚きつけようとしているものかわからなくなってくる。「そこまで大それた存在となっているのはありがたいですね。醜いのはあなたではなく、まさにわたしであったわけだな。いや、どちらも醜いのか。醜く、おぞましいのか」

彼女の変わることのない黒い意思は、塊は驚くべきものだった。彼は自分が点のように小さくなった感覚を味わう。そして、どす黒いタールのような液体のなかに浸けられている。そこで、溺れかけてさえいるのではないか。そうだとしても、彼女を衝き動かしているもの、そうさせている力の源はどこにあるのか。

皆木はいまになって、顔にいくらか苛立たしさを浮かべるようで、そして視線も遠くへ投げ、そのうち身体も向こうへ振り向け、その場を離れ、歩き始めていく。長く伸びた雑草に手で触れたりしながら、気ままにあたりを巡っていくといったようだ。やがて、不意に、通りがかりに立ち止まったといったように、加地の前に立つと、語りかけてくる。

「こんどの、そのおぞましい一件で、わたしがあなたについて鬱憤が晴れたなどと感じていると思いますか。わたしはあなたに同情を感じ、起きたことは嘆かわしいものだと思っています。だから、どうしてなのだろうと、どうなっているのだろうと興味が湧いてきたのです。もしかしたら、わたしがそうなっていてもおかしくはない、場合によってはね」

一瞬、そこに見える口もとが歪み、笑いが浮かぶが、それはすぐに消える。さっきとは彼女の語っている調子が違ってきているように感じる。それから、相手はその場で上体だけを巡らすようにして、周りに生え出ている丈の高い草を行き当たりばったりに、その上の方だけをちぎるようにむしっていく。その動作はゆっくりとしたものだったが、幾度か繰り返される。やはり皆木はあそこの地下で、加地の車に接近したことはない。確かにそう感じられてくる。

そのうち気持ちの整理がついたのか、踏ん切りがついたというかのように彼女はその仕種を止める。それから、加地の方を向いて語りかける。「どうしてなのだろう、どうなっているのだろうって。ほら、これを見て下さい」そう言うと、皆木は首を振り、肩にかかっていた髪を手で掻き上げる。するとそこには、耳の後ろからうなじにかけて、バラの絵柄のタトゥーが張りついている。

加地は目を見開く。「バラじゃないですか――おお、バラが咲いた」それから、つぶやく。

皆木はその言葉には少しも反応せず、こんどは右の手のひらを引っ繰り返してみせる。「ほら、これを見て下さい」同じ言葉を繰り返す。そこの手首のあたりには赤く砂利の粒々のように浮き出た膿疱が見える。「体質で、すぐに出来てしまうのです。潰しても、切っても、またすぐに。これは醜いものですか、これは醜い、これはあなたの追ってきたもの、醜いものではないですか」相手はその手を前へ差し出すようにして、言葉を続ける。「触って下さい、これに。信用できないのですか。気色が悪いからですか。わたしはあんなことに遭った、歯をいじられた、馬鹿みたいに口を大きく開けて。遠慮がありますか。わたしに従うのに抵抗がありますか。あなた、わたしを追ってきたのでしょう。できますよね、追ってきたのだから。触りなさい」

加地は差し出された手をじっと見つめる。「本当だ、紛れもない――赤く散らばっている、生まれている。ここに――この手に」

加地にはいましも車のボディに引っ掻き傷を引いていった後、その上へ指を滑らせていく皆木の姿が思い浮かんでくる。

彼は目の前に差し出された、皆木の手首をじっと見つめている。それから、言う。「ここでいま、わたしを拒んでいますね。それがあなただ」

皆木はその場にじっと、動じることもなく立っている。「だから、言っているじゃないですか、触りなさいと、醜いものを。あなたがね、待っていたなんて大きな思い上がりよ」

加地はまともに相手の方を見る。

「あなただな」いまこそ、その瞬間だと思って、言い放つ。

「何がです」彼女はすべてを否定する。そんなことはない、とばかりに。車のボディの上には引っ掻き傷が真っ直ぐ、ただひたすらに張りついている。

皆木はしばらくぼんやりしたように宙を見つめているが、それからはっきりとした口調で、しかし、穏やかに静かに加地に問いかける。「あなた、どこからきたの」

何を言おうとしているのかわからない。彼は不意を突かれる。そのうちに相手が彼の疑いのただなかに立っていることに気づく。すると、思わず同じ問いを発している。「あなたはどこからきた」

しばらく皆木はじっと加地の方を見つめている。しかし、それからいまの自身の言葉を引っ繰り返すようなことを言う。やっとその瞬間がきたといったように言ってのける。「このときを待っていたのですよ、あなたがこんな目に遭うときを。これほどの好機がありますか。あなたとぶつかるための」その目が涙で潤んでいるようだった。しかしそれはもちろん、悲しみからのものなどではなく、一種、怒りから発した、制御不能の涙のようだ。

いったい、どういうつもりなのだ。しかし、わかってくることもあるようだった。彼女が求め、望んだのはあれを仕出かすことではない。こうしてすべてをぶちまけ、発散させ、浴びせかけているいまのこの瞬間こそがそれに違いなかった。

しばらく静かに加地の方を見つめていたが、やがて皆木は身を屈める。次いで足もとに転がっている瓦礫の石壁の割れて、いかつくなった一部分を両手で持ち上げると、彼の傍らへ投げつける。その塊はその場の雑草をなぎ倒し、地面の上へ鈍い響きを立てて沈み込むが、彼女はそれには目もくれない。

さらに幾歩か進んだところで立ち止まり、向こうを向いたまましばらく佇み続けている。その姿は静止しているはずだが、両肩でひたすら息をついているところが見えてもくる。やがてまた、ゆっくりとした足取りで加地の前まで戻ってくると、皆木は足もとに置いてあった自身のレザーのショルダーバッグを取り上げる。そのチャックを開けるや、彼女はなかから取り出したものを加地の前に差し出してみせる。

「これは何だか、おわかりですか」皆木は落ち着いた面持ちのまま、加地の方をうかがっている。彼は相手の柔らかな手のひらの上に乗った、硬く、直線状に延びた一本のピンセットを見つめている。皆木は加地からの反応が返ってこないのを見て取ってか、言葉を続ける。「これはそちらの診療室にあったものですよ。診療台の上に乗ったトレイのなかに、他のミラーやなんかの診療器具とともに並んで置かれていたものです」

そう言われて、加地はしばらく以前、どういうわけか診療室からピンセットが一本消えて失くなっていたことを思い出した。そのときはいくらか不思議に感じていたものの、些細なことでもあり、すぐに忘れてしまっていた。いま言われてみれば、それが起こったのはちょうど皆木が通院していたころのことだ。声までは漏れなかったが、口がいくらか開きかける。「これは何です――いったい三カ月ぶりのご対面というわけか」つぶやくように言う。

皆木は淡々と、確かな口調で言葉を続ける。「記念品としてね、頂いてきました。勝手にですけれど、忘れないためにもね」加地は疑いを浮かべ、怪訝な目で相手を見つめる。皆木は同じように語り続けていく。「これはあなたの負担ですか、いえ、それ以上にわたしにとっての負担の証しです。わたしなりの見立てではね」

「あなたの立っているところからの言い分では」初めの驚きが去ってみれば、加地のなかには重苦しい淀みと、ふつふつとした苛立ちが湧いてくる。「それで、そんなものをいつも後生大事に持ち歩いているのですか」

皆木は明確に答える。「話が耳に入ってきましたからね、そちらの車のことでは。それで、何か起こりそうなことに備えたのですよ。気持ちも新たにして、引き締めて」

加地はその言葉から、相手に何やら先回りされていたような感覚を味わわされ、これまで自分の見てきた世界が黒く塗り潰されていくともいった心地になってくる。いったい、これまで彼は何を追っていたのか。オレンジ色のパンプスに惑わされていたのか。しかし、いま言われた言葉がどこか疑わしいもののようにも感じられてくる。その疑わしさ、不確かさに引きずられていくかのようだ。すると不意に、ひとつの光景が浮かび上がってくる。いま、彼女の手の上に見えているピンセットの切っ先がなめらかな、光沢の発している車のボディの上を滑っていく。やはり彼女はしらばくれているのか、何かを隠しているのか。いや、そうではない。あからさまに、これ見よがしに皆木はこんなものを見せている。その場に見えているのはだれの手か。さらに静かにその光景が続いていく。そこに眺められているものはたとえだれか他者の手を介したとしても——それは皆木のしているものでもある、と。

加地は相手に向かって、言葉を投げつける。「いったい、何をしようとしているのかな。やはり大もとのところで人を拒絶しようとしている。自分の不安を消すために、人に不安を被せていくというのはありそうなことじゃないか」

皆木は動じることなく言葉を返す。「どうやら失くしていたことも忘れていたようですね。どうせその程度のものですよ」それから、声もなく、微笑みを浮かべる。「あなたは知らないことを知りたかったのでしょう。その癖、それを知ったら怒り出す。それなら、どうして人を追いかけてきたのです」

加地は相手に向かって、言葉を返す。「そうではない、ただ先を見て、歩いていた、いわばね。オレンジ色のパンプスを見て、それに目が留まり、それに導かれて。それで、どこかへ行き着くはずが別のところへ、思いもかけないところへたどり着いた。草はぼうぼう、瓦礫はあるわ、それをこっちへ放り投げられるわ、醜いと称せられるものを見せられ、そして挙げ句に、他人の物を奪い取る権利があるとまで言われるとは」

皆木は同じ調子で語り続ける。「失くしたことさえ忘れていたものを知らせて上げたのですよ。自分の本性が見えたのではないですか。それがわかって、また怒っている」さらにまた、言葉を投げつける。「あなたは疑いの塊ではないですか、何も知らないというのに」

皆木はしばらくじっと加地の方を見据えている。それから、突然、言い放つ。「残念ですよ。残念、本当に。わたしがそれをできなかったなんて」それから、彼女は手を横に振る、まるで宙に線を引っ掻くように。

加地の声は思いつきを得て、いきなり、前向きな響きを帯びていく。「そうだ、交換しよう、そのオレンジ色のパンプスと。そのものなら、わたしの戦利品になる。飾り棚に入れておきます。心せよ、間違った脚についていくな、と」
皆木はじっと加地の方を見つめている。しかし、視線がそのものを捉えているというより、そこへ向けたまま静かに考えに耽っているように見える。そのとき、加地のなかでは確信が高まっていく。彼女のどす黒い意思が彼を待っていたのだ。不意に、頭に言葉が浮かび上がってくる。〈自分は捕まえられた〉
すると、皆木はその身を屈め、足もとのショルダーバッグから再び、手でいくつかのものを取り出してくる。その口調はむしろ冷静なものに変わっている。
「あなたに自惚れられても困りますので、あるいは被害者意識を持たれても困りますので、もう少し見せて差し上げます」そう言うと、手に持っているものについて、ひとつずつ説明を行なっていく。「これは人に無理強いばかりしている会社の上司の爪切りです。人を前にして話しながら、これ見よがしに爪を切っているのです。これはまた、わたしの加わっているスポーツクラブで、いつもトラックを優先的に使いたがるメンバーの頭に巻かれていたヘアバンドです。そして、これはいつも鳥の餌を買いにいっている、近所のいけ好かなさを絵に描いたような店主のいるペットショップの壁に貼られてあったオウムの写真の一枚です。それからこれはまた、点けていたテレビから海の向こうの列車での自爆テロのニュースが飛び込んできたとき、たまたま手にしていたピン留めです。そのとき思わず、それで強かに爪の間を突き刺してしまったという代物。そうですよ、世界は広いのです、本当にね、疲労困憊。決してあなただけがわたしの対抗世界というわけではないのですよ。わたしがこれらのものを集めて、呪いをかけている、あなたはそう思いますか。いいえ、違います。願を懸けているのです、もっと良くなれ、美しくなれ、それでまた、この世が平和になれ、と」

「それはまた、ご立派な心がけだ」加地は簡単に応える。するとやがて思いつきが浮かび上がってくる。それはいま、語られた事物に直接、関わるものではない、また当の皆木がそれに関わっているということでもない。しかし、確かにいま、語られたようなことが起こっているのだとしたら、実際、その一本のピンセットの切っ先の引かれていくのが加地の車のボディの上ではなく、他のものの上であっても――爪切りの主や、ヘアバンドの主や、オウムの写真の主の何かのものの上であっても――構わなかったのではないか。そうであったとしてもおかしくはない。また一方その逆に、それまでそうした諸々のものへ向けられていた感情や、思いといったものが集められ、まとめられ、たまたま加地の車の上へその切っ先が降っていったのだと思ってみることもできるはずだ。実際また、皆木があのことを仕出かしたのだとしたら、いったいどうしていまごろになってなのか。それは他のさまざまなところで鬱積していったものがそのうってつけの代表的な場所として加地の車を見出して、その上に着地していったのだともいうばかりに。

加地がぼんやりと考えに耽っていると、前の方から皆木のはっきりとした声が聴こえてくる。

「実際、あなたは満たされていないのですね、わたしもまた足りていません。いったい、何をしてきたのでしょう、何ができるのか。確かに人を追ってきたのなら、疑ってきたのなら、これから連れていって上げます、もっとふさわしい場所へ。その先に車が駐めてあるのです」

皆木はそう言うと、生い茂った草と瓦礫の間を歩き始めている。

野放図に伸びた雑草が服にこすれて、音を立てていく。「そうなのか、何が出てくるのか、何と向き合わされるのか」加地は言葉をつぶやき、皆木の後をついていく。

足もとのあちこちに転がっている瓦礫が歩行を不安定にして、歩を踏み出すごとに靴の下で鈍い響きを返してくる。空き地を抜けて、その先の細い通りを歩いていき、再び、表通りに出ると、その向こうに駐車場が見えてきた。


皆木の運転する車でしばらく走り、最後はいくらかの坂道を登ったところでそれを降りた。皆木はおもむろに、しかし、確かな足取りで前へ向かって進んでいく。とはいえ、そこにはすでに道はなく、ところどころにごく短い雑草が剝き出しになった土の上に這っているだけで、その先はもう地面すらもなく、崖となって、広く遥かな海と面していた。加地も皆木の後をたどるように歩いていっていたが、相手がどこへ行くつもりなのか、何をしようとしているのかははっきりしなかった。とはいえ、しばらく歩いているうちに自らのなかに不確かに揺らいでくるもの、蠢いてくるものを感じ始め、それはいくらか気持ちの高まりさえ覚えさせてくるものだった。すると、そのときになって、皆木もいま同じような心地を味わっているのではないかと、とくに理由もなく推し量られていくようだった。

しばらくしてふと、皆木が立ち止まると、いくらか頭を突き出すようにして崖の下を覗き込んだ。加地もまたそれに倣うかのように、少し離れたところで立ち止まり、眼下の眺めを覗き込む。遥か下に眺められる海は濃い藍色をしていて、岩場に打ちつける波の白い飛沫が飽くこともなく、繰り返し飛び散り続けている。その響きはこの場まではっきりと届いてきて、風にも乗って、それが煽られてくると、一種、巨大な生き物の呻きか、うなり声のようにも聴こえてくる。首を突き出していると、深みに向けて吸い込まれそうになったり、またそれに反発するかのように身が反り返り気味にもなってくる。

先の沖の方を眺めれば海は穏やかに広く、遥々としていたが、すぐ直下を見下ろすと、波の激しい響きと飛沫をともないながらの絶え間ない寄せ返しがあり、まるでそれはひとつにつながったま
ま、ふたつの別の顔を見せているようだった。しばらく黙り続けていた皆木が口を開く。「やはりここからだと港の方も一望できますね。人の姿までは見分けられないけれど、車くらいならどうやらわかる」崖の先は小さな岬のようになって突き出ていて、彼女はいつのまにかそっちの方へ回り込んでいる。加地もその方へ足を伸ばしていくが、確かにそうした眺めが目に入る。そして、それから気づく。その港の端に見えている長い埠頭は以前、彼が速度を上げたまま車で走り込んでいったところだった。そして、助手席には椎名が乗っていた。そこに見えている岸壁はそのとき海面直前で、急停止した場所だった。

加地の身の内では神経が高ぶっていくようだ。しばらく絶えていたマグマのようなものが蠢いていく感覚に捉われる。同時に、冷んやりとした膜に隙間もなく、すっぽりと包まれてもいくようだ。過去と現在の感覚や記憶が入り混じり、分かちがたくなっていく。向こうに立っている皆木の方を見ると、とくに表情も認められず、何食わぬ顔で遠くを見つめている。どうしてこんなところに佇んでいるのか。

皆木はゆっくりと突端部分を回っていくように移動していく。その踏み出されていく足の一歩、一歩がどこまで自覚的なものか、ありのままの自然に従っただけのものか、あるいは一種の無意識自身から生まれてきているものかわかりがたく思えてくる。彼女はしばらく歩いたところで、こんどは別の側で再び、立ち止まる。その場に加地がいるのかどうかも確かめることなく、言葉を発する。「でも、こうして回り込んでみるだけで、見えてくる眺めはすっかり変わってくる。ほんとに向こうと違って、こっちでは広い浜が続き、自然がたくさん残っている。むしろもう、その勢いの方が勝っているくらい」

加地は相手の進んでいったり、立ち止まったりしている後ろ姿を見つめながら、自分がどこか探られているという感覚に捉われていく。そこから眺められる海岸はもちろん、よく知っている。しばしば出かけていって、むしろ親しんでいると言ってもよい場所だ。ときにはそこに落ちている物珍しいものを拾って帰ったりすることもあったが、その大きさからしてもっとも大きく、印象深いものと言えばあの流木だった。さまざまな力によって、捩じ曲げられた形をしていて、タールにも塗れ、イボも張りついているもので、いまも車のトランクのなかにそれは収まっている。代わりの見つからないもの、いや、抜き差しならないものだった。あれは確かにあの場所に打ち上げられていたのを拾ってきたものだ。まるで加地は胃の上あたりがきゅうっとばかり強い力で締めつけられていく感覚を味わわせられる。一方、外からは首筋から背中にかけて何かの気を吹きかけられたようにも感じる。いや、むしろその気は前の方から押し寄せてきているのか。

皆木はいまだ後ろ姿を見せ、じっとその場に立ち続けている。時のなかで静止しているようにも見えるが、しかし、その周りの空気は吹きっさらしのなかで絶えず気ままに、思いがけない方へ向かって流れ、漂い続けているといったようだ。

加地はひとまず思い、感じていたことを置き、忘れるようにして、その高みの場所からぼんやりとあたりの眺めへ視線を向けている。いったいどうなっているのか——しかし、またぼんやりとした問いかけが湧き出てくる。すると、いつのまにか皆木が近くへまで寄ってきている。近くというより、すぐもう傍らだった。「すごい響きですよね」感に打たれたように皆木がつぶやく。目は切り立った崖の下の磯を覗き込んでいる。

相手はじっと同じ姿勢を保ったまま、さらにそこに広がっているものについて、言葉を漏らす。「あれは離れた場所で、別のところでただ鳴っているだけ、確かにそう。でも、それは耳から入り、頭のなかに響いて、全身に広がっていく。身体だって、それとともに動かしていくことができる。だって、実際、空気を通して、音の波となって、つながっているのだから。もう、あそこにある、その響きに触れられるかというくらい」

加地は眼下に広がる、絶えまもなく同じようにうねり続けている波を見つめている。眺めているうちに自らの感情や、感覚もそのうねりのなかに引き入れられ、揉み込まれ、その延々と繰り返される動きとともにひとつになっていくかのようだ。同じ場所にありながら、上昇と下降が限りもなく反復され、時間の感覚も失われていくようだ。

「触れますか、つながれますか。ほら、あそこに見えている響きと」皆木のささやくような声がする。さらに続ける。「ひとつになったら、どうなるのか」

加地の腕に何ものかが触れてくる。すぐ横にまで皆木が寄ってきて、その身体が接しているのがわかって、彼は驚く。相手はそれまでと同じ表情をしたまま、その高みから下に広がる岩場を覗き込んでいる。

「わたしがあなたに、あなたがわたしに、ひとりがひとりに。ほら、もう一歩、あの響きのなかに入ってしまう――入っていける」そうつぶやいた後、皆木はわずかに笑いを浮かべる。それから、確認でも取るように一瞬、加地を見つめる。

加地は沖の方を見つめたまま、一歩、皆木の立っているところから横に、反対の側へ移る。いま、彼女の顔に浮かんだ笑いはその直前の脅しだか、挑発だかを流し去るものだったのか。

加地は相手につぶやく。「静かなんだろうなあ、響きのなかへ入ってしまえば。響きのなかでは響きがわからなくなる。あそこの遥かな海のように静かだ」

かすかに触れてくる。触れてくると、どうなるのか。互いの力が接する、あるいは行き違う。すると、バランスが崩れる。身体がずれる、揺れる――それだけでは済まない、そして傾く、のめる、屈まる、伸びる、突き出る、倒れる。しかし、その先に地面はない。

皆木はいくらか離れた場から、一瞬、加地の方を振り向いた後に言う。「大丈夫、わたしのことを疑っているうちは、あなたには何も起きませんよ」

加地は向こうに立っている皆木の方を見て、声をかける。「つまり、あなたにはひどく憎まれ、拒まれているということなんだろうな。そして、それを忘れるな、と。それを認め続けていろ、思い知り続けていろ、と」加地は笑い声を立てる。「だから、それをもっとはっきり、明らかにしてみたかった。憎まれ、拒まれているところのものに触れ、確かめてみたかった。それはここ、わが身のどこかにあるのじゃないか、と」

皆木は加地に向かって、言葉をぶつける。「わたしが怖い人間に見えますか。あなただって、怖い人間でしょう」そう言いながら、加地の方から遠ざかろうとする。

加地はその場から一歩、二歩と皆木の方へ向かっていく。こんどは彼の方から近づいていく。それから、問いかける。「あなたはあれを見せにきたのか」

皆木は足をとどめて、平静に尋ね返す。「あれって、何ですか」

加地はその方を見て、簡潔に答える。「あっちに見える埠頭だとか、こっちに広がる海岸だとか」

皆木は加地の方をまじまじと見つめている。そのまま長い間、黙り続けているが、それは考えをまとめようとしているのか、何かの踏ん切りをつけようとしているところのように見える。おもむろに彼女は語り出す。「わたしはよく知らないのですよ。少しだけなら聴いている。急停止したっていうことは、乗っていたものがね。海面を前にして、岸壁の直前で。それを運転していたのはあなた。そして、隣の助手席に座っていたのがあの人、その人のことについても少しは知っている。実際ね、どこかで、勝手にいろんなものが噴火しているの。いろいろ蠢いていますからね、この広い世の中。だけど、他の者にとっては何が起こっているのかわからない。けれど、それに絡み取られる。どうなっているのかわからない。だけど、一緒に突然、黒いマントのなかへ抱え込まれる。あなたは運転席で勝手に噴火した」

加地はその場にじっと立ち続けている。相手の方を見据えたまま、やがて口を開く。「だけど、そこはちょっと違う。気持ちは静かに、研ぎ澄まされていた。針一本、落ちても響いていく——いや、そうじゃないな、たとえ周りで嵐が吹き荒れていようとしんとしたままだった、冷たい氷の上のようで」同じく剝き出しの地面の上に立っている相手に異議を唱える。

皆木は冷静な表情を保っているが、一歩、先の方へ退く。「どちらでも同じことよ。あなたはねえ、何を仕出かすかわからない。だって、あなたは知らないから、気づいていないから」

加地はそのまま、相手の言葉に応える。「だから、知りたいと言っているじゃないですか。教えて欲しい、と」相手の方をじっと見据えている。「それで——」さらに催促するように言い、もう一歩、先の方へ近づく。

皆木もまた、まじまじと彼の方を見返している。それから、距離を保って、静かに一歩、退く。そしてまた、話を続けていく。「そして、こっちの長い海岸からはお宝を拾ってきたということのよう。あれにはイボが張りついているっていう話じゃないですか。密かにわたしに、わたしの手のひらの膿疱に向かって、呼びかけでもしてくれていたのじゃないかって。そしてまた、タールのタトゥー付き。捩られ切った枝はわたしのひねくれ具合にもふさわしい。だけど、断っておきますけれど、そうそうこれくらいおぞましいものはない。本当のところ、あなたの姿は視界のなかにも入って欲しくない。どうなろうとも忌まわしい限り。一刻たりとも、一緒にいたくはない」

加地はその場にじっと立ったまま、思いつき、閃いたというかのように言う。「そうか、あなたは脱いでみせたのだな、被っていたものを。そのときを待っていた。こうしていま、皮を脱いでいることがひりひりとたまらないのだ。被っていた皮を剝ぎ取ることが。それを待っていた」

皆木はむしろ感情を交えることのない声で答える。「まるで自分のことを知りたがっているようですけどね、いつだって人を脅してきているじゃないですか。たとえ知ったところで、それでまた自分仕様の根城を造り上げていく」

加地はその場から足もとの先の深みを覗く。それから、皆木に言う。「何故、知りたいかと言えば、思いがけないことが起こったからですよ、あのいつもひっそりとしている地下駐車場で。それに引き換え、この磯からの響きは変わらない、いつも休みなく、ごうごうと大口を開けて鳴いている」

皆木はその場にじっと立ったまま、静かにほとんど彼につぶやくように言う。「わたしは少しだけ、あの人の気持ちになってみた。あの人、何をされたんでしょう。わけのわからないものが隣に座っていて。足もとのペダルを踏み込まれ。そして、いきなり黒いマントを振りかけられて。声も出なかったらしい。身も固まって。そもそもこんなことが起こるなんて、と」さらに、つぶやく。「近づき過ぎるって、どういうこと。もろともって、どういうこと」そう言って、ゆっくりと一歩、彼女は足を前へ踏み出す。

加地はその場に何食わぬ顔で、立ち続けている。「そうなのか、なるほどね」彼は皆木の発した言葉を受け流す。それから再び、身近な足もとから聴こえてくる響きについて語る。「いったいごうごうと鳴っている、まるで餌でも待っているように」

皆木は黙ったまま、さらに一歩、加地の方に近づき、すぐ隣に並び立つ。それから、自らの取った行動を思い起こすかのように、それを再現してみせるかのように、そうした振りをしているかのように彼に向かって、ささやき語る。「わたしがね、あれをやったの、人気のないところで、静かな地下駐車場で。硬いものを握って、ボディを深く傷つけるものを握って、あのピンセットを握って。勝手に火が着いて、噴火して。わが身がね。どのくらいの深さにしたらいい、憎しみを刻んで、抉り込むほどの深さ——浅いけれど、さっと走る、嘲けきったような細い裂け傷」

「本当にピンセットかな」加地はひと言、尋ねる。

皆木は彼以上にその人間ではないことを知っている。それでいて、彼を手放そうとはしない。むしろ、しっかりと掴み込んでくるようではないか。それはどうしてなのか。

「王冠ね」皆木が言う。「そうですよ、王冠だった、真ん丸の王冠」さらに冷静な口調で続ける。「あなたは何をするかわからない男よ。それでね、わたしはそれに触ってみる」

加地もまた、淡々と言い返す。「そちらこそ何をするかわからない人間だ。それで、どんなふうに触ったのかな」

皆木はその場を動かない。ただ下の深みを覗いている。いくらか高ぶった響きを込めて、言う。「触ってみたの、知らないかもしれないけれど。あの、つややかな光沢の上へ一本、ほぼ真っ直ぐに刻まれたものに、引っ掻かれた傷に。何てこと、何なの、これはいったい、って。怖ろしい、すごい、気味が悪い」

加地もまた、もはやその場を安易に動けないといったように、同じ場に立ち続けている。相手に言う。「そして、おかわいそうに、それはおかしい、そうなってもおかしくはない、と——憐れだ、おぞましい、救われない」

皆木はその場を動くことなく、言葉を発するが、前よりは穏やかで、平静に戻っている。「そして、それに触ってみた。無惨、禍々しい、嘆かわしい、と――そして、お気の毒、寒気がする、羨ましい、痺れてくる、容赦ない、なれの果て」

加地はその場を動くことなく、片足の靴先だけをいくらかにじる。かすかにその下で砂利の擦り動く音が立つ。「触ったわけだ、それだけは間違いなく」それから、相手に言う。

皆木は正面に見える宙の吹きっさらしへ目を向けながら、もはやどこまでそのつもりで言っているのかわかりがたい言葉をつぶやく。「わたしはね、こう言ってよければ、忌まわしいものになりたかった。忌まわしいものとしてのあなた――忌まわしいものとしてのわたし。そうなって忌まわしいものそのものになって、そうすればもう忌まわしさを覚えなくとも、忌まわしさを感じることができるだろうって。思う存分、忌まわしくなって」それから、それまでのことを振り切るように、語調を変えて言う。「さあ、もうお終い。また、この真っ赤な膿疱でも見てみます」

加地が動かしていた靴先を止めると、砂利のにじられる音もやみ、彼は相手に問いかける。「つまり、十分っていうことかな。どこが十分なんだ、何が十分なんだ」

皆木がいきなり、身体を寄せてくる。内側から力が籠ってきて、それは加地の身体を押しのけようとしているかのようだ。それから、言い放つ。「どこにいるのよ、わたしなんて。いったい、ぜんたい。どこにいるの、あなたなんて」

加地もまた押しつけてくる力に対して、それを受け止めつつ、それを殺ぎながら、押し返し、また抗っていく。足もとの砂利だけがにじり音を立てていく。互いの力が行き交い、行き違い、先のない吹きっさらしを前にして、それがいつ弾けて、跳ね飛ぶかも知れないままに圧するものは内へ、内へと籠っていく。けれども、それはごくしばらくの間で、すぐにもその力は鎮まり、立ち消えていく。

お互いはじっとして短い距離を置き、隔たった場所に立っている。加地は改めて、視界の先のうねり続けている海を見つめているかのようだ。皆木はそんな素振りを見せることもなく、身を屈めていくと、自身の履いている靴を脱ぎ始める。片方が終わると、またもう片方。裸足になり、両手にオレンジ色のパンプスを抱えた皆木が加地に言う。

「さっきは交換だとか、何とかって言っていましたよね、このパンプスと。そんなことする必要がある？　何を欲しているの。こうすればいい」

皆木の両腕が頭の後ろへ振り被られる。それから、彼女は勢いよく手にしたものを前へ向かって、放り投げる。一足のオレンジ色のパンプスはそれぞれずれて、まちまちの動きを取りながらも、底抜けに広い宙空を似たような軌跡をたどっていき、あっというまに真下の海へ向かって落下していく。

小さなオレンジ色の木の葉となり、それらはいくらか離れ離れになって、波のまにまに漂い続けている。しばらくそのさまを見下ろしていた加地が言葉を発する。「驚きだ、パンプスが空を飛ぶ——だけど、短命だ」それから、こんどは尋ねる。「それが望んだことなのか」

皆木は投げ捨てたものなどにはほとんど目もくれず、再び、身を屈めると、こんどはレザーのバッグへ手を突っ込んでいく。そのなかから取り出したピンセットを手にすると、またしても同じように片腕を頭の上に振り被る。そして、それを宙高くへ勢いよく放り投げる。それもまた同じく空へ向かって駆け昇るが、たちまち失速し、広い海へ向かって落ちていく。皆木が言う。

「みんな持っていけ。何が望みだ。すべて呑み込んでしまえ」

こんどのものは金属で、海中に沈み込み、その姿は瞬時に消えていく。

加地はそのものがたちまち延々と続くうねりのなかへ没していくところを、いくらか呆気に取られたように眺めている。いまやその事実は記憶のなかにのみとどまり、見ることも、確かめることもできないものと化してしまったというようだ。皆木は自分の放り投げたものを見送る暇もなく、すぐにも身を翻すと、やってきたところを、その土の剝き出しになった道なき道を裸足のまま、歩き戻り始めている。


駐めてあった車の方へ向かって、真っ直ぐに彼女は進んでいく。少し遅れて、加地もまた崖の突端から引き返し、その姿を追うようにたどっていく。そのうちに彼は先を歩いていく彼女のいまやオレンジ色のパンプスの失われた、裸足そのものの繰り出されていく後ろ姿を見ていると、不意に、何ものかが——傷が歩いているという感覚に打たれる。傷そのものが、あるいはふてぶてしくも歩いているのではないか。傷を仕出かしたものはどこか他のところへ潜んでいても、ここにはまたこうした傷が見えている、と。あるいは、傷を仕出かすのは似たものとしての傷しかないのではないか、と。それに触れてみる——惨めだ、見苦しい、どうにもならない、気味が悪い、おぞましい。それから後、皆木はひと言も語ってはいない。その後ろ姿は拒絶が歩いているとも見えてくる。それはあたかも仕出かした傷と仕出かされた傷とは別々のものだとでも言ってのけているようだ。確かにそういうことなのか。

車にまでたどり着いた皆木は扉を開けて、その運転席へと乗り込んでいく。しかし、いくらかその後に続いていた加地がそこへ近づくと、車のエンジンがかかる。皆木はことさらにじっと静止したようにそこに座って、加地の方を見ている。憤りめいたものが浮かんでいるかと思ったら違った。無表情にも近かったが、まるで忘却のなかに陥っているかのようにひたすらにまじまじとこちらを見つめている。そこには問いかけが浮かんでいるようにも見えたが、答えなどはそもそも受けつけてすらいないといったようだ。

加地のなかには不意に、思いが浮かんでくる。もしかして、彼女はいまになって気づいた。彼女はこのときまで向かい合っていた相手がまったく間違ったものだったと知った。いや、そのことをすでにいつからか、どこまでか承知していた。そうでなかったとしたら、そこに見えているものは何なのか。

加地は不意に、自分がさっき崖の上から遥か先のうねり続けている海を見ていたときの気持ちを思い出した。自分がどんな顔をしていたかはわからなかったが。

それから、いきなり車は動き始め、その場に加地を残したまま、距離を取るかのようにみるみる後退していく。しばらくして停止すると、次には緩やかに方向転換していき、こんどこそは速度を上げ、街道へ出て、滑らかにその場から走り去る。

いったい、何が起こったのか。とは言うものの、見た通りだ。起こったことは余りに明らかだった。加地はその場に呆然と立ち続けている。何かが立ち上がり、画然と行なわれていき、そして確かになし終えられ、離れ去っていったのだ。そうであったに違いなかった。そう言うより他にない。

目の前には車の去った後の空虚が広がっている。するとそのとき、上衣のポケットから呼び出し音が発し、手に取り上げたモバイルからは椎名の声が聴こえてくる。

「どうでした」それから、その声はいきなり加地に事態の成り行きについて尋ねてくる。ときがときだったので、虚を突かれる。いったいどうしていま、この瞬間なのか。改めて尋ねられたことを思い浮かべてみたが、どう答えるべきだったろう。まだ思いも、感情も定まらず、到底、ひと言では語れるものではない。

そうだとしても、この日のこれまでのことを思い起こせば、椎名が何か知っていることがあるのではないかと当然の疑いが浮かんでくる。そのうち、どうしていまの問いかけのようなことを簡単に言葉にしてくるのかと、こんどはその直截さが気になった。

何かしら捉えがたく広がる霧のようなものへ向けて、加地の方から問いかけてみる。「どうなったと思いますか」その反応を知ることで、彼女がいま、どういう気持ちでいるのか確かめたいと思った。むしろ椎名のいまの率直めいた問いかけこそが疑わしく感じられてくる。

「何があったのですか。どう感じたのか」椎名は同じような言葉を繰り返してくる。そこには何かしらその身を隠したいと思っているもの、もしかして何か触れられたくないようなものがあるのではとすら感じさせられる。

「どうもこうも、実際――」加地は続ける。「あなたは彼女を知っていたのだな」それから、相手に尋ねる。

「あの人から何か言われたのですか」椎名の声は落ち着いている。

「何だかね、まるで待たれていたようだ、この日に限ったことではないかもしれないが。どうしてかな。それについてはどう思いますか」彼女は何かを守ろうとするために、しらを切ろうとするだろうか。とはいえ、何かを明言したとしても、それはそれで疑いはますます膨らんでいくような気もしてくる。

椎名は答えを返してくる。「絵が好きなことくらいですよ。それで、うちのギャラリーへもよくやってきて。でも、話が通じる人ではありませんよ。わたしはあなたに尋ねたいくらい。だから、こうして訊いているのですよ」

「何故、おかしいのです」相手の声に笑いが含まれているように感じられた。

「おかしくはありませんよ」彼女はこんどは確かな口調で言う。電話の声からは相手の表情が捉えがたくなっている。

「幾度か、あなたのことを思い出させられた。彼女と話をしている最中にも。いま、電話をかけてきて、どうでしたって言っていましたよね。もうすでに事態がひと段落したことがどうしてわかったのですか」

「当て推量ですよ。済んだのか、まだなのか、どちらかではないですか」

加地は相手に疑いをぶつける。「どうして、あんなに詳しかったのだろう。いろいろとよく知っていた、こちらのことを、彼女はね。ときにはまるで見てきたように」

「そういうことだってあるでしょう」椎名は臆することなく言う。

「どうしてですか」加地はさらに疑いをぶつける。「それなら、知っていますか。タトゥーは、膿疱は、そうしたものは。彼女の身体はそれらを纏っている」

不意に、電話の声が途切れる。しばらく沈黙が続いていき、どこか見えない闇に触れているような気持ちになってくる。やがて、落ち着き払った椎名の声が聴こえてくる。

「そういうことだってあるでしょう」さらに続けて、促すように言う。「それで、どうなったのです」

すると、こんどは加地が黙る。視線を当てもなく、周囲に見える灌木や、土の剝き出しになった地面、崖の先に広がる水平線のあたりなどへ巡らしていく。そして、考えていたことを伝えるように、ぽつりと静かに言葉を発する。

「彼女はね、その人ではなかった。だけど、これは個人的な印象になるけれど、その人と近かった。もしかしたら、何かに触れた」

「そうですか——何に触れたのです。それ、ご覧なさい」いくらか勝ち誇ったように椎名が言う。

「どういうことです。そら、ご覧なさいとは」加地が尋ねる。

「だって、何かをして上げられたらと思ったのですよ、わたしは。そうではないですか、実際、こんどのこと、この日のことにしたって」いくらか得意げな声が聴こえてくるが、あえてそう見せているのかもしれない。「あなたを矯正させて、とまでは言いませんけれどね」こんどははっきりと笑い声が立つ。

加地のなかでは疑いは晴れず、さらに椎名に尋ねる。「彼女は知っていたじゃないですか、埠頭でのことも」

「少なからずいますよ、知っている人は」相手は平然と答える。

声に取り巻かれているように感じられてくる。相手の姿が見えない分、声のシャワーを浴びているような感覚が生じてくる。

「あなたは知らない人よ」いきなり、椎名からの声が降ってくる。

「何を言っているんだ」驚いたまま、反応している。

「あなたはね、もっと拒まれることを望んでいるのよ」その言葉がどこから飛んできたものかわからない。

そのうち加地のなかでは不意に最前の記憶が強烈に甦ってくるようだった。

「すごい力だった、黒い力といったものだった、あれはね。彼女のなかから湧き出てきたものは、伝わってきたものは」皆木の表情を欠いた顔や、いろいろな場面での際立った声音にまた取り巻かれていくかのようだ。

彼の言葉のなかにこもった響きか何かでも察するようにして、椎名がつぶやく。「そんなにも取り憑いていたっていうのはもしかして惹かれているものすらあったのじゃない、どんなものかは知らないけれど」どこか笑いも滲んでいるようだ。

「いや、それは違う――」すぐにも加地は否定するが、そのままその考えは進んでいく。そうだとしても、あれは何だったのか、あのすさまじい勢いは。どうしてあれほど憎しみに、恨みに満ちていたのか。ふと、思いが湧いてくる。もしかしたら、もう何かを求めるということについて諦めてしまったせいではないか、それを諦めざるをえなくなった、と。あるいは、もはや愛することのできなくなった世界へ向かって、その黒い怒りと恨みを投げつけていたのか。実際、そうなのか。だが、あるいはまた、すっかり何かを彼女は間違えていた、取り違えてすらもいた。

それからさらに、思い浮かんでくる。皆木は何であのとき、あんなことを言い出していたのか。加地が公園の端の藤棚の下を幾度も往復し続けていたなどと。それを見られていたことも意外だったが、しかもあのときそれについて言い出していたことはもっと奇妙だ。あるいはまた、もっと他のことも見られていた。何を眺められていたのか、それはもっとあからさまなものなのだ。顔の表情や、仕種や、言葉遣いといったもののように。

診療室からピンセットを奪ったのは本当に怒りからだけなのか。いったい、彼は彼女の何を壊していたのか。あの崖の上から、もしかしてともに落ちようとしていたとでも。いったい彼女は何をしたかったのか。しかしそのことまで言うとしたら、それは愛を見失ったか、求めるものを奪われた人間の行為だ。

しばらくは何もかも忘れたようにぼうっとして、加地はあたりの眺めへ目を向けている。それから、思っていたことが突然、浮かび上がってきたというかのようにひと言、口を開く。

「その人が増えた」

「何ですって」椎名が驚き、尋ねてくる。

加地はゆっくり考え、考え、言葉を繰り出していく。「つまり、その輩とは出会っていないのかもしれない。だけど、その人間だと言えるかもしれない、言ってもよい人間を見て、知った——だけど、もちろん、その人間ではなかった。だから、その人間が増えたのだ。その人間なんて、どこにいる。当のその人間に会っても、まだ十分じゃないと思うのかもしれない」

加地は自ら気づかないうちにもあたりを当てもなく一歩、二歩と歩き始め、言葉を発する。

「傷つけたには違いないが、傷となって、あそこに張りついていたのじゃないか。車体の上に、その人間が。そして、今日は見たのだ、それに似たものを」

モバイルの向こうに沈黙が広がる。まるで糸が断ち切られたようだ。しかし次には、椎名の確かな、はっきりとした声が聴こえてくる。「まったくね、まだ懲りていない。けれど、いまもってお目にかかっていないもの、本当にそういうものが現れてくるかもしれないじゃないですか。そうしたら、わたしは嬉しい、喜びを感じるかも。あなたが強く衝撃を受けたらね。だって、そうなって初めて、あなたは変われるのだから。いったい何てご親切なことなのか、わたしって——そう認めて欲しいくらいですよ」

加地はもはや気持ちを切り替えるというかのように、灌木と土に囲まれたあたりをあてどもなく歩き始めている。初めはいくつものことを、椎名のことや、皆木のこと、この日の成り行きや、自らについて知られていること、自らについて知っていることなどを疑い、考え、推し量っていこうともしていたが、いつしかそうしたことも忘れ、しばらくはそれらのものを放り置いたままにただぼうっと、あるいはひたすらに、またあてどもなく歩き続けていくようだ。

するとそのとき、不意に再び、椎名の声が聴こえてくる。「あのね、まずは真っ直ぐに歩きなさい。いろいろと歩くやり方はあるけれど、ともかく真っ直ぐ歩きなさい」確かな、はっきりとした口調で加地に向かって、呼びかけてくる。

いったいいきなり、何を言い出しているのか、そうは思ったものの、彼はその声に合わせるかのように、それまで灌木の間をいくらか縫って巡っていくように歩いていたのを、そこから離れ、剝き出しの土の上をほぼただ真っ直ぐに歩いていく。彼女の語っている〈真っ直ぐに歩く〉ということがどこの、何を意味しているのかははっきりしなかった。けれども、彼はこの日、起こったことが何ひとつ起こらなかったよりまだ良かったのではないか、少なくとも何ものかを得たのではないかと考え、それをそうさせた大もとのひとつでもある彼女の言葉に、ひいては彼女自身の気持ちや、決断にも報いるために、いまもまたその言葉に従ってみるというかのようだ。加地は崖の上の道らしい道のない土地をほぼ真っ直ぐに歩いていく。

「立ち止まって。さあ、周りを見て。何が見えるのでしょう」再び、椎名の声がモバイルを通して聴こえてくる。

いったい、何なのか。あたかも命令口調が続いていくが、どういうつもりなのか。初めこそそれは何かの振りをしているように、あるいはまた、どこか戯れてでもいるかのように聴こえる。とはいえまた、それは誘いの言葉、導きの言葉のようにも聴こえだしている。あえてそうしたものに触れてみる、従ってみるという気持ちが加地のなかに生まれてきていた。彼は剝き出しの土の上へ踏み出していた足をゆっくりと止め、その場に立ち尽くす。その先にあるものを探ってみたいと思ってみる。得体の知れないもの、気味の悪いもの、それは相手のなかにあるものかもしれないが、自らの内にもあるものに違いなかった。

さらにまた続いて、椎名の声が聴こえてくる。「それじゃあ、そこから何が見えるのか。いったい、何が。目を見澄まして、心を開いて。あの埠頭が見えるでしょう。見えるはずよ。どこにいてもね。だって、強い、深い思い出の場所じゃない。それは忘れられない場所、あなたについて回っている場所。あなたを追い回している場所じゃない。あれを見て。あれを見つめなさい。さあ、あれを穴のあくほど見つめて」

またしても、椎名は当て推量で彼に語りかけているというのか。加地はその場から首を巡らし、崖の上から遠く埠頭の方を望む。そこにはまさに長く延びて、横たわっているその真っ平らなコンクリートの広がりが見えている。椎名の声は、その発せられた言葉は何を表しているのか。その脅しのようでもあり、責めのようなものでもあるものへ手を伸ばし、触れてみる。彼女の指し示している場所とこの場所とがまさに一致しているとしたら、それはどういうことだったのか。いったい、おおよそ彼がどこにいようとも、その記憶の場所については見ようと思えば、思い起こそうとすればいつでもそうすることができる。それどころか、彼の気持ちや、意志を超えて、それはいきなり現れたり、張りついたり、離れずにいたりさえしているものなのだ。そうしたなかで、いま椎名の声がその場所や、事実をもたらし、引き出してきてすらいる以上、それを止めたり、否定しようとしたりするいわれはなかった。

椎名の声はさらに続いていく。「それからまた、あの長い石ころだらけの海岸も見えるわね。そこからは見えますよ。あの車のトランクに後生大事に仕舞い込んであった流木を拾ってきたのもあの海岸。見えないわけがない。さあ、見つめて。穴のあくほど見つめなさい。どこにいても、それが見える。何を拾ってきたの。そうよ、あの捩じれ切った木の亡霊。さあ、あそこを見つめて。あの、石ころだらけの長い海岸を」

彼女の訴えている通り、彼は首を巡らし、こんどは長い、石ころだらけの海岸線の延びている方角を遠く眺めやる。なるほど、彼女の言っていることは確かに外れようはずのないことなのだ。そして、彼はそこを眺めようとすれば、いつでもそれを見出すことができる。確かにそこはそういう記憶の場所に違いなかった。彼女の被せてこようとしている声の網の正体がわかりかけてくる。

加地はあたりに広がる眺めを見ながら、やがて気持ちを取り戻し、われに返ったようになる。すると、改めて身の内に疑いと、好奇の念が高まってくる。

こんどはいきなり、彼が相手に尋ねる。問いかけをすることで、何かが見えてくるはずだというかのように。「どこか遥かなところから、海鳴りの響きが聴こえているかな」あたかも正気を取り戻したように幾分、晴れやかに彼女に尋ねる。「聴こえるはずだ、ここからなら」

椎名は素気なく答える。「聴こえませんよ」

「聴こえるでしょう、ここは眼下に海をおいた崖の上なのだから」

相手は繰り返す。「聴こえませんよ」

加地は説得する。「聴こえるはずだ、ようく耳を澄ませば」そう言って、彼はモバイルを空高くへ掲げる。

「聴こえたわ」椎名が告げる。

「本当かな」

「聴こえるわよ」椎名が言ってのける。

「本当のことを言っていないな」

「聴こえるわよ」

「聴こえるはずがない」

「聴こえますよ、ウミネコの鳴き声まで」

「確かにウミネコが飛んでいるが」加地は続ける。「そうだ、動画を送ろう」そう言うと、彼はモバイルを上に掲げ、空を。そして、それを下に向け、地面を撮し取る。

「これは――」送られてきた動画を目にした後、椎名が言う。呆れたように。「空は青くて、少し雲があって。地面は土だらけで、ところどころに石ころが転がっていて。こんなもの、どこででも見えますよ」

「そうだ、どこに行ったって、ついてくるものだ。どこを歩き回っていたって、見えてくるものだ」加地が答える。

しかし、そのまま沈黙が続いていく。まるで海風も凪いでいるかのように静まって感じられる。それからまもなくすると、「さようなら」もう何も話されるものはないと見たのか、椎名はそう言って、いきなり電話は切れる。

V

晴れない気持ちと、どうにも片づかない思いはとぐろを巻くようにして、加地のなかに蟠り続けていた。皆木とはその後、顔を合わせることはなかったが、たとえ出会ったとしても、そこから何かが動き始めるという予感は持てなかったし、それどころか互いに無用に刺激し合うか、ことによるとどこか身体の端の方からそれぞれのものが溶け合いだし、混じり始めてしまうのではないかという怖れめいたものすら湧いてくるようだった。とはいえ、皆木という人間に触れたことで、さらにその先に別の新たなものが現れ出てくるのではないかという感覚は残ったように感じられた。確かにそこにはこれまで味わったことのなかったような、あるいは潜まり続けていたものが露わになって飛び出してきたという味わいがあったのだ。

しかしまた、その直後にそれが起こったのはまったく予想外のことだった。そのことは加地の身にとってのみならず、だれにとってもそう言えることだったはずだ。こんなことはめったに起こらない。とはいえ、それが起こった。彼はその日の仕事を終え、自分の車で――そこにはいまだあえて放って置いてある鋭い引っ掻き傷がボディの前や、左右に張りついたままだったが――家路に就いていた。すると、自宅手前の通りの角を折れようとしていくらかスピードを緩めたとき、車体に何かもののぶつかる音がした。もしかして動物でも飛び出してきたのか、あるいは風に飛ばされてきた何かがぶつかったのか。とはいえ、それまで前方には何の障害物も見えなかったし、そのとき強風が吹いていたということもなかった。

いったん車を停めた後、加地はそれを降りて、衝撃音の発した車の後方のあたりを確認してみた。実際、いくらか暗がりに入っていたが、路上に枝木のようなものが見え、そのすぐ上の車体部分へ顔を近づけた。すると、その瞬間だった、車が急に発進した。何者かが運転席に入り込んでいたのだ。途端にそれは勢いよく走り出し、加地はすぐにも追いすがろうとしたが、間に合わなかった。

車は止まらなかった。戯れでも何でもなかった。身に染みる現実となって、それは通りをひたすらに真っ直ぐ走り抜けると、みるみる遠ざかり、手の届かないところへ行ってしまった。

車のドアは半開きのままだったが、走り出す前にそれの閉まる音を聴かれまいとするためだったに違いない。あたかも消えて失われてしまったものを見送るようにして、その場に茫然と立ち続けていた。街灯が明るい光を放っていたが、いったいその場の何を照らしているのか。言葉も奪われたような驚きに包まれていたが、そのものはどこへかへと乗り去られ、わが身は丸裸になって、その場に立っているかのようだ。それはすぐ目前で、瞬時にやってのけられ、まるであたりの夜の空気そのものに騙されているかのようだった。いまだどこまでも納得のいかないことに感じられた。

いくらか追って駆けていたところを現場にまで戻ってきた。道のなかほどにぽつんと、起こったことの証しのように折れた枝木が一本、転がっている。手に取り上げてみると、それは案外、太く、枝分かれもしているが、その断面部分は捩じ切れたようでも、切り分けられたようでもなく、すでにかなりの程度、摩滅しているのがわかる。とは言っても、いまや車そのものが消えてしまってみれば、手にしたその塊はそれとは何のつながりもない、無縁のものとなってしまったようにも見える。

どうにも受け留めがたいことだった。家に帰って、部屋のなかで思い返してみた。どうしてこんなことが起こってしまったのか、しかもまた自身の身に、と。どこか見えない力によって圧し潰されていくようにも感じられた。とはいえまた、〈しかも〉とはいったい何のことかと思ってみた。そもそもこんなことが起こるとは稀なことだ、とはいえまた、これはだれにでも起こりうることだ、車を持って、あるいはまたそれに乗ってさえいれば。それなら、そんな事態がどうして自分に起こったのかと不当なものを感じているということになるのか。つまり、そのたまたまのものが自身に降りかかってきたということに許しがたいものを覚えているのか。起こった事態をあたかも騙されているとでもいったように感じているというのもそのためかもしれなかった。とはいえ、いったい何に騙されているというのか。気持ちは焦っているが、焦っても仕方のないところで焦っているようだった。実際それなら、何を信じているということになるのか。自分の考えが自分の考え通りに進むということをか。

椅子の上に座ったまま焦りを覚え続けた。それがどうにもならないということで、さらに焦りを感じた。こんどはそれとは正反対の考えが思い浮かんでくるようだった。こんな事態が起こったとしても、それは当然のことだといった思いが立ち昇ってくる。いつか起こるはずだったことがいま起こったのだ、どこかで起こるべきことがあそこで起こったのだ、さらには何かで起こるはずのことがそのことで起こっただけだ、と。起こらなかったとしたら、それはおかしい。あるいは、いつまでもこうしたことが起こらないままでいるはずがない、と。今夜、あの路上で起こるべくして、それが起きた。いったい何という不気味さ。

見通せない暗い胃のあたりから重く、鈍いものが突き上げてくる。わが身の何かが、いや、ぼんやりとしたその全体が何ものかに恨まれている、と。それはだれかにであり、あるいはひとりの人間のなかのどこかの部分であったりもするのかもしれなかった。そうしたものが見えない塊となって、激しくぶつけられてくる、と。あるいはまた、だれかに憎まれ、拒まれている、といったように。もしかしたらだれかという特定の個人を生んでいる、それへつながっている何ものかに、空気や、流れや、環境や、時の巨大な塊といったものに憎まれ、拒まれているのかもしれなかった。自身の気持ちや、考えが伝わっていないとしたら、それはどういうことになるのかと思ってみた、自分の体勢がひとつの状況のなかで崩れて、宙を泳いでいたり、地面に倒れ込みそうになっているというのはどういうことか。大地震や、大洪水が起きないわけがない、と。大熱波でも、大寒波でも襲いかかってこないで済むはずがない、といったように。持っていかれたのが車でなければ、何か他のことが起こっていたはずだ。わが身には何かが起こっていたに違いないと思えてきた。他にもまた、すでに起こっているのかもしれなかった。起こっているに違いないのだ、と。

加地はあの街灯の下の路上から拾ってきた枝木を抱え、なす術もなく、当てもなくその表面を指の先でさすっていった。車はそっくり消えてしまった代わり、この場にただ残っているのがこの一本の枝木だった。車が奪われてしまったということはあそこに張りついていた引っ掻き傷をもう見なくて済むということだったのか。しかしまた、そうしたものすら呑み込んで、どこか闇の彼方にまでその車体は持っていかれてしまったのかもしれなかった。指先の下にある枝の表面はすべすべしていた。ほとんど土埃のような汚れも付着していず、いくらか無骨ななりに滑らかだった。まるで時をやり過ごすか、あるいはそれに揉み込まれてでもいるといったように。それはよりしっかりとした枝に、さらにはもっと太い幹につながり延びていたはずだが、何かの原因によって、いまはこうして折れて分かたれてしまったのかもしれなかった。いったいこの塊はいまどこにあるはずのものだったのか。まるでそのありどころを探るように加地は指の先でその表をまさぐっていく。

そのとき、いまだ上衣のポケットに入れたままだったモバイルがその場から呼び出し音を発した。取り上げてみると、そこからはいつもと変わらない椎名の声が聴こえてきた。実際、何も臆することなく、この間からそのまま時が続いているといったような口調だった。いまごろ何か欠かせない用でもあるのかとの思いも浮かんできた。

けれども、少しばかり挨拶の言葉を交わした後は沈黙が引き延ばされていくようだった。何か言い淀んでいることでもあるのかと感じたが、そこに置かれた沈黙はもっとフラットで、言ってみれば乾燥しているような感じがした。

「どうでした。あのとき以来ですね」椎名が言った。それは当たり前の事実以外の何ものでもなかった。

さらに沈黙が続いていくので、加地は尋ねる。「どうかしましたか。何か話したいことでもありますか」そう言った後、相手はむしろこの言葉を待っていたのではないかという思いがしてくる。「今日あたり何かが起こるのではと思ったのですよ」椎名はやすやすと、何のてらいもなく言ってのける。

その言葉の表しているもの、その的中性には驚きを覚えずには済まないほどだった。彼女がどういうことを考えていたのかははっきりしないが、むしろその予想を上回る形で、彼女自身もより驚くに違いないくらいのことが確かに今夜、起こり、また出現したのだ。とはいえやはり、出現という言葉はふさわしくなかった、それはむしろ逆のことになったのだから。けれどもまた、そのことは隠すべきものではなかったし、というよりあえて進んで話し合いたいことだと言えた。

「それはすごい眼力ですね」加地は答えた。それから、彼は今夜、帰途の路上で起こったことの顚末について、相手にあらまし、自分の推測も含めながら語っていった。道の角でスピードを落としたときに、何かが車にぶつかった音が立ったこと、車を出たこと、その原因を確かめようとしたこと、その隙を縫って何者かが車に乗り込んだこと、そのまま瞬時にそれを乗り去られたこと、その場に茫然と立ち尽くしていたこと、街灯が煌々とあたりを照らしていたこと、路上に枝木が一本、落ちていたこと、いったいどうなっているのだと、そして、いまだ驚きが覚めやらないこと。

「それはまた、怖ろしいことですよね。そして、気味の悪いこと。いったいこんなことって」黙って加地の言葉を聴いていた後、椎名は感想を口にする。それから、さっき自分の言っていたことについて、改めてつけ加えるかのようだ。「でも、実際、何かが起こるというより、気づいたようなことがあったのではと思ったのですよ。だって、起こるべきこと、気づかないではすまない事柄といったようなものは日々、およそ余りあるほど生まれてきているのだから」

「どうしてこんなことが起こったのだ」加地は自分に向けて言う。「こんなことがよりにもよって」

「本当にね、その通り」椎名はその言葉に重ね、思いを表すように言う。

「こっちは何も気づかず車を転がしていて、しかし、向こうは計画を練りに練って、その時を待っていた」加地は続ける。「その落差。啞然とさせられる、その大きな落差に」

「だから、怖ろしく、気味が悪い」

彼は続ける。「わけのわからない力によって、強引に身体を捩じ曲げられているようだ。だけど、そうかと思うと、それは涼しい顔をして、風のようにこの身の周りだけをすうすう吹き抜けていくのだ。正体も掴ませずにね」さらに言葉を続けていく。「それで、思ってみたんだ、これはいったい何なのだって。とはいえ、起こるべくして起こった、これが起こらなかったはずがない、そうも思えた。普段から感じていたことが、潜んでいたことが表に噴出したのだ。周りと自分との間にあった食い違いが、つながりのなさが露わになっただけなのだ、と。そのつながりの欠落があからさまになって飛び出してきたのだ。といって、もちろん恨みが消えるわけではないが」

「いったいそれだけ。でも、そんなふうに納得しようとしたがる」いくらかたしなめるようにも椎名が言う。

「この際、そんなことが起こるのが稀なことかどうかなどは関係ない」相手の言葉には取り合わず、加地が言う。「つまりはそれが起こったとしてもおかしくはない、とだれもが密かに認めているということさ。それで、たまたま自分がそれに当たったのだ、と。とはいえ、たまたまそうなることなら、どこでも、だれにでも起こっても不思議ではない。それがたまたま起こったからって、そのことは少しもおかしくはない。それでまた、こんなふうだ――自分がやられているのだけど、自分がやられているだけという気がしない。いつか起こるはずだった、と。それはだれかに起こるはずだった」

モバイルの先からいくらか息の吹きかけられる音がする。「あなたはね、遥かな先を見つめて、太平楽」椎名は素気なく、しかし、ことさらにゆっくりと言う。

しばらく沈黙の続いた後、椎名は改めて問いただすように言う。「何をしたの、あなたは。あなたはいったい、何を知られたの、その輩に」

加地は相手の感情を冷ますように語りかける。「今日、やらかされたのは自分だ。だけど、それはだれかでもありうる自分だ。わたしだ、だけど、わたしではない」

椎名の声はさらに硬く、人を寄せつけなくなる。「悠長なことを言っていると、ますます事態は抜き差しならないことになる。もしかしたらあなたではない、だけど、あなたよ」

しばらく会話も途切れ、沈黙に耳を澄ましているようだったが、やがて加地が口を開く。「ぐったりと身体から力が抜けたようだよ。だけど、ふつふつと湧き出てくるものがある。けれどもまた、それをどこへ向けていけばいいのかわからない」

椎名は淡々とした声で尋ねてくる。「やはり前のときのものと続いているのでしょうね。やらかしたのは同じ輩なのか」

加地は答える。「やはり待ち伏せなのか。こんな住宅街はそうめったに車は通らない」

椎名の声が聴こえる。「だけど、頻繁に通る場所なんかでは実行できない」それから、思いついたように続ける。「もうあそこに張りついていた傷を見なくとも済むわけね」

加地は応える。「さんざん傷つけられ、こんどは持っていかれて。本当に騙されているようだ。確かに影も形もなく、すっかり消えてしまって。車が失われてしまったというだけじゃない、まるでこの身が丸裸になってしまったというかのように」

しばらく何かを思ってでもいるような沈黙が続く。それから、椎名が言う。「そうでしょう。その気持ち、よくわかりますよ」何かを訴えているような口振りだ。不意に、思い浮かんでくる。もしかしたら、あの埠頭で起こった岸壁際での出来事について思い起こしてでもいたのか。〈無力の極み〉椎名はあのとき、自身についてそう語っていたのだったか。

加地はいま互いの通話の結ばれている遠く隔たった距離を思いながら、声をかける。「部屋の椅子に座っているんだ。いま、そのとき車に向かって投げられ、路上に落ちたままになっていたあの枝木を拾ってきて、それを抱えて眺めているんだよ。枝はいくつかに分かたれ、ひどくすべすべしていて、葉っぱなんかはまったくなくって。不思議なものだな、まるですべての糸が断ち切られたようになって、いまはここにある。ことの起こった際にはまるで手下のように使われていたっていうのに。いまはすっかり眠り込んでいるようで」

「それって、あのトランクに入っていた枯れ木の亡霊のようじゃない」椎名が気づいたように声を高める。「それなら、あれもまた車とともに持っていかれてしまったのね」

「そうだよ、あれほど大きくもないし、入り組んでもいないけど、それなりに無骨な感じもあって。それにまた、いろいろなものが張りついたりしているわけでもないが」

不意に、椎名がどこかいくらか憂さの晴れたような声で、語りかけてくる。「実際、またそんなだから、車から別れさせられたのよ、そうも思ってみることはできますよ。それで、あなたは何と別れたがっていたの」

「いったい、どうなっているんだ」加地が言う。「何にしても納得がいかない」

「そうよね、わたしもそう思う」それに続けて、いくらか野放図に、淡々として椎名が言う。そのうちに、その言葉から滲み出してくるものを感じる。いまの言葉の中身が加地そのものへ向かって、言われたもののように思えてくる。

「こちらは自分の粗を探すつもりはない。それくらいなら、みんな持っていけ」加地が纏わりついてくるものを振り払うように言う。

「そうやって、あなたは別れたがっている、周りの人間から、世界から」椎名は冷たく、静かな声で言う。

「あいつら、まったくとんちんかんなことをやっているのさ。あいつら、いつかクリスマス・プレゼントを抱えてやってくるのさ」それから、放り投げるように加地が言う。

テーブルの上に置かれたモバイルはじっと静止したまま、沈黙を守っている。結局、そこから最後に聴こえてきたものは笑いの吹き出しとも、ため息ともつかない口と鼻から漏れた息遣いだった。

椎名の声が途絶えた後、その気配が残り香のようにあたりに広がっていたが、やがてそれも希薄になり、部屋の外、家の外へと呑まれ、消えていくようだ。とはいえ、もやもやとしたものがまた別の形を取って、漂い広がってもいくようだった。決着のつかない靄のようなものがその場に残り続け、代わりにますますその影を濃いものともしていくようだ。不意に、視線が壁と出合った。そこには絵画も、写真も、何かの紙片も貼られてはいなかった。その白い壁面は殺風景なままに落ち着いていた。そのとき、何もないその壁の上に羽虫でも、蝿でもが止まって、じりじりとその場を動いて回っていたとしたら、と不意に思いつくように考えが立ち昇ってきた。

その羽虫は広くて、何の障害もない――とはいえ、そのものにとって障害がないとはいったい何のことか――その白壁の上を存分に這い回っていき、一方、壁の方はただひたすらじっと静止して、その場にあり続けているだけだ。大地震でも起きない限りは。そしてまた、いつしか不意に、羽虫はその場から飛び立っていく。どうしてそういう行動を取ったのか。それはただ気まぐれとしか感じられないのだ、傍らから見れば。何でもない、ほとんど反射それ自身といった気まぐれに。しかしまた、そう思うと、そこには深い安堵のようなものすら感じさせられる。

Ⅵ

その翌日、車という移動の手段のなくなった加地は仕事を終えた後、バスを使って家へ帰ってきた。とくにバスというものを嫌っていたわけではないが、やはり時間を強いられ、行動を制限されたりすることでわが身の生活というものが見えない力によって、強引に捩じ曲げられてしまったという事実が思い知らされるようだった。またそのなかで乗り合わせる見も知らない乗客についても、いまや彼の念頭を去らなくなっている輩の影がどこか差し込んでいるようにも感じられてくるときもあり、時と場合によってはそれなりのことが生じてこないとも限らないという気持ちにも占められていくようだった。ある停留所にバスが停まったとき、乗客の大半と言ってもよい人数の人々が一斉にそれを降りていった。どうやらマンション群の入り口のようだった。あたかもそれがいちどきに引いていく潮のように感じられ、どこかで見えない何ごとかが起こっているようにも思われた。

怒りにしても、気味の悪さにしても、持っていき場のない思いが沈殿していくようだった。そんなふうに家に戻ってきてまもなくして、電話が鳴り始めた。手に取ったそこから聴こえてきたものは椎名の声だったが、それがいきなり告げてきた。「もしかして聴きましたか、やっぱり目撃されたのですよ、あの車はね。あの傷だらけのものは。それだけではなく大変なことも起こって。そのことについて、あなたに是非とも会いたいと言っている人がいるのです。明日、時間は作れますか。実際に会ってみるのが一番、いいと思いますよ。詳しいこともそのとき聴けるはずです。大丈夫ですよ、もうこれ以上、悪くなることもない、倒れようもない、地べたに横たわっているとしたらですね」

椎名の声は表面は落ち着いていた。けれども、その底にはどこか興奮めいたものがあると感じられた。それは何かしらの展開を期待してのものか、それはそうかもしれなかったが、そこからは不安や、危惧といったものすら含み込んだ揺らぎのようなものが、そしてひいては加地に対して覚悟を求めているような何かしらの思いが伝わってもくるようだった。どうしてか、あの大海の果てしもない波の揺れのようなものが、しかもまったく無音のままで、見えてくるかのようだ。最後に椎名の言った言葉は以前に加地自身もふと思ったことのあるものではなかったか、〈地べたに横たわっている〉といった言葉は。

その日は加地にとって医院の休診日だったので、いくらでも時間の都合はついたが、椎名の方の昼休みに当たる時刻に合わせ、仕事場近くの公園で会うことにした。加地がそこの東屋風のテーブルの置かれたベンチにやってきたとき、すでにその場には前日の予告通り椎名自身と、もうひとりニット帽の男が椅子に腰かけていた。彼はその見慣れない光景のなかへ確かに入り込んでもいくような心地がした。椎名の紹介したところによると、男の名前は竜村といった。大して親しい間柄ではないが、竜村はたまにふらりと椎名のところのギャラリーを観にきたりすることがあり、互いに顔見知りではあったようだ。それで昨日やってきたとき、相手の腕が黒く大きなアームホルダーで吊られているのを目に留めた椎名が声をかけたというのだった。そう言われて、加地もまた初め相手の頭のニット帽とともに目に入っていた、黒いアームホルダーへ改めて視線を向けるかのようだ。

「それがね、側溝に落ちて、腕を骨折したというのですが、何やら後ろから車に追われていたというのです」椎名がいまも驚きの感情が治まってはいないといった口振りで、加地に語る。

「車に――」思わず加地はつぶやくが、たちまち悪い予感が襲ってくる。

「それで、よくよく話を伺っていったのですが、車種からして、車体のカラーからして同じようなのですよ」そこまで語った椎名の言葉の先にあるものは、もはや加地にとっては明らかになったようなものだった。

「そして、車のボディにはありありとした鋭く、深い傷が入っていたのですよ」こんどは自身の言葉で、竜村が加地にはっきりと言い切った。

「それで、車はどうなったのです」加地は尋ねるが、椎名と竜村がこうしていま目前に座っているからにはそれも半ばは予想のつくことだった。

「そのままですよ、走り去っていったのですよ。風のように、突風のように、ですね」竜村が淡々と答える。

「ブレーキとアクセルを踏み間違えたのではないですか」なおもしがみつくように相手に尋ねている、と加地は自分でもわかっていた。「あるいは、周りで起こっていることには気づいていなかったとか」

竜村ははっきりと断定する。「スピードは落ちませんでした。執拗なものでしたよ。悪意の塊のような。いや、悪意を超えた、もっと無機的な感じで。何にも考えていないんじゃないかっていうくらいで。ゲーム感覚か何かにも近いのじゃないかというほどで」

椎名が嘆息混じりの声で言う。「何ということかって。怖ろしい——」

起こった事態のおおよそのことがわかった後、加地は驚きと衝撃を覚え、しばらく口を閉ざしているようだ。それからも互いに少し断片的な言葉のやり取りのあった後、いくらかして、椎名はごそごそと動き始め、手持ちのバッグの取手に手をかけているのが目に入る。それから、平静な口調で言う。

「そうですよね、事態はまた次の段階へ入ったみたいで。抜き差しならなくなっていくようで——そう言ってもいいのかも。けれども世の中、こんなになっても回っていかないわけにはいかないっていうばかりに」

それから、椎名はバッグを握ったまま立ち上がる。傍らの竜村について加地に語るようだ。「よく絵を観に立ち寄るのですよ」また同じようなことを繰り返して言っている。

「めったに購入することはしませんが」竜村がその言葉に応じる。

「めったにって、大変、貴重なことですが、一度だけあったのです。売り手から買い手へ。これは喜ばしい話ですよ」最後に、椎名はそう言う。それから、いくらかそそくさとした動作で、そのまま次の約束の待つ仕事場へと向かって歩き去っていった。

気づけば、テーブルの向こうには竜村だけが腰掛けている。もちろん、相手が椎名とともに立ち去っていかなければならない理由はなかったが、それでもいくらか加地のなかには意外感があった。わずかにぼんやりとした表情で前を見つめているが、何かの考えに耽っているようにも見える。あるいは考えることについてはすでに終えられた後の曖昧な猶予の時間、そんなふうにも感じられてくる。

「安静にしていなくても大丈夫ですか」加地は声をかけてみる。

「外へ出て、いろいろぶつけていく方がいいのですよ。家へ籠っているよりは」そう語る竜村の言葉が何とはなしに、一種の宣言のようにも聴こえてくる。

それから、しばらく互いに黙り合っていると、少し気づまりな感じもしてきたが、またこれなら相手についてもっと立ち入った質問もできそうな心地にもなってくる。あたりに広がる展けた眺めとしばらく続いていく沈黙のなかで、それが許されてくるような気持ちにもなっている。

「少し、歩きましょうか」すると、やがて竜村が声をかけ、すでにその場から立ち上がっている。加地はとくにそんな必要は覚えなかったが、その言葉に応じる。

相手は別段、目的のある足取りで進んでいくというわけでもなかったが、やがてしばらく歩いた先にあった野外ステージの方へ降りていく。そこは規模はさほどのものではなかったが、擂(す)り鉢型になっていて、その底の部分にコンクリート造りの簡素なステージが設えられていた。竜村はその階段状に並んだ観客席の剥き出しのコンクリートの上へおもむろに腰を下ろす。あたりは閑散としていて、ずっと前のステージと向かい合った席でひとり、弁当らしきものを使っている会社員風の人間がいるだけだ。

加地もまた細い階段通路を挟んだコンクリート席の上へ腰を乗せる。ベンチも通路も石だらけで、それが灰色の階段状になってどこまでも続いている。

「いったい、あれがどんな気持ちかわかるかな」竜村の声は冷静だったが、いきなり言葉つきが変わった。「どういうんだ、身も世もない。猛烈な勢いで、後ろから迫ってきて。だけど、冷徹なようで、どこか不器用な感じもして、あの車は。やはり人間の方が小回りが利くからだろうな。こっちは壁に張りついたり、角を折れたりもしたのだが。だけど、それがもっとも安全だとばかり、身を投げた、溝のなかへね」

加地は相手の顔を見つめて——それはほとんど無表情に近かったが——話を聴いていたが、その内容がわが身に入り込んでくるのに従い、視線はその周囲に見える無人の石の観客席の方へと移っていった。喉の奥の方に乾燥を覚えた。

「いったい、どういうことなんだ。何でこんなことが起こるんだ」竜村は自身に向かって、訴えるようだった。「何なんだ、あれは。あなたの知っていることについて、お聴きしたいと思いましてね」

加地は相手に尋ねる。「まるで容赦なしにといった感じですか。少しはあたりを物色しているという印象もありましたか」

竜村は即座に答える。「ゴミ屑か、何かがね、掃き出されるといった感じですよ」

「相手の姿は見えましたか」期待はしていなかったが、加地はいまさらながらに尋ねる。

竜村の声はすでに冷静で、むしろ放り投げるようだ。「それが女のようにも見えたのですよ。肩幅が狭いようで、それに髪も長めだったようで。男だとしたら、痩せ型で」

すると、加地は不意に思い当たり、口の端が歪んでさえくる。「見られても構わないという感じですか」

竜村もそれへは率直に応じる。「それはわかりませんね。見られても構わないような格好をしていたのか」

加地もまた、同じように率直に尋ねる。「つまり、わざわざ見せかけめいたことを。やはりあなたのことは知っていないようだった、向こうは」

しかし、相手の声はこれまでになかったというほど硬くなる。「だから、はっきりしていることは何もないんですよ。どうして、ここまでやってきたと思っているのです」

とはいえ、竜村はこのときまでに椎名からおおよその事情は聴かされていたはずだ。その話のなかでは加地がいまだ相手の実体を見出せないでいるということも知らされていたはずだ。それを承知でここまでやってきたに違いないのだ。けれどもまた、これまでに少し感じていたことだが、もしかして向こうも何かしら触れられたくないものを持ってもいるのかもしれなかった。そのことを確かめるためにも加地の考えや、情報を知りたいとでも思っているのか。

「それは、よくわかりますよ。大変だった、後ろから凶暴なナイフのようなものに迫られて」加地は相手に言う。

「だが、どうしてなんだ。あなたは知っている。呑気なことを言っているけど、あなたのものだった、あの車はね」竜村は詰め寄ってくるかのようだ。

実際、暴走する車のことを聴かされた瞬間、加地のなかには竜村に同情を覚える気持ちとともに、相手に対しての負い目めいた思いも浮かび上がってきていたのは確かだった。けれどもまた、加地と竜村を結ぶ線のつながりについて言えば、どうにも見通せていないままだ、少なくともいまのところはそう言える。しかしまた、今後、何かのどこかでつながり合っているものが、関わり合っているものが見出されてくるということになるのかもしれなかった。とはいえやはり、いまのところはっきりと過ちを認めたりすることは理にかなっていない、そう言えるはずだった。

「この先に何か確かなものでも見えてくれば、幾度だって頭を下げますよ」加地は相手に言葉を返す。

「あなたはわたしを知っていますか」加地が振り向くと、そこには真面目な表情を浮かべた竜村の顔がある。

この日、初めて会ったばかりの人間に何と答えるべきなのか。地面から突き出た二本の草が土のなかでは互いに根っこが絡まり合っていたりするのか。海上に見える遠く離れた氷山同士が海中ではひとつにつながった大きな氷の塊ででもあるのか。

「いまは知りませんが、将来は知っていたことになるかもしれません」加地が答える。

「あんたはわたしにとって、何だ」すかさず竜村が尋ねる。それからは互いに構えたような、ことさらの言葉のぶつけ合いになっていく。

「わたしはあなたにとって、何か」すると、鸚鵡返しのように加地が言う。

「車を走らせていたやつはあんたにとって、何だ」すると、竜村。

「車を走らせていた輩はあなたにとって、何か」すると、加地。

「車の輩はわたしにとって、何だ」

「わたしはあんたの代わりか」

「あなたはわたしの代わりか」

「敵はだれだ。あんた、何をした」竜村が迫る。

「敵はだれだ。わたしは何をした」加地がただ相手の言葉を繰り返す。


それから視線を先の方へ向け、竜村はいきなり吹き出す。それまで繰り返してきた鬱憤ばらしの文句や、放言を払いのけるようにして語る。

「まったくね、あなたが車を盗まれた間抜けなら、わたしはそれに轢かれそうになった間抜けということにでもなるのですか」それから、さらに落ち着き払ったように続ける。「考えてみたんだ。あいつはあの爆風のような暴走行為でわたしを脅し、わたしの気持ちを凍らせ、まるで魂まで支配しようとした。そうだとしよう。だけど、相手の正体がわからないのじゃ、何にどう従うべきかわからない。わからない、少なくともいまはまだわからない」それから、わずかに笑いを浮かべて言う。「わたしはこれまでよくプールに通っていてね、日課のように。楽しみにしていたのだけど、それもまったくできなくなってしまった」

加地が尋ねる。「プールというと、そこにあるやつですか」

それにはとくに答えず、竜村は俯くと、足もとをじっと眺めやる。そして、靴の爪先でそこに落ちていた小石を軽く蹴り飛ばす。その小さな塊は小気味のいい音を立てて、石段を延々、上から下へと転がり落ちていく。彼はつぶやくように言う。

「わたしはあのとき、身を投げ出し、側溝へ転がり落ちていったんだ。勝手に転倒して——じつはそうかもしれない、向こうの言い草では。いまの小石の、こんな軽快な転がり方ではなかったが、だけど、このくらいの深みへ落ちていくような気がしたな」

加地は思いついて相手に尋ねる。この際、そのことを知ることがもっと先にある不明なものに対しての何かに触れることにもなるはずだ。

「あなたはあなたのなかの何ものかを狙われた。あなたはいま、何に悩んでいますか。借金はどうです、何か人の地位や、恋人を奪ったとか、だれかの秘密を知ったとか」

竜村は遠くステージ裏に生い茂っている高い木々の方を見つめている。それから、言う。「あいつは何に憤っていたのか、何を憎んでいたのか、何を恨んでいたのか。そうだ、きっとそうに違いない。さまざまな人間から受けたそうしたものを、憤り、憎しみ、恨みをわたしひとりに集中させた。皆々さまの代わりになって、標的になったのだ、わが身はね」

加地はさらに言葉を続ける。「だけど、そうした思いのようなものにもそれぞれ色が着いているでしょう、形があるでしょう。それぞれが別々のものであって。そしてそれなら、あなたを知っている者がまた、わたしを知っているといったことがあるのか。あなたはいま、どこか、たとえば歯にでも問題を抱えていますか」

しかし、竜村は視線を同じ方へ向けたまま、言葉を続ける。「やはり、よっぽどのことだったんだな、あれは。早速、その夜の夢に出てきたんだ。わたしは猛スピードで暴走していて、車でね。追っかけられているのは自分だ。走らせている方も、追われている方も、どっちも自分みたいでね。まるで煮つまったような自分がいてね。それで車は走る、突っ走る、どんどん怖がらせてやれ、怯えさせてやれ、とばかり。車を走らせながら、それを望んでいるんだ、渇望しているんだ。涙が滲んでくるような嬉しさでね。また一方、髪が逆立つほどの途轍もない怖ろしさでね」

竜村は言葉を言い終わった後も、妙な平静さを保っている。加地はそれを聴いても、いまのがどうも本当の話かどうかと疑わしく感じる。それなら、あえてわざわざ話を作って、加地に聴かせようとしているのか。そうだとしたら、そこには竜村の密かな、なにがしかの欲求めいたものが感じられる。あるいは逆に、むしろいまはただ加地を嘲り、煽ってみせたのか。

加地は相手に尋ねる。「あなたの好きなものと言ったら、何でしょう、憎んでいるものと言えば何でしょう。たとえば、溝のなかに落っこちて、ふとそこからひたすら眩しい空の青が見えたとして、どんな気持ちになるのか」

竜村は問いかけには取り合わず、おもむろにその日、起こったことの取っかかりとなった出来事について、語り始める。「もう、昼近かったかな。昨日はマンションから出てくると、その前に、車が一台、停まっていたんだ。だれか住人でも待っているのだろうと思って、何気なくその横を通り過ぎていきました。だけど、そのとき嫌でも目に入ったんだ。ああ、これはすごい、ボディの上が満身創痍じゃないかって。長々と、鋭く、あちこち引っ掻き傷が張りついていてね。よくも放って置いてあるものだ、と。見せびらかしているようにも感じましたね。といっても、嫌がらせも含めて、タトゥーのように。だけど、それが目に入ったのもほんの一瞬というところでね。それから、すぐにもう歩き去っていましたね、なかの運転席にだれか人が座っていたような気もしますが、その顔までは見ていませんでしたよ」

竜村の語るところでは、それからしばらく歩いていった先で、いきなり車に近づかれ、追い駆けられ始めていったということだった。どうしてそういうことになったのか、当人である竜村自身もいまだにわからないというのはこれまで主張してきた通りだった。ただし、彼はマンション前に停まっていた車の、その運転席にいた人間の顔については見ていなかったというが、相手の方ではそのとき、竜村の顔は確認していたかもしれない。自分の乗っている車をいくらか注目するようにして眺めていった人物としても認識していたかもしれなかった。そのことが車中の人間にどんな印象を与えたのかはわからないにしても。いや、そもそも、相手の待っていたのはマンションの住人のだれかというより、竜村当人であった可能性もないとは言えなかった。しかしまた一方、住人のだれかを待っていたなどということは少しもなく、ただ漫然と、時を潰すようにそこに停まっていただけなのかもしれなかった。

「じゃあ、ことの初めから気づいていたわけですよね、あの車体の傷には」加地は竜村に尋ねる。

「まあ、それでそこから延びてきて、わたしの方までつながってきたわけだが。見ていなければよかった、あんなものを——そう思いますか」それだけではなく、その先は言葉にしなかったが、もし見ていなければ何も始まらなかった、竜村が何か手出しをされることもなかった、と何故か、そんな気持ちにも捉えられていく。あたかもあの車体の上に真一文字にも近く刻み込まれた傷の形が目の奥に浮かび上がってくる。いまはそれもまた、車ごと持っていかれてしまったわけだが。

「あの傷はすごいものですよね」こんどは逆に、竜村の方が尋ねてくる。「あのまま、何もしなかったのですか」

加地はありのままに、それへ答える。「ええ、そのままに。あえて、そうして——また、途方もなく億劫にも感じて」

竜村はいくらか俯くような姿勢で、突然、打ち明けるかのように語り始める。「あの追い込んでくるような圧倒的な勢い、その執拗さ。ただエンジン音だけですからね、あの鉄の塊が。言葉はなく、むしろ無音のようでね。昨日もまた思い浮かんできましたよ。あんなことがあったからかもしれないが。しばらく前、わたしは首切りに遭いましてね、勤め先の方で。いまは保険もあって、半分、ぶらぶら気分だが。そのときにはいろいろやられたのですよ、陰に陽に、出てってもらおうって方向でね。あの手、この手の嫌がらせめいたことを。追い出されたんですよ。——そう、まさにあの言葉の消えた圧倒的な勢い。スピードに乗った鉄の塊。それを走らせているやつは車体の向こうに隠れたままで」

加地は相手の語った、いくらか思いがけなかった言葉に応える。「わたしはね、いま、あなたに訊こうと思っていたところですよ。近ごろのもっとも苦い体験は、とね」

竜村は黙ったまま、首を頷く。しかし、次にその口から出てきた言葉はまったく別のことだ。「それなら、何のための頷きだったのか。「わたしはね、昨日、あの人から聴きましたよ。別に彼女はあなたの悪口を言っているというわけではなかった。だけど、一応、頭に入れておいた方がいいだろうということで、そのことについてわたしに告げたのです。つまり物事を広く判断するためのひとつの事実、情報としてですね。だって、わたしは起こったことに迫り、知ろうとしているわけですからね。何にしても、あんな目に遭わされたわけですから。それで、それがじつはどう結びついていくのかはわからない、実際の成り行きはまったくそんなこととは関わりないものとなっているのかもしれない。あなたは前に、あの長い埠頭で車を走らせていたという、そして、岸壁へ向かってまっしぐら、その直前で急停止したのだ、とか。ほう、そんなことがあったのか、と。どうやらそうらしい。でも、そのことがこんどのこととどう関わっているのかはわからない。もちろん、事実としてもわからないけれど、あなた自身の気持ちのなかでの、その位置づけとしてもね」

不意に、加地のなかで浮かび上がってくる。あるいは椎名はわざわざ加地を竜村とふたりにしたかったのでは、と。そして、仕事の用事で自身は立ち去っていった。またもしかして、そうしたことについては竜村とは事前に示し合わせていたのではとも。

加地は相手の言葉に言い返す。「わたしの気持ちが、まるで事実まで動かしていくというのですか」

竜村は鷹揚に構えている。「それは大いにありうるでしょう。気持ちがものの見方を変えていきますからね。ものが組み立てられていくときにはひとつの事実なんて、どうにでもなる部品として、うまい具合に組み込まれ、使われていきますよ。なかでも、とくにたちの悪いのはそれが無自覚な場合ですが」相手はさらに言葉を続ける。「はっはっ、気持ちを入れ替えて、こんど起こったことに迫って下さいよ。しっかり組みついて下さい。あなたがしっかりしないことにはこちらもいつまで経っても浮かばれない」

いま言われたことはもちろん、勝手な言い分だろう。とはいえ、まったく的外れの暴論とまでは言えない。しかし、そんなことを言い出せば、こちらからもまた相手に向かって、同じような言葉を持ち出せないわけでもないのだ。

加地が沈黙を守っていると、竜村はこんどはがらりと言葉を変えて言ってくる。「なあ、ほんとだよ。よく考えてみろ、思い出してみろ。その気がないのか。追いつめていかなければならない。突き止める必要があるのではないか」

加地のなかには漠然とした思いが立ち昇ってくる。しかし、それはいままで折につけ、思い浮かんできて、あるいは、そうではないときでも気持ちのかなりの部分をいつでも占めているといったようなものだった。とくにこのときそのことを言いたかったわけでもなく、自分が何を言おうとしているのかもはっきりしないままに、言葉が口をついて出てきてしまったというようだ。しかし、その口振りはゆっくりとして、途切れ、途切れでさえあった。

「二階に上げられ、梯子を外された、そういう思いがいつからかあるわけです。大学なんかへ入るよりももっと前、つまりは思春期を脱しつつあるころからです。それまでそのまま真に受け、信じていたものがそういうものではないな、と気づき始めるころに、世の中に対し、世界に対し、社会に対し、環境に対し、地域に対し、学校に対し、家庭に対し。けれども、それはそのときまではそういうものだと思わされ、教え込まれ、信じさせられていたものだった。つまり、そういうふうにして、人は二階に昇らせられていた。けれども、歳を重ねることにそんなものは、教え込まれ、与えられ、知らされていたものは欠陥だらけだ、偽りだらけだ、勝手だらけなものだと思い知らされていく、ますますその思いは強くなっていく。そして、気づいてみればそれまでの思わせられ、教え込まれ、信じさせられていたものはまったく当てにならないと、まるで茶番の集積だと思えてくる。ぜんたい、実際そんなふうだ、そうした次第で二階へ上げられた後、まさに梯子を外される。それはいい、いや、それは措くとしても、問題はそれからどうするのか、だ。自分のいるその場をすっかり潰して、零にして、壊してしまうのか。たとえば、狼に拾われ、育てられた狼少年がいたとする。彼は狼の親や、仲間に教えられ、仕込まれたことを忠実にやってのけていく。そこには何の疑いも、障害もなく、万事がぴたりと身に合った定めのままに進んでいく。いつまでもおのがまま、なすがままに振舞えるのはそんな狼少年だけだ。教えられ、仕込まれたことがそのままその行為、行動の必然に結びついていく。わが身を客観視することもなく、自明の世界を生きていく。ところが、人間の世の中というものはどうか。学習、仕組み、環境といったもののたまものを次から次へ一生負わされ、担がされている。すでにそれが骨がらみになって、身に染み込んでいて、たとえ拒否しようと、批判しようと、非難しようとそのものから脱することはできない、潰そうとするときにも、崩そうとするときにも。何にしても、教えられ、知らされ、思い込まされているものを取り除こうとすれば、そうしたものへの疑いを抱いているそれまでの自分そのものももろともに消えてしまうのだ。というのも、潰そうとしているそのものも、潰されようとしているものの作ったものなので。そして、そうならないように、そんなことを回避しようとすれば、二階に上げられ、梯子を外されているという状態がいつまでも続くことになる」

加地はさらに話の向きを変えて、言葉を続ける。「それで、だ。自分はとんでもないところにいると気づき、思い知らされている人間がいたとする。何しろそこは梯子の外された二階なのだからね。何にしてもそこでは恨み、憎しみが骨がらみ、自分がらみになってしまっている。自分が作り出したものが自分を苦しめている。わが身がらみの七転八倒だ。そして、自分が何をやっているのかさえわからない。何しろそこはもう梯子の外されてしまった場所なのだから。彼は恨みや、憎しみではちきれ、溢れ返っている。けれども、その恨みや、憎しみのもとをたどっていけば自分そのものが消えてしまう。また一方、その恨みや、憎しみすらそんなものを抱かされるよう仕組まれていたとも言えるくらいだ。あの輩は車で何をしたかったのか。奪い取るという行動も何かのつもりだった、われ知らずの、何かに代わる行為だった。梯子の外された二階にいたたまれなかったのさ。車を通して、そこにあるもの、そこに見えるものを傷つけたかったのだ、壊したかったのだ。だけど、その素振りにしたって、混乱のなせる業でもあるのだ。何しろそれは梯子の外された二階で起こっていることなのだから」

竜村は身じろぎもしないでいる。それから、話を聴き終えると、ことさらに大きく首を振る身振りを見せて、口もとに笑いを浮かべる。次いで、はっきりと言葉を口にする。「そして、そんなふうに車を奪われる前には、その輩はあなたの車そのものも傷つけていた、と。そういうことになるわけだよな。なるほど、それがあんたの想像力たくましい、目の覚める作り話っていうやつか。それで、一丁上がりっていうわけか。それで、何故、それがあんたの車だったんだ。あれはまさにあんたのものだった」

加地は相手の言葉に対し、ただ淡々と言葉を返す。「たとえそれがわたしに対しての個人的な恨みであったとしても、そのものはすでに人類規格のものなのだ。だれもが抱えている梯子のない二階家なのさ。人類学から出てきた案件なのさ」

竜村はそれまでの鷹揚な態度を崩していない。次には、自らの黒いアームホルダーの腕を示し、さらにおもむろに片方の靴の先を持ち上げると、いくらかそれを加地の方へ向けるようだ。それから、彼に語りかける。「ご覧のように、こいつが世界のどの地平から飛び出したものかはわからないが、その不穏な一連の事態の成り行きのなかで——間違いなくあなたもひとつの役割を担ったそのなかで——わたしの腕はいま、こういう具合になっている。そのせいで、自分の身づくろいもままならないことになって。それじゃあ、人類代表のあなたに頼むが、この緩んで解けかかった靴の紐を結び直してくれないか」

加地はその言葉に対して、ためらわない。相手の方へ向かって身を屈め、目の先に差し出されている垂れ下がったウレタン底の黒い革靴の紐を手を伸ばし、言われた通り結び直してやる。「人類代表ですのでね、慈しみに満ちているわけです」そのあと、さらに言葉を続ける。「それじゃあ、人類代表として是非、聴かせてもらいたいのだが、あなたの近ごろもっとも恥ずかしい、悔いの残る思い出と言えば何ですか」

竜村はしばらく遠くを眺めて、黙ったままでいる。何かを考えているようにも見えるが、それから素直に口を開く。「あんた、櫓から吊り下がったアンコウを見たことはあるか。太い丸太で組んだ三脚でね、そこから鉤のフックにその大口を引っ掛けられて、吊り下がっているんだ。これはいくらか以前にお目にかかった話なんだがね。それの解体人がいてね、その見世物の周りを観衆が取り囲んでいてね。そいつは、アンコウは乳母車ほどの大きさで、黒褐色をしていて、全身がぬめぬめと光っている。それで解体人はおもむろに作業を開始していく。その始まり方もどこか曖昧で、いつのまにかひとつの流れや、動作が始まっていたというかのようだったな。近くのスピーカーからは一連の工程を解説する案内人の晴れがましい声があたりに響いていた。だけど、それが解体人の実際の作業動作とは明らかにずれていて、どこかちぐはぐな感じがつき纏っていたな。鉈のように大きな包丁が吊り下げられたまま、ときに重々しくゆらゆらと揺れている鱗のない巨大魚本体へ向かって刺し込まれ、振るわれていく。背鰭が落とされ、尾鰭が落とされ、胸鰭が落とされる。動作を中断すると、解体人は切り落とした部分を持ち、頭上高くに掲げ、見物客に意気揚々と見せて回る。とはいえ、解体人の口は堅く噤まれている。代わりにスピーカーから別人の声が発して、解説を続けているんだ。そのとき不意に、すぐ間近から潜まった息遣いが聴こえてきた。その場には一緒にそれを眺めていた連れがいてね。『天気晴朗――』彼女はふと空を見上げて、視線に入ったものについて言った。『鰯雲――』わたしはそれに続けて、言った。そのとき、雲が見えたのでね。

解体人の手にした包丁がアンコウの腹を真ん中から、一気に下へ切り裂いていった。それから薄い皮だけを左右それぞれの手で掴み、思い切り力を振り絞って、下へ向かって引き剝がしていく。きれいに皮だけが剝がされるんだよ。くるんと丸裸になった乳白色の肉の身がその場に剝き出しになって出現した」

竜村はいったん言葉を止めて黙ると、まるで思い出に耽っているようにすら見える。加地には相手の語っていることは耳新しいものではあったものの、それがどういうつもりで話されているのかはわからない。竜村はさらに語り続けていく。「それで、その解体人の見事な包丁さばきは続いていった。それが勢い余ってか、いや、威勢のよさを印象づけるためか、魚体から内臓を取り出すときにも包丁の鋭い、鋭角的な動きは変わらない、けれども不意に、その切っ先に刺し貫かれたどこかの臓器から血飛沫が、いや、あれは体液だな、それが宙高く噴き出し、放物線を描いて飛び散っていく。密集した見物客はほとんど身動きも取れないほどだ。飛沫の飛んでいき、それを浴びた人々のなかからいくつかの悲鳴が重なり合って、湧き上がる。どこか歓声にもよく似てる。そんな事態が持ち上がっているのにもかかわらず、解体人の作業工程は滞りなく続いていく。叫びも、悲鳴も見世物の彩りのひとつといったばかり。すると、スピーカーから声が響いてくる。〈アンコウは皮だけでもコラーゲンたっぷり。食すなら、酢味噌を付けます〉しかし、魚体から皮が見事に剝がされたのはしばらく前、いまは内臓が切り落とされている最中だった。解説を繰り返している案内人はどこに潜んでいるのか、その姿は見出せない。スピーカーからの声と、解体人の動作との隔たりは前にも増して開いてきている。切り裂かれたアンコウの胸や、腹からは次々に内臓が取り出され、それらはバケツのなかへ無造作に放り込まれていく。あたりからどよめきが響く。解体人の持つ包丁が魚の胃袋を切り開くと、なかからほとんど原型状態のタコや、イワシが金庫から出てくる宝物さながら飛び出してくるんだな。タコが一匹、イワシが一匹、それからまた胃液で消化され、どろどろになった正体不明の生き物がもう一匹。貪欲を絵に描いたような、旺盛な生命力だ。だけど、それもいまやそんな面影もなく、鉄の鉤の下に吊り下げられている。あたりからは感嘆のどよめきが響いてくる。すると、スピーカーからその光景に被さるように聴こえてきたものは、まるで警戒を呼び掛けていく朗々とした響きだった。〈ご注意下さい。包丁が魚の内臓へ刺し込まれたとき、そこから血飛沫や、体液が飛び散っていく場合がございます〉その光景はすでに実演済みなんだ。もはや時は遅しというもので、その朗々とした響きはすっかり間が抜けている。また、そんな注意喚起をしたところで、あたりの賑わいでは身動きもままならず、そんな事故を回避できるわけでもない。そしてまた一方、その案内人の姿はいまだこの場に登場していない。もしかして、その声は音声ソフトに焼きつけられたものではなかったか。そしてそれなら、その当の案内人は声だけ残し、いまはいったいどこでどうしているのか」

あたかもそんなふうに竜村は疑問の声を上げるものの、その場に泰然自若と座り込んだまま、先の方へ目を向けている。その疑いの言葉はいったいどこへ向けて、だれに向けて言われているのか。実際また、そこではだれが消えたというのか。加地の傍らで相手の声は続いていく。「はてさて、最大の見せ場がやってくる。大きく切り開かれたアンコウの腹の奥からその肝が取り出されてくる。解体人のはめているその白い軍手はすでに魚の血潮によって、真っ赤に染められていてね。その手袋をした両手がずっしりと重みを持った、味わいと滋養の宝庫といった象牙色をして、柔らかに震えている大きなプリン状の肝臓を大切に抱え持ち、取り巻く見物客に差し出すような仕種で、見せて回っていく。あたりからは感嘆のどよめきが響いてくる。さらに次には笑顔こそは見せないが、その両手に抱えた魚体の精華を頭上高くへ、まるでチャンピオン・ベルトを獲得したボクサーさながら掲げてみせる。スピーカーからは言葉が語りかけている。〈胃の手前には四カ所、歯のような突起ができています。それは内向きになっていて、捉えた獲物を逃さないようにするためです。強欲を絵に描いたような仕組みです〉案内人の声などどこ吹く風、解体人は黙々とアンコウの肝を天に向かって、高く掲げてみせる。そのときだ、突然、閃いた。もしかして丸太の三脚の前でアンコウの肝を持った解体人と、スピーカーから聴こえてくる声の主とは同一人ではなかったか、と。『花園へ入るべからず』すると、傍らから彼女の声が聴こえる。『火の用心』わたしはそれに答える。するといきなり、〈これにて終了〉スピーカーからひと際、明快な声が発する。とはいえ、解体人の包丁はいまやさらにアンコウの肉の身の切り落としに取りかかっている。明らかに解体作業は続いているにもかかわらず、声に釣られて立ち去ろうとしている見物客の姿も見える。その場をうろうろと回り巡っている客もいて、明るい関心に満ちた目を包丁の鮮やかな手さばきへ向けたまま、立ち尽くしている客の姿もある。その大鉈はさらに続けて、鉤から吊り下げられたアンコウの白雪色の肉の身を勢いよく削ぎ落としていく。まだ魚体には肉の身が十分、豊満に纏わりついている。そのとき不意に、その場に立つ者はまるで遥かな遠い先を見つめているかのような気持ちに捉われる。それが遠い昔から決められていた出来事のようにも感じられてくる。いつか決定づけられ、約束させられていた契約なのか。そのとき、見物客の口が動く。『北緯三十六度』『東経百四十度』さらに声が発する。『万歳』『乾杯』声が発する。『コラーゲンの塊』『深海の帝王』包丁はさらに勢いを増して、魚体へ向かって振るわれ続ける。いまや目の先の、吊り下げられた鉤から下には、アンコウの口を囲い込む牙のように鋭い、象牙質の円型に並んだ歯があるばかり」

　長々と語られた言葉はようやく結びを迎えたようで、竜村はそう言うと、加地の方を振り向く。とはいえ、その目には漲り、迫ってくるようなものはなく、むしろいくらか焦点の定まらない沈黙を宿している。

　加地はしばらくすると、相手に尋ねる。「いま、何か言っていましたよね。そして、最後に歯だけが残った――それはもしかして、何かわたしへの激励の言葉にでもなりますか」

　竜村は問いかけの言葉を受けたことにも気づいていないかのようで、まじまじと加地の方を見つめてくる。するとまた、何ごともなかったかのように、そのまま語り始める。「そしてそのあと、寒さのなかアンコウの吊るし切りを見物した後、わたしたちは、わたしとその連れはわたしの住む家へ戻ってきたんだ。戻ってきたと言っても、それはわたしにとってということで、彼女についてはそこを訪れるのはほとんど一カ月ぶりのことだったのだがね。そして、その間に変化の生じてきた家の箇所があって、わたしはそれを相手に見せた。居間の窓から少し離れた壁の上にぼんやりと広がった痣のようなものだった。それを初めて見かけたときは薄らとはしていたものの、すでにグローブほどの大きさはあって、ぎくりとさせられた。しばらくじっと見つめているうちに、その正体は雨漏りによって作り出されてきた染みだということに思い当たった。それまでこちらの知らないまに、すでにひっそりとその場に張りついていたというわけだったんだ。何とも気味の悪い話でね。初めのころは消えたりもしていたのだが、しばらくするうち、もう引っ込まなくなった。出ずっ張りなんだ、居座り続けている。それで、壁の上のそのものと初めて向かい合い、眺めたとき、彼女はやはり驚いたようだ。そして次には、黙って怯えたようになって、その口もとには笑いが浮かんできたんだよ。やはり何というのか、こんなことが起こってしまうということに率直な驚異というのか、忌まわしさとか、気色の悪さとか、そんなものを感じたようだったんだ。さらにそれらを吹き払おうとでもしたのかな、それで込み上げてきた、笑いがね。そのころは黒ずんだ押し花のようになって、壁の端のところに張りついていたんだ。ただひたすら静かに、動くこともなく張りついている。いつのころからだったろう。その静かに、黒ずみ広がっているものを見ているうちに自分がそこから押し出され、引き離され、斥けられていくような感じを覚えるようになっていたんだ。そのものこそがその場に居座り、わが身の方がどこか寄る辺ない場所へと追いやられていくといったようにね」

竜村はそこでいったん言葉を止める。語り始めたときと比べれば屈託のない口調になってきているようだが、話の中身はどこか身の内を覗き込んでいるようにも聴こえてくる。そのうち、再び、口を開く。「ほら、ようやく正体を現した、なんでこんなところに顔を覗かせたのか。わが家の壁の上へ。ひっそりとしているところが憎い、気味が悪い。留守のところへ泥棒が入って、汚れた土足で家中を踏みつけていったのと変わらない。何のつもりがあって、また権利があって、こんなところに張りついているのか。そうしてじっと見つめている。するとだけど、じっと見つめられているように感じられてくる、こちらがね。何を騙しているんだ、こいつは。覚悟を迫っているのか、静かな顔で脅しているのか。間違った場所にのうのうと広がり出て。こんなものが姿を現すときにはもうどこかが腐ったり、壊れたりしているのですよ、まだ気づかないだけで。とぼけたやつだ。――ところで、こいつが、このだんまりの塊がどこからどう湧いて出てきたか知りたいところじゃないか。そのマンションは八階建てなんだが、わたしはそこの五階に入っているんだ。管理人と話をすることになったのだけど、確かに容易なことではないらしい。八階建てのところの中途の階に出てくるというのがそもそも奇態だ。こうした大きな建造物の場合、雨水がどう伝わって、落ちてくるのかを推し量るというのはかなりの難業ということらしい。梁や、柱に沿ったり、塗装の微妙な凹凸を伝って、思いがけないところへ降下したり。排水口の防水シートや、塗膜が剝げかかっていたり、外壁のコンクリートの劣化や、ひび割れ、そして防水層の臨界ラインを超えてしまったり、また風向きの加減もあったり。降雨時と染みの出現までに時間がかかっていれば、原因箇所と発生場所とがまた、かけ離れているということにもなるんだよ。陰湿なものだな、雨漏りってやつは。まるで底意地の悪い人間そのものだ。おい、お前、いったいどこからやってきたんだよ。まさにわざわざお出ましになったとも。その壁にべったり張りついているものが、そいつがね」

竜村はいくらか放心したように前を向き、そう語る。しかし次にはまた、意識が覚醒し、正気を取り戻すような口調になっていく。「何にしても、こいつにはお手のものなんだよ、黙ってその場に張りついているだけなんだからな、人を騙すことにかけては。こんなもの、犬に食われてしまえ。

それで、怯えも、笑いも去った後、壁の前に立たされた彼女は何故、こんなものを見せられるのかと思い始めたようだった。疑い出して、怒り始めた。初めは壁の上のそいつに向けて、感情が氾濫していったようだったが、次にはそれをわたしに向かって浴びせ、ぶつけてきた。何故、わたしは見せたのか。この染みを、この忌まわしいものを、おぞましいものを、と。一方、それならわたしはどうか。本当のところ、よくわからない。ふたりでこれを見たかった、そう言うより他にない。分かち合いたいなどとは思っていなかった。嫌がらせだとも感じていなかった、何かが始まると思ったのか、いや、思ってはいなかった、何かが終わるとも、そうも思ってはいなかった。このものを見ているのだ、とは思っていた。わたしはこれを見ている、彼女もこれを見ている、と。これとは何だ。いまここに、この壁の上にただ張りついているもの。だけど、そんなふうに彼女は怒り出した。彼女はわたしが彼女にあえてそれを見せようとしていると感じたのかもしれない。それは彼女を脅し、嫌悪を与え、追いつめようとしているものだ、と。それから、彼女はわたしの生活や考えについて、このときとばかり訴えてくるようだった、責めてくるようだった。人を蔑ろにしている、自分の都合しか考えていない、互いの間には本当に一致しているところなんて少しもない、ユーラシア大陸の上の犬小屋くらいの一致点しかない、と。わかるよ、わかるんだ、そこにある不気味さ、怖れといったものがたちまち感染してくるんだ、壁の上から見えない力で伝わってくる。ところが彼女は向こうへ行ったきりだ、怒ったまま帰ってこない。それもいいだろうとわたしは思った、この際、大いに怒り、怖れ、憎め、と。それなら、なおのことこれを見ろ、と。この染みを受け入れ、味わえ、と。それで、諍いが起こった。激しい、前も後ろもない、右も左もない諍いが。

そうは言っても、わたしは彼女に反対していたわけではない、彼女が怒りたいなら、もっと怒らせてやろう、そう思っただけだ。この染みを見ろ、これを知れ、と。怒りを味わえ、怖れを味わえ、とね。そいつはただそこに張りついていたよ、壁の上へ。そして、こちらを見ていた、いや、見てはいない。それで、わたしたちは、わたしたちふたりはそいつの前で、そいつを見て、またときに互いを見て、言い争った。『北緯四十一度』『東経百三十八度』あるいは『心頭滅却』『天地無用』ついにそれが臨界点にまで達した。同時に、つくづく幻滅した。そして、彼女は身を翻し、よろめくように立ち去っていったんだ。部屋から出て、玄関を抜け出した。彼女の脚は嫌悪と、怖れと、呆然自失によって、前へ向かって進んでいった。そのあとだったんだ、そのままマンション前の通りを渡ろうとして、ふらふら道路へ歩き出していたところ、まさにそこを走ってきた車に跳ね飛ばされた、彼女はね。わたしはそのとき、その事実さえ知らなかった。後で、それを聴かされ、知った。腕が一本、脚が一本、彼女の身体の骨は折れた」

竜村は言葉を結び終えると、正面から顔をゆっくりと加地の方へ振り向け、まじまじと眺め入ってくる。やがて、加地はその視線の圧力に応えるように言葉を発する。

「まったく――それは大変なことで」そのあと、続ける。「それで、そのことが起こったのはいつのことです」率直に相手に尋ねる。

竜村はしばらく加地の顔を見返しているが、それから口を開いて、続けていく。「いったい、どういうことなんだ。あいつはね、あの輩は何をしようとしているんだ、何を謀(たくら)んでいるんだ。車を黒い暗幕で覆い、鉈だか、ナイフだかの切っ先をこっちへ向けて、それを猛スピードで走らせてくる。彼女は飛ばされて、骨を二本、損傷した、それならわたしはまだ一本、傷を被る余地がある、と。そんな怖ろしい想像をしているのはだれだ。わたしが恐怖に駆られて、そんな途方もないことを空想しているのか。そうだとしたら、そんなものをわたしに植えつけようとしているのはだれなんだ。まるでそんな話だ。こういうときには弱みにつけ込まれるんだ、あいつは弱みにつけ入ってくるんだよ。だから、抵抗しなければならない、すべきなんだ。別々だろ、あれとこれとは別々の話なんだよ。だからね、知らなければならない、確かな起こった事実を知るべきなんだ。知らないとだな、それを知らないままにしておくと、良からぬ力に、陰険な力につけ込まれるんだ。無知蒙昧だと絡め取られてしまうんだ。知る必要があるんだ、だからね。大昔の人間のように太陽を崇めたり、森の闇を怖れたりするんだよ。まあ、いまの人間だって、それと大差ないようなのがごろごろしているんだよ。幽霊だって、ぞくぞく生まれてくるんだよ。いったい、どうなっているんだ。あれがあったから、これがあったのか。だからこそだ、思って欲しい、自分にできることは何なのだとね。どうするつもりなんだ、いったい。そうならないようにすべきなんだ、まさにそうしたものに頭のなかまでつけ入られてしまわないようにね。わかるだろう、だから放っておくべきじゃない。それはそのためなんだよ」

加地はまだいくらかはっきりしないままに、尋ねる。「それがあなたの恥ずべき、悔いの残る思い出ですか。反省はしないのですか」

竜村は目を見開くようにする。それから、問いかけにゆっくりと返答してくる。「それを言ってくるのか。病いを深めるための反省はしない」

加地は擂り鉢状の底にある石造りのステージとその背後の木立へと視線を向けながら、ぼんやりと考えに耽っている。やがてしばらくすると、傍らから何かものものぶつかり合う音が響いてくる。振り向くと、竜村の手にはその場に落ちていたのを拾い上げたらしい木の枝が握られ、それで自分の座っている石段の角を叩いている。竜村の顔も前へ向けられ、その目は先の木立の方へ注がれている。とくに手もとを見ているわけではない、しかしそのうち、木の枝を握ったその手は再び、石段の角を叩く。さほど力が込められているわけではなく、どこかの箇所を正確に当てているというわけでもなく、ただ機械的にそれを打っている。また、あえて等しく時間を空けてそうしているわけでもないのだろうが、ほぼ自然に同じくらいの時を置いて、それは打たれている。

初めは気まぐれで、手持ち無沙汰がてら、そうしているように感じられたが、その繰り返しは止まらない。その似通った反復は余りに執拗だ。そのままその響きを受け入れていると、そのうちに苛立ちを覚え始めてこないわけにはいかない。また、まるでその繰り返しの動作と響きのひとつ、ひとつには苛立ちが籠っているかのようだ。もしかして、あるいはその気持ちは手を動かし、石段を打っているその当の人間のものでもあるのか。確かに、そもそもその当人がそうしたものを抱え込んでいて、それを表へと発散させようとしているのかもしれない。そしてあるいは、それ以上にその感情を加地の方へ伝えようと、さらに言えば浴びせかけようとでもしているのかもしれなかった。いや、さらにはそもそもその相手のそのなかに兆して、膨らんだその苛立ちは、その少なからずは加地のもたらしたものでもあったのかもしれなかった。確かにそれは何ものかへ向かっての広く、大きな怒りだったのかもしれない、そのなかへは彼も含まれているような。それとも、それはまた彼への訴えか、呼びかけといったような何ものかであったのか。そのひとつ、ひとつ、その響きによって、彼へ向かって何ごとかを迫っているのだったか。

加地はその動作と、響きを無視する。とはいえ、それはしばらく長い間、続いているので、相手も加地があえてやり過ごそうとしていることには気づいてもいるはずだった。そうだとすると、その打ちつける強さや、間隔に変化はないにしても、相手のなかではより強く、長く、はっきりとその行為を続けていこうという気持ちが高まってきてすらいるのだろうか。互いにふたりで忍耐のし合いでも行なっているのだったか。木の枝と石段のぶつかり合う乾いた音は変わらない。その強さも、間隔もほぼ判で押したように同じようだ。もしかして、そこに苛立ちや、怒りといったものが込められていると感じているのは加地だけなのかもしれなかった。相手はただ茫然と、靄の漂っているような眺めでも前にしたように、半ば空ろなままに手にした木の枝をときたま振り動かしてみたりしているだけといったことなのかもしれない。あたかも茫洋として、曖昧模糊とした世界へ入り込んでいってしまうのを避けようとして、それで地上とのつながりを保ち続けていようとしているとでもいったように。またもしかすると、むしろ思いに耽り、何かの考えを詰めようとして、その規則正しいとも言っていい動作を支えや、助けともして、それを続けているのかもしれない。

相手がどういうつもりでそれを行ない続けているのかわからなかった。かりに尋ねたとしても嘘偽りなしに、答えるかどうかは定かではなかった。あるいは、こうも思えてくる。もしかすると、こうして加地が疑いのなかで行きつ戻りつ、迷い込み、煩悶したりもするようなことを相手は望み、求めているのかもしれなかった、と。不意に、加地は自身の慣れ親しんだ車を思い出す。それがいくらか前方にあり、勢いよく走り始めると、彼へ向かって突進してくるのだ。改めて、竜村の感じた恐怖を味わうかのようだ。その車が彼の目前で急停止すると、それからそれはゆっくりとショールームのターンテーブルの上に載ったように回転し始める。その至るところにはくっきりと引っ掻かれ、刻み込まれた鋭い傷がいくつも張り巡らされている。それが何とも美しく、毒のように輝きを放っている。そう言えば、彼の車が奪い去られる際、その車体にぶつけられたのも、そしてそのあと新たな流れのなかに巻き込まれていくきっかけになったのも、また一本の木の枝だった。

足もとの石段の下に転がっている小さな石ころが目に入った。加地はそれを靴の先で蹴り出してみる。それは傾斜を持った階段状の観客席の上を軽快な動きで転がり落ちていく。そのいくらか間の乱れた小石の立て続けていく音が、相手の響かせている木の枝の石段を打つ音に重なり、絡みついていくかのようだ。それはまた、相手が一方的に立てていた響きへ向けての対抗とも、あるいはまた共振ともなる音だった。加地はさらに近くの足もとにある小石を蹴り出す。その小さな塊はまた、擂り鉢状の底へ向かって、小気味よい音をともないながら、転がり落ちていく。相手の木の枝で石段を打つ動作は変わらなかった。小石の転がり落ちていく音がその場に加わったことに気づいていないはずはなかったが、とくに何の反応も示さなかった。加地はさらに手近に落ちていた小石を蹴り落とす。度重なるその響きと行為に相手は苛立ちを抱いているのかもしれないが、そうだとしたらそれはまた、あの車で突き進み、迫ってきていた者へこそ向けられるべきものとも言えるはずだった。そして確かにまた、加地にとってのそうした思いは同じようにこの場にはいないその者へ向けられてもいるものだった。その場から聴こえてくる響きは遠くそこへ向けられてもいるものだった。

　そのうちに加地は自分が小石を蹴り出す方から、蹴り出される小石の方へ、さらにはこの擂り鉢状になった観客席の底となった方へとその重心というべきか、その立ち位置といったものが移っていくのを感じた。すると次には、自分が蹴り出される方になることで、より強く蹴り出す方の意識に触れていくことができていくようにも感じられてきた。それはその行為を通して、他ならぬあの者の場所に立ってそうしているのにも近かった。ころころと軽やかに、何の抵抗もなく、容易に小石は転がり落ちていった。傍らからは木の枝が石段を叩く音が発した。竜村もまた、あの者に重なるようにして、木の枝を握り、石段を打ち続けているのか。そうであっても、おかしくはないと思えてくる。それはあたかも、それを続けていれば苛立ちも怒りもそれを放ちつつ、そっくり受け入れ、引っ繰り返すことができるとでもいうかのように。まるで自らをその者のなかへ入り込ませることにより、あるいは、その者を自らのなかへ入り込ませることにより。

　とはいえ、そのうち再び、そこにいない者がそこにいない者としての本来の影を濃やかにしていき、その沈黙を深めていく。小石の転がり落ちる音も、木の枝が石段を叩く音もじつはそんな者のどんな部分へも届かないのだとしたら。そうだとしたら、それにつながっていく気持ちもひとつの願いを、望みを超えるものではないという思いに強く占められていくようだ。まるでこのまま湧き出たものも薄れて、萎み、消えていくとでもいったように——それはそうなのか。すると、そのとき突然の事態が起こる。竜村が木の枝をためらいもなくその場に放りやると、自らのアームホルダーから引き抜いた腕のギプスをゆっくりと石段へ打ちつける。すると、言葉をつぶやく。「こんなものか、こんな音か」それはものがぶつかるというより、石のなかへめり込んでいくともいったような響きだった。物足りないとでも思ったのか。どんな音を求めていたというのか。竜村はじっとそのまま静止している。いったいその身振りはどんな気持ちから発していたものか。

しかし、そのあとにはもう、相手は自分が起こした行動も忘れたようにじっと沈黙し、身じろぎもしないでいる。それから、またしばらくしたとき、竜村は持ち歩いていた、飲みかけのミネラル・ウォーターのペットボトルの蓋を取り、それを傾け、足もとの石段の上へ中身を撒いていく。それは石の上に小さな、薄い水たまりを作っていく。それはじりじりとその上を広がっていく。すでにその端は竜村のウレタン底の革靴に接し、さらに延びていっている。他方の端もまた同じようなゆっくりとした動きで広がっていっている。「そら、つながった」いくらか弾んだ声で、竜村が言う。水はすでに石の上でその版図を広げ、その両側は竜村と、加地の靴の下にまで達している。足もとをさらに静かに、緩慢に延びて、広がろうとしているたまり水が見えている。いったいどういうつもりだったのか。その言葉はもしかして脅しか、挑発か、あるいは覚悟を迫っているのだとでも。

その表面にはすでに上景にある空のどこか一部分もありありと見えてもいるようだ。沈黙のなかで、それが映っている。たまった水みずからは半ばその場で、姿を消したようになって。加地は軽い目まいすら覚える。本当にそのままいくらか気分さえ悪くなる。とはいえまた、確かにそのとき、向こうの端に置かれた相手の靴が見えてくる。その靴をたどっていったその先にある何ものかが感じられてくる。それはすでにそこへ広がっているものへ、その背後に見えている眺めのなかへと延びていき、さらにはそこですでにもうのうのうと待ち構えてでもいる透明で、触れることもできない、しかし揺るぎのないものへとつながり、結びつき、溶かされてさえいっているかのようなものだ、そうした密かな、しかしまた確かに満ち広がっている力のようなものすら感じさせられる。

それからいきなり――と加地には思えたが――座っていた石段から竜村が立ち上がる。そして、その場にじっと立ち続けているが、それは別れを告げようとしている素振りのようだし、またそれを加地に促してもいるかのようだ。

それに応じて、彼もまたその場から立ち上がる。確かに竜村はこの日、取りあえず語っておくべきことは語ったといったようだ。そして、それから別れの言葉を告げた後、そのまま互いに離れて、歩き始めようとしたそのとき、加地は自身の背中へ触れてくるものを感じ、驚きを覚える。「何ですか」相手に尋ねる。いま背中がまるでひと筋の線でも引くようにさっと摩(さす)られていったようだ。

竜村は平静な、何ともない声で言う。「確かめてみたかったんだ。これがひとつの刻印になるのじゃないかな、あなたとわたしの。こうすれば、あなたは忘れない、わたしも思い出すことができる、と」

あるいは、確かにその通りかもしれなかった。別れ際に、背中をひと筋、撫で下ろされるという体験はめったにない。そこはどんな部分であったのか。だれもが自分では目の届かないところ、ましてには触れることのかなわない潜まった箇所なのだから。

□

　野外ステージを出て、しばらく歩いているうちに、向こうから真っ直ぐ近づいてくる人影を見出す。外へ出て、あえて加地の方へ近づいてくる人間と言えば限られていた。というより、このあたりではひとりの他はいなかった。やがて、加地の前まで達すると、すでに用事は済ませてきたらしい椎名は彼に語りかける。「どうなりました。何かわかりましたか」

　そのまま歩いていくにつれ、加地のなかではようやく言葉も戻ってきたといったようだ。彼は伝える。「弱みにつけ込まれると、つい責任を自分に向けてしまう。人はだれでもそんなものを抱え込んでいますよ。だけど、すでに悔いの残った過去のこととことんどの突発的なこととは別なのだ。そんなことをしていると、この世界を感情塗れにしてしまう。自分の周りの世の中をね。わが身の垢やら、吐物やら、排泄物やらをなすりつけ、塗りたくってしまう。あるいは、高らかに希みや、願いを謳(うた)い上げたり、逆に地面に伏して、額を擦りつけ、へり下ってみたり。あんなことが起こって、なおさらそれに引きずり込まれて。本当にそうしたことが起こっているのですか、でも、確かにそうかもしれない」

　同じように歩いていきながら、椎名が問い返す。「何なのです、それは。そう言っていたのですか、あの人が。それとも、それはあなたの考えなの。そうですよね。でもまた、何かがわかることと、突きつけられるように何かを思い知らされること、これは表裏一体なのかも。それで、新しい事実は見つかったの」

加地はさらにただひたすら前へ向かって、歩いていきながら言う。「協力者を得たのか、それとも敵対者を得たのか。どちらかに決めなくともいいのだけれど、第一、本人自身がまだこちらの反応や、態度や、もしかして隠しごとについてまで知りたいと考えているのかもしれませんからね。実際、どこからきたのか、どうやってきたのか、そしてどういうつもりでいるのか。もしかして、あの男は遣わされてきたのじゃないか、とね。災いの大もとのところから。もちろん、これは仮想の話だけれど。ただしそう考える方がより腑に落ち、理解が早まってくるといったところもあるのかもしれない。こちらにとって、じつのところ、そんな役割を果たしていないとも限らないのだからとね。突進してくる車で追い駆けられたその男がその挙げ句にわたしのところへやってくるだろう、何かの要求を突きつけてくるだろう、とその災いの大もとの輩が考えなかったとは言い切れないのだから。よくもまあ、こんなことになった。あの男の考えがどこまでその大もとの輩のそれに重なり合っているのか、もしかしてうまい具合に利用されているのか。でもまたもしかして、亡霊のようにただ彷徨い回っているだけなのかもしれないな。いったいどこからやってきたのか、また、どうしてやってきたのか」

傍らを歩いていく椎名の表情は硬くなり、しかしむしろ、その踏み出す足の勢いは増していく。「わたしは自分のすべきことをやっているだけですよ。ただそれに努めているだけ。わたしを脅しているのですか」

同じように加地は歩き続けていく。「あそこにいるやつに言っているんです」その指差した先には庭内の木々の向こうに見える、郷土資料館の屋上にパラボラ・アンテナが立っている。

椎名は怒りに釣り込まれないように用心しているようだ。「何の真似ですか。でも、これでブラック・ホールに呑まれてしまったわけじゃないって、そのかすかな尾っぽでも見えたのじゃないかって」それから、さらに言葉を続ける。「考えてみるべきことも、やってみるべきこともあるじゃない。なかったら、見つけるべきじゃない。そして、周りを取り囲むあり余るほどのものから別れさせられたと思ったら、そうではなかった、と」

それからはほとんど沈黙を守ったまま、互いは歩き続けていった。

Ⅶ

その後、加地は別れ際に竜村が語っていた言葉を何ということもなく思い返していた。互いの間で忘れないようにしておく、思い出せるようにしておくと言っていたのはどういうことだったのか。しかも、背中にひと筋、線を引くようにそう告げたのだ。あたかもあの出会いがもとともなって、まだいくらもさまざまな事実や、思いが湧き出てもくると言っているようなものではなかったか。しかもいきなり背中を触れられていくように思いがけない形で。

翌日、診療を終えてまもなくして、椎名から電話がかかってくる。「それがいまさっき、びっくりするような大ごとが起こったのです」その声はそう告げてくる。「早速、次の行動に出てきたのですよ、あの輩は、あの得体の知れないものはね。ガチャンとばかり、ガラスが破られ、割られたのです。そこのショーウィンドウの大ガラスが。いったい、どうしてこんなことが起こるのかと。店のショーウィンドウに向かって、投げ込まれたのですよ、それがあのトランクに仕舞ってあったもの、流木めいたもの、そう、それにそっくりで。どうやら別のものではあるようなのだけど」

それからも続いていった椎名の説明によると、車が通りに面した店舗前に止まると、それからその流木めいた塊をいきなりショーウィンドウに投げつけ、走り去っていったのだという。椎名がその光景を見たわけではなかったが、騒ぎで人の集まっているところへ出くわし、いろいろとその場での話を聴いているうちに、背筋が寒くなっていったのだという。どうやら、店舗前に止まっていた車はあの者の運転していたもの、また取りも直さず奪われていった加地のものだということが想像されていくようだった。そこは質店を営む店舗だったのだが、椎名はなかに入っていって店主と話をしてみると、どうやらほんの一瞬、見かけたその車は車種とカラーから見て、まさに当車に他ならなかった。ウィンドウを打ち破ったその流木さながらのものを見せてもらったところ、あの加地の所持していたそれそのものとは違っていたようだが、似ているのは間違いないという。

その日、加地はこれから製薬会社の担当MRからもらった資料を読むつもりでいたが、それを変更し、当のその店へ行ってみることにした。立て続けに起こってくるそれら事態から伝わってくるある種の震動めいたものはより大きく、また細かなところへも入り込んでくるかのように思えてならない。それはあたりを水浸しにするかのようにやすやすとどこまでも広がってすらいくようだが、またそうしたことへの警戒や、確認も忘れてはならないと感じられた。それは起こっているそのことと、それへの視線の注ぎ方とを分けて見ていくべきだということへも通じていくはずだった。そうだとはいえどう見ても、何かのいわれのない力が加地に向かって襲いかかってきているように思えてならない。一方また、椎名は加地の感じている以上の何かをそれらについても感じ取っていたのか。しかしまた、あたかもその輩が加地をかりにも狙いとして、彼を渦中に巻き込もうとしているなら、そのすぐ身近にいる人間としての椎名を取り込むことで、さらに加地をそう仕向けていこうとでもしているようにも感じられてくる。二、三度ならず奇しくもさまざま、彼女の方から彼のもとへ情報がもたらされてくるというのはそうした理由にもよっていたのか。

当の店舗は加地の仕事場のビルから歩いて三、四分先のところにあり、その距離の近さにも改めて、加地は衝撃を覚えるようだった。当然のことだが、広い全面張りのショーウィンドウは大きくガラスが打ち破られ、鋭く、怖ろしい割れ目の切っ先とともに無惨な姿をさらしている。店主の御園はまだどこか茫然としたようにも、またその身からは力が失われているようにも見え、スカートの先に覗いた膝のあたりから血を流しながら、椅子に腰かけていた。加地はいくつか気になる質問を行ないつつ、相手の話を聴いていった。投げ込まれたというその当の流木も見せてもらったが、やはり椎名の言っていた通り、よく似てはいたが、別物であるのも間違いなかった。また、加地の方からもこれまでの車に纏わる事態の数々を話していくと、御園の方も驚き、衝撃を受けているようだった。椎名はまだ他に仕事の用件が残っているということで、すでに現場からは去っていた。その店は質屋だということだが、そのショーウィンドウはもとより、店内にもいくつものショーケースが並べられ、貴金属、装身具などが数多、陳列されていた。絵画や、古美術品なども少なからず目に留まった。「何てことでしょう」と御園は嘆息混じりに漏らしたが、その言葉がそのときの状態をひと言で言い表しているようだった。膝にはハンカチを当て放しにしていたが、それは最前、割れたガラスの処理をしようとして足を滑らせ、その破片で切ってしまったということだった。傷は案外、深く、念のため救急車を呼んで、いま、それを待っているとのことだった。その惨事の現場でぽつねんと椅子に腰かけている御園の後ろ姿を眺めながら、加地はその場を立ち去っていった。

その夜、遅くなってから椎名が電話をかけてきて、その後の成り行きについて尋ねてきた。加地の方からはその場に出現したものは奪われた彼の車に他ならず、しかし、流木に関してはやはりそれに近いものの、当のそれではなかったと相手に伝えた。

「ガラスが大破した瞬間、その場へ駆け寄ったそうだけど、ぎりぎり車の姿が目に入っただけだということだった。ボディの傷までは気づかなかったということだった」加地は相手に言った。

「どうしてなのかって、幾度も不審がっていたけれど。怖ろしく、気味が悪いと」

「それはね、平和で、安全だった眺めが一瞬で、破壊されてしまったのですからね」椎名が同情して続ける。「何が起こるかわからない。それで、起こった後も、どうしてだかまだわからない」

「こんどは車そのものではなかった」加地が言う。「それの抱え込んでいたものだった。抱え込んでいる？　それはいったい何だ。あの現物そのものとも微妙に違っている、あのトランクのなかに収めておいたものとも」

「どうしてあの店だったのか。どうして自分のところだったのか、店の側に立てばそう言えますよね。やらかした側は何を思っているのか」

「大した時間ではなかったからね、そこまでのことは聴いていないが。でもまた、何か密かに感じるものがあったのかもしれない、店の方でも。心当たりの何かが、もしかして、とても言えないものが。しかもまた、あんな限られた時間だったのだから」

「ひょっとすると、また新たな狼煙（のろし）のようなものが立ち昇った。ああした店はときに仕事柄、いろいろ抱え込んでいそうで。もしかしたら、黒い大きな怨念めいたようなものまで」

「だけど、そのものずばりのものではなかった、ガラスを突き破り、投げ込まれたものは」加地が言葉を続ける。

「しかも、あそこの店はああした、あれに似たようなものも扱っていますからね。古美術品や、絵画なんかも。あたかも、そうしたそれを思わすものを放り投げた、投げ込んだ」椎名が応じる。

「そのものずばりではなかったということは次もまた、何かあるということか。まったく、似通ったものならいくつでもあるのじゃないか。それに代わるものなど数限りもなく。そして、そのものずばりは決して返してこない。こちらは失くし放しだ」

椎名はそれまでの口調とは変わらず平静のままに、しかし、新たな事実を告げるようにゆっくりと語る。「今日も飾ってあったのが見えたでしょう、あの店のショーウィンドウや、ショーケースや、それに壁の上にも。ええ、質流れになった品々ですよね、そうしたものがたくさん販売されている。あそこの店は、御園さんのところはとくに古美術品や、絵画の類のものを多数、扱っているのです。それなりの知識もあり、精通していて。それで、そうした傾向の似たような店が集まって、以前、絵画や、その他の美術品の展覧、販売会をしたことがあったのですよ、うちのギャラリーでね。だから、そのときのいくらかの顔見知りで、彼女とはね。けれど、こんなことが起こってしまって。とくにそれ以外のところで連絡を取り合っていたということはないのだけれど」

「確かにね、あそこの店はね、もちろん、幾度も通りかかったことがありましたよ。なかまで覗いたことはなかったが」加地はひとまず相手の言葉に応える。

いったい、それなら彼女は何を語ったのか。モバイルを通して言葉を交わし続けながらも、目は遠くどこか壁の先でも見つめていたのかもしれない。ひとつの戸惑いというのか、どこかはっきりとしない訝しさの靄がかかっていくかのようだ。何かしら揺らいでいるものが感じられてくるが、それはどこからどこへ伝わっていこうとしているのか。椎名はまた、その揺らぎをどこまで感じ取っているのか。彼女はそれに揺らされているのか、あるいは自分でもそれを揺らしているのか。〈けれど、こんなことが起こってしまって〉と彼女は言った。確かにそう語った。それなら、彼女の先の先には何があるのか、何があったのか。それはどういうものなのか、どんなものの影があるのか。

どこか木から木へ、枝から枝へと移っていく鳥の姿が思い浮かんでくる。その体があまりに大きければ、飛び立つ際、枝までひどく揺れて、たわわな葉を騒がすほどなのだが。あるいは椎名こそが針の先か、羽根の先のように加地に起こっていること、その周囲に生じていることを敏感に、ときに期せずして感じ取り、表し示しているといったようでもあるのか。そのあと、やがて電話を切ってからも、加地は同じ姿勢のままその場へ座り続けていた。

□

それから数日後、加地がその日の診療を終えたころ電話がかかってくる。思いがけないことに御園からのものだったが、まだその声には馴染みもなく、それはまるで未知の場所から飛び込んできたもののように感じられた。会ってもう一度、話がしたいということだったので、翌日の休診日に相手の店にも近い場所で待ち合わせたが、加地がそこへやってくるや、すでにその場にいた御園は自ら誘導するようにそこから歩き始めていた。電話がかかってきたということは意外だったが、どこかではそうなるはずだったとの思いも潜んでいるようだった。向こうから何も言ってこなかったら、そのうち加地の方からそうしていたのではないか。

御園の向かっていた先はそのすぐ裏の方に広がる静かで、あまり人気のない、河川敷の上のサッカー場や、野球場の並んでいる場所だった。彼女の話したところではその後、取り立て新しい事実が浮かんできたということはないようだった。だからこそ、恐怖や、気味の悪さは残り続け、彼女自身のなかでもまだ染み広がってすらいくようだった。膝の傷は何針か縫ったほどで、いまこうして歩いていてもいくらか片脚をかばっているような仕種が見えた。やがて、ふたりは雑草の生い茂ったなだらかな土手に腰を下ろした。平日のせいか、グラウンドはすいていて、プレーしている人々の見えるのはその一部分だけだった。

「自分でも何か変わったなと感じるところがあるのです、あのことの起こったとき以来」御園は静かに語り始めていた。「これまではね、朝、起きるとまずコーヒーを一杯、飲んで、気持ちを整え、一日を始めていくといった習いめいたものがあったのですよ。でも、何だか朝のもやもや感というのか、ぼやぼや感のようなものが消えなくて。何かの切り替えをしようっていう気持ちが失せてしまっているのですね、ええ、ここのところ。空しいというのならその通りなんですが、それなら前は違っていたのかと言えば、そうなのかなとも感じられてきて。前がよかったな、というのとも違う、だって、実際、どこかでそれを、そうなることを、もとに戻ることを拒んでいるところがあるのです。いま、まさにコーヒーを止めてしまったのもそんなふうではないかと。そして、ようやく腰を上げて、それを淹れて、飲んでみると、ただ苦いだけなのです。前はその苦みが良くて、それを頼みともしていたのだけれど」

加地は自分のことについても思い浮かべていた。車が奪われたことでそれまでの生活習慣を強引に変えられてしまったところがあって、底知れない憤りを覚えてもいたが、いまはそれをかつての鋳型に戻し、車を代えて、以前通りに返りたいかと言えば、それもまたはっきりとはしないが抵抗はあった。もとに戻りたくないというのは確かだった。それなら、あれらそのときのものはどこか問題が——不足していたり、過剰だったりしたものがあったのか。しかし、それはそうだろう、こういうことになった以上、どこかにそうした部分があったはずなのだ。そうも思えてくる。

加地は相手に尋ねる。「それでまだ、それに代わるものは見つかっていない、その時間を満たすような」

御園はわずかに笑いを浮かべる。それは自嘲的なものか、視線は遠い先へ向けられている。「こうですかね——〈コーヒーを飲んでいない〉。いま、時間を満たしているのはその拒否感ですかね。飲みたくなくなったので、飲んでいない」御園はさらに口の端に笑いを浮かべると、言葉を続ける。「それでね、もうひとつ朝、やっていたことは鉢植えの霧吹き。大きなものや、小さなものもその葉を一枚、一枚確かめながら、水を吹きかけてやっていたのですね。それがね、どうにもそっちへ向かうことの、そうすることへのためらいというのか、気が進まなくなっている——何かしら前向きになるということに嫌気が生まれている、ものに生気を与えるなんてとんでもない、と。それで、それもまた途絶えがちで。でも、相手は生き物ですからね、ときには吹きかけて上げている。そこまでの悪人にはなりたくない。けれど、少しそれを見つめていると、ふと、見つめ返されているような心持ちにもなってきて。そのじっと動かず、静かな佇まいを眺めていると、そのものは――どこまでどんなふうに静かなのかって」

加地は御園のさらに続いていく話を聴きながら、まるでそれを伴奏とするかのようにいま思っていたことの考えを進めた。かりに加地へ向けて仕掛けられたこれまでの一切のことが個人的な理由からではないとわかったとしても、すでに後戻りのできない、別の地平に立ってしまっていることは明らかなのだ。起こったことに関する原因、背景、経緯などを考えるにつけ、さまざまな山のような思惑が浮かび上がってきていたのだ。たとえ事態の核心が知れたとしても、そして、それがそれらそれまでの思惑とは別のところから発していたとわかったとしても、すでにそこにはどっさりと余りある膿が溜まりに溜まっていたことを知ることにはなったのだ。たとえ今回のことについてはそれそのものが吹き出し、破壊したわけではないと認められたとしても、そうしたものがいつか別の形で、別の場で実際の傷や、腫瘍そのものとして剝き出しになって、発現してこないとは限らないのだ。

加地は相手に尋ねる。「何か気づいたことはありますか。もしかして膿のようなものが溜まっていたとか、そんなものに気づいたとかなどといったことは」

御園はそれに応えるかのように、これまで口にしていた言葉を続ける。「それでね、静かなものが、その鉢植えがじっと潜んで、その場に立っているといったような。そんなふうにも感じられてきた。すでに静けさを纏ったものがそこに佇んでいる、と。何もしない、でも、密かに知られている、といったような、それにね。部屋の隅からじっと。ほんとにね、それが何か張り込み中の刑事のように思えてくるときもあって。何なのでしょう」

加地は相手の言葉に応える。「ああ、そっと見られている——そうですね、知られている、と。そうしたものが溜まっていきますすよ、膿のように。脅しているわけじゃないのですが」

御園はさらに言葉を続ける。「新聞なんかもそうですね。もうそれを開くのも億劫。食欲は皆無なのに、料理を盛られた皿を前にしたような。でもね、さっきのとは違って、同時にまた、こだわりがなくなり、どうでもよくなっている。何だか、これまでの生活がそっくり一種、娑婆の世界のよう。どうなんです、わたし、漂白でもされてしまったのか、と」

加地がつぶやく。「ああ、わたしもありましたよ、新聞の活字がまるで小さな虫が凝集しているところのように見えてきて。それで、大きな見出しは土に掘られた塹壕か何かに見えてきて。煽っているつもりじゃないですよ」

御園はじっと展けて人気のないグラウンドの先を見つめて、つぶやく。「本当に怖ろしい——。あのガラスの打ち割られる心底、おぞましい響き。破られたまま窓に突き刺さっている鋭いガラスの形。下に散乱しているガラス片。やはり自分のことについて振り返ったり、探ったりするようなのです。でも、はっきりとしてくるものは何もない、まあ、影になったようなものや、重しのようなものならいくつもあるのでしょうけど。かりに向こうが思い知らせたいと思ったとしても、その正体がわからないのではその効果もむしろ半減ではないですか。ええ、確かに名乗り出てしまえば、すべてが台無しになってしまいますけれど。そこまでの度胸や、覚悟はないのか。それとも、こちらのことなど鼻も引っ掛けていないのか」

加地は相手に尋ねる。「お仕事柄、厄介な取引もおありでしょう、後味の悪かったりするものも。勝手な恨みを持たれたり。いろいろと屈折し、回り巡ったような理屈をつけられて、あなたのところへまで達したとか」

御園はいくらか身を振り向ける、その口調が堅くなっている。「あなたはどうしていたのですか、何があったのですか。何か知っていますか」

加地は相手の迫ってくる言葉に対して、答える。「そうですよね、さしあたりまず、はっきりと関わりのあるわたしがその探りの相手になる」

それに対して、御園の口振りはむしろ穏やかになっている。「でも、どうやらあなたもわたしと大差ないほど、とくに何かがわかっているわけではない。だけど、お見受けしたところ、あなたは放擲というのか、かなり投げやりのようにもなっている」

加地は淡々と応じる。「わかりますか、そんなこと」

御園は平静に、むしろいくらか面白げな口調で言う。「丸見えじゃないですか。人が気がつかないとでも思っているのですか。わたしはね、耳の調子が悪かったのです、ええ、これはその前から、もっと前からですね」相手はいきなり話を始める。「初めはね、いつそれが始まったのかはっきりしなかったくらい。ほとんど聴こえていないのですね、片方の耳が。でも、他方は正常なので、取りあえず何とかなっているのです。いま、あなたの左側に座っていますよね、わたしは。右の方の耳は問題ないので、普通に言葉のやり取りができている。これで、反対の側に座っていると、聴き取りがかなり不自由になる。でも、何か炎症が起こっているとか、そういうことではない。はっきりしないのですね、原因は。ストレスだとか言われているけれど。薬のひとつもそういう類のものを処方されているのですが」

加地はいくらか驚きを覚えつつ、相手の横顔を眺めたりしている。御園は遠くの人気ないグラウンドへ視線を向けながら、淡々と話を続けていく。「それでね、あたりの音は聴こえることは聴こえるのだけど、何か遠近感だとか、方向感がちょっとはっきりしなくって。離れていると思っていた音の元がすぐ近くにあったり、いきなり横の方から人の姿が現れたり――そういうことはあるのですね。それから、自身の行なったことの反応が確かめにくくなっている。自分の投げたものが床や、机にぶつかっても、その響きがスポンジに当たったように吸収されて感じたり」

相手の言葉がいったん途切れたとき、加地は問いかける。「それはもどかしいでしょうね。周りの世界があやふやになって、覚束なくなってくる。それで、ときには少なからず不安にも感じられてくる」

御園はとくに口調を変えることもなく続ける。「だけどね、大きく、激しい音はそれ相応に響いてくる。しかも外界とのつながりが掴みにくいので、より脅威になってくるときもある。ほんとにね、まさにガラスの割られたあの瞬間ですよ。もうね、あの響きだけは嫌。わが身が破裂させられるかというくらい。まったく、あのガラスの割れた音はわたしの耳への暴力でしたよ。いや、外の世界から、わが身へ向けられた脅威そのものでしたよ」御園はしばらく口を噤んだまま、じっとしている。それから、いくらか口もとが緩んでくる。「もうこんなことが起こるなんて。まるでわたしの耳のことまで見透かしていたようじゃないですか。堂々とこんなことがやらかされて。いったい、何なのでしょう」さらに続けていく。「まるで攻めてきているようじゃないですか、わたしの耳へ向かって。それでまた、どうにかなっている、耳までね。そうだった、思い出しました、前にね、居酒屋で人が話していると思ったら、換気扇の音だったのですよ。ほんとに、まるで幽霊話ですよ」

加地はいまになって、ここへくる途中、歩きながら話している際、相手が一、二度聴き取りがたいような素振りを見せていたことを思い出した。「だけどまた、そんなふうに言われると、いま、あなたの喋っているその声の方がどこか隔たった向こうから聴こえてきているような気がしてきますよ。どうしたわけか、むしろ反対に。不思議なことに」

御園は座り込んでいる草叢(くさむら)の上で、体勢を組み替えるようにすると、いっそ前より真剣な口調で言う。「たとえばこれが、今回、仕出かされたこのことがまったくわたしとは関わりのないことだったとしたら。たまたまのことで、だれへ向けたということでもなかったとしたら。まったく結びつきもなかったと。そうだとしたら、あのガラスの大破した響きは何だったのかって。それは同時に、まさに見放されたということですよ。そのまともな相手ですらなかったと。むしろまるで捨て子のように。しかも、まったく無防備のままに、裸にされたようになって捨てられている。そうじゃないですか。ただいいように放り出されていったように」

加地のなかにもひとつの印象めいたものが浮かび上がってくる。それを言葉にしていく。「じつは何も起こっていない、と。ある何か巨大なものが思い切り空振りをして、その風圧だけで、どこかへ吹き飛ばされた」さらに言葉を続ける。「それでいま、こうしてこの草っ原の上に座り込んでいるのですか。そう言えば、わたしなんか、地下駐車場でじっと棒のように立ち尽くしていたこともあったけれど」

御園は手もとの伸びた雑草をさするように幾度か撫でていたが、その動作を止めると、言う。「昨日、道を歩いていたら、長靴が片方、転がっているのですよ、まるで捨てられたように。これまでだったら、何でもなく通り過ぎていたはずが、そのときは得体も知れず怖ろしいもののように見えてきて。それで、あんなものがあんなところにぽつんと放っぽり出されていていてって」

加地は不意に、御園の方を振り向く。その耳は髪がかかっているものの、その先や、間から半ばその形が見えている。覗いているとも、隠れているとも言える。いま、彼女は自分の耳がどんな状態にあるのか知っているのか。

御園は手で触れていた草を無造作にいくらかむしり取ると、一瞬、それを見た後、言葉を続ける。「そうでした、わたし、グリンピースが苦手だったのですよ、料理のね。それで、ミックスベジタブルなんかに入っていると、よけていたのですね、いままで。それがこの間、そんな手間も億劫になって、構わず口に入れたのですね。すると、こんな味だったのかって、前と違いを覚えて。却って沈んだ気分に添うかのように、馴染んで感じられてきたのです。それは確かに新たな味でした」

その言葉を受けてのように、加地は自分の思ったことを口にする。「蕗なんかはどうですか。どこかしみったれたような味とも言えそうですが。あるとき、その苦みめいたものが味わい深く感じられ出し、自分に見合ったものに思えてくる。――ありますよね、確かにそうしたことは、感じている自分の方がおかしいのではないかって。向こうは変わっていない、だけど、感じる方が変わっている、自分がおかしなことになっているのではないか、さらにはそんな自分が当てにならない、と」

御園はひたすらにつぶやく。「何だかね、自分も変わっていくんだなって。思いがけなくて、われながら気味の悪いほどで。本当に、自分がそんなふうにもなってきて。本当は自分の方がって。だから、見放されたのだとしたら、あなたの言う空振りだったのだとしたら、すでにもうそんなふうなものだったからなのだ、と」それから、思わず吹き出すように言う。「そうなのよ、だから、あいつらの目にも留まらない、形がなさ過ぎて、変わり過ぎて、気味が悪過ぎてね。それならもっけの幸い、ざまあ見ろとも。そんなこと、ありますか」

御園はグラウンドの遠い先へ目を向けたまま、言葉を言い終わった後もじっとそこを眺めている。それから、やがて静止していた姿勢を解くようにすると、手で服の上から片方の膝のあたりをさする。

加地はつぶやくように言う。「押し潰そうとしているのか、すっ飛ばそうとしているのか、それとも拒み通そうとしているのか。その思惑はまだわからない。だけど、焦らされているうちにこちらの方でもまた、別の思惑が湧いて出てくる」それから、相手の仕種に気づいたように尋ねる。

「傷は痛みませんか」

御園はとくに何の気なしに手をそこへ置いていただけといったように、すぐそれを離す。それから、おもむろに語り始める。「いろいろあれ以来、変わってきてしまったものもあったけれど。なおざりになり、嫌気が差したり、逆に思いがけなく馴染めてきたり。でも、はっきりとそれができなくなってしまったというのはプールでの泳ぎですね。あれは思いの外、屈託を払い除けてくれるのには効果があるのですよ。水のなかに入っているということはね。それだけで、浮力に救けられているわけですから。手足も思い切り、自由に動かせて。あの水にぴったりと密着されて、閉ざされているというのもありがたい。水のなかだとね、音が通らないというのがむしろ安心できる。そこのプール、上が広い天窓になっていて。ときどき、迷惑な人もやってきたりするけれど。でもまた、何だか自分がアクアリウムのなかに入って、泳いでいるといったようで」

加地はそれに応える。「そうですよね、もし神経性のものからきているのなら、水に入っても耳は構わない。むしろストレスの解消に役立つ」それから、思いついたように腕を上げ、その方向を指差す。「そのプールというのはあっちの公園に造られたものですよね」

御園は穏やかな表情をしているが、加地の示している仕種には反応しない。それから、さらにむしろ無表情な顔になると、語り始める。「一度ね、昔、愁嘆場を演じたことがあるのですよ。と言っても、ほぼわたしの一方的と言ってもいいものでしたけれど。その相手の家にいたとき、少しトイレに立ち、その場を外していたのですね。それで、また戻ってきてみると、居間のソファで横になり、眠り込んでいるのですよ、その男は。まるで路上の石ころか何かのように急に眠り出して。その目の閉じられ、表情の失われた、何も知らぬげな顔を見ていて、突然、どうにもやるせないものを覚えて、落胆というのか、怒りというのか、憎しみというのか。本当に、底が抜けたというのか。こんな気持ちを抱いていたのかって、自分でも驚いたくらいですよ。もちろん、すでにかなりの期間、密かに持ち続けていた不満やら、忌まわしさやらというのはありましたよ、相手に対してのね。でも、そうしたものとは違う、むしろそんなものは消し飛んでしまうほどのもっと大もとにあって、どうにもならないもの——そうしたものと面と向かい合ってしまったといったような」

彼女はわずかに笑いを浮かべるが、それはすぐ顔から消える。「それにまた、そうした不満のようなものがあったとしても付き合い続けてきたわけですからね、続けていたいと望んできたものもあったわけです。でもまた、そうしたものも消し飛んでしまうようなもの、もう本当にわたしだけのことを超えてしまったようなもの、そんな個人的事情などよりもっと先に横たわっているもの、それがそのとき見えてしまったというかのような。それでね、もう本当にやるせなくなった、怖くなった、そうするしかないと思った、でも、そんなことは少しもしていない」彼女はよりいっそう落ち着き、ゆっくりと語っていく。「初めはおずおずと、それからさっと、わたしの手は伸びていった。両手は相手の喉もとに触れて、わたしは強く力を込めた。太くて、柔らかでしたよ、感触をいまでも覚えているようで。そして、指先が弾力のある筋肉のなかへ食い込んでいった。わたしは言葉も忘れたようで、気持ちはひどく静まって。でも、心のどこかで叫び声を上げている。そりゃあね、いくら眠っているといっても、相手も気づきましたよ。その目が一瞬、驚いて、それからひとつの確固たる意志に凝り固まった。すると、わたしの込めた力など遥かに上回る力がこちらへ押し寄せてきた。ポーン、嵐のような風力。一瞬にして、わたしの身体は後ろの壁へ向かって、跳ね飛ばされました。ああ、まるで棒っきれのように跳ね飛ばされましたよ」

それから、御園は先のグラウンドの方を眺めたまま、ひとしきり黙ると、両手でそれぞれ脇に生え出ている草をまさぐり続けている。やがて、おもむろにつけ加えるように口を開く。「そのときのことがね、思い出されてくるのですよ。痛切に、このところ。その相手ともそのあと幾日かで別れてからは、もうそれっきりですよ。もうあんなこと、二度と味わいたくない、当たり前ですけど。だけど、どうにも思い出されてくる、ここのところね」

加地はまだ、驚きが消えていない。自身で気持ちの調子を整えていくかのようだ。「えっ、つまり、手をかけたと、首に。ああ、なるほど。だけど、それが功を奏するとはもともと思っていない。だって、いざとなれば圧倒的な力の差があるのだから。つまりはそういうことになった、押し潰されることに」

御園は冷静に振り返るかのように言葉を続ける。「錯乱ですよ、もう後先もなかった。いろいろなものが、いろいろなところから突き出てきて、あまりにいっぱい突き刺さってきて、それでそうしたもので何が何やらわからなくなっている。気味が悪かった、まさに気味が悪い。何だかね、わたしはそれを思い出した。相手の、この間のその輩のやらかしたことに対応するように、そんなわが身の体験を。いまはそんなふうに感じられる。ここ数日、わたしのなかでもいろいろ気持ちの変化はあったけれど」

加地はさらに自分のなかで考えをまとめていくかのようだ。「ああ、行き当たりばったりの錯乱の体験だった、と。そして、やはり気味の悪さがそのど真ん中に居座っていた、と。それでまた、何をやらかすかわからない。それはすごい、気味が悪いのですか。相手が、そして自分が」

御園はじっと遠い先を見つめたまま言うかのようだ。「あのときのわたしの錯乱がどこかの輩の錯乱となって、白昼堂々とガラスを突き破ってきた」

加地は相手に尋ねる。「その相手はいまどこに」

すぐに御園の答えが返ってくる。「やめて下さい。もう十年以上、前のことですよ。十年越しの錯乱なんて」

しばらく沈黙が流れ、御園は再び、両手で脇に生え出た雑草をまさぐり続けていたが、やがて、不意に尋ねてくる。「あなたの車のトランクに積んであったものって、どういうものだったのですか。やはり流木だったのですよね、大事にしていたもの、手放せなかったもの、抱え込まされたもの、拾い上げてきたもの——。あなたの執着だった、だけど、車から、トランクから出せなかった、気にしつつ仕舞い込んでいた、骨がらみになっていた、どうしてなのです」

加地は横にある相手の顔を振り返る。この間、確かに彼女にトランクのなかのそのものの話はしたが、それほど詳しく語ったわけではなかった。どこかわが身が覗かれているかのような気持ちにも捉えられる。この際、相手の発言に合わせた言葉を返す。「まあ、そうしたものだったのです」

御園の声がはっきりとした、強さを帯びてくる。「あなたのそのものが、それとも変わらないまさに同じような形をしたものが投げ込まれてきた。どういうことなのです。あなたの執着だか、傷だか、秘密だか、忘却だかといったものが——でも、きっと違っている、わけのわからないものがわたしの店の窓ガラスを突き破って、わたしの耳にまで襲いかかり、入り込んできた。これって、あなたの錯乱じゃないですか、あなたから出てきたものですよ、あなたの持っていたものですよ、十分、錯乱ですよ」

加地は相手の方を窺うが、その様子からはまだ言い尽くしていないといった印象を受けたので、口を噤む。「そうかもしれない」

御園の言葉の勢いは変わらないが、その口調は前よりやわらぎ、冷静になっている。「いったいどんな顔をしているのか、そいつはね。そして、まるで商品のように、質流れ品でもあるかのようにわたしのところへそれを投げ込んだ。こちらのこれまで長々と営み、務め上げてきたことはこんなものだろうと喝破でもしてみせるかのように。わたしがそれを処理しろとばかりに。どういうんです。わたしはあなたのお荷物の処理係ですか。あなたはそうは思っていない。でも、投げ込んだ輩はそう考えていたかもしれないではないですか。そうでなかったとしても、事実としてそうなった。これまであなたとわたしは別々の地点に存在していた、顔を合わせたこともなかった。だけど、わたしたちは結びつけられた、だれあろう、あの輩によってですよ」

加地は御園の話を聴いているうちに、それまで以上にもやもやとした疑いめいたものが立ち昇ってきた。やはりあの車のトランクにあった中身について、当然、相手はよくわかっているというかのようにそのまま語ってきているのだ。それはあのとき加地の話した以上の内容だった、そしてそれなら、それについて知らせ、教えていた人物がいるに違いなく、それは椎名以外にはいないはずだった。

加地は相手に問いかける。「いろいろとずいぶんよく事情をご存知のようですが、さらにもっと何かわたしの仕出かしたことについてはどうですか。何か良からぬとされていること、車を運転していたときのこと、あるいは港回りあたりのことで」

御園の視線はじっと先の方を見つめていたものから、いくらか左右に揺らぐように移っていく。どうやらそこまでのことは聴いてはいないようで、いくらか気勢も殺がれたようになって、彼からの問いかけに対しては否定する。加地はまた改めて、いまの自分の置かれた立場について確かめてみようとするかのようだ。

すると、不意に御園がこちらへ振り向き、思い返すように語りかけてくる。「でも、あなたもね、そんなふうにわが身をどうにかしようとしていた。そういう話じゃないですか。周りの人とのつながりをあえて断ち切ろうとしていた、と。そして、旅にでも出るのだとか。心の旅とでもいったものでしょうか、どこまでも端へ、端へと。果てへ、果てへと。でも、わかりますよ、そういう気持ち。わたしだって、あの後、錯乱めいたことの起こった後、つくづくそんな気持ちになりましたから」

相手からの言葉を聴き、加地は半ば驚き、しかしまた、半ば納得もする。やはり椎名は御園へ、加地のことについてなにがしかの話を伝えていたのだ。とはいえ、そこにあったのは悪意とはまた違った——確かに椎名があえて彼を貶(おとし)めたり、罠にかけたりする必要があるとは思えない——むしろ物事をなるべく早くにはっきりとさせたいといった望みか、あるいは一種、現在の状況をもっと進展させ、何かしらの新たな事態の変化をもたらしたいなどといった考えのためではないかと感じられた。あのショーウィンドウが大破された一件の後、ふたりはどこかで会ったか、あるいは電話でか連絡を取り合い、さまざまな事情について話し合ったりしていたのではないか。とはいえまた、いま語られた言葉を聴いていると、御園は彼の抱いていた思いについて、ただ単に批判や、非難をしているだけではないかのようだ。

加地はそんなことも感じ取り、それに対しては笑いを浮かべて答える。「ああ、出発ですか、どこへかやらの。ところがね、車に纏わるいろいろな件が生じてきて、それもまた、いまは保留中ということになってしまって。それで前にも、後ろにも進めない」

御園の声はすでに穏やかなものになっている。「それなら、その流木にもそんな気持ちが託されているのでしょうか。どこか果てしもないところから流れ出してきて、どこか思いもかけないところへ流れ着いた、と」さらに続けて、落ち着いた口調で問いかける。「今日、わたしはわざわざお会いしにきてみた。まったくあんな怖ろしいことが起こってしまった。あなたとわたし、それでどこが似ているのです」

加地はいくらかなだめるような口振りになっている。「でも、違っている方がずっと多いでしょう」

御園が静かに、しかし、いきなり率直に言う。「あなた、わたしを抱え込んで何かしようとしていませんか」

加地は驚くより他はない。「そんなことあるわけないじゃないですか」

御園は冷静に言葉を続ける。「これからのことですよ。そう言い切れますか」

加地は答える。「今日はあなたからやってきたのではないですか」

相手はさらに言葉を続ける。「そうなることを知りたかったのですよ、確かめたかった。どう巻き込まれるのか」

加地は相手の顔をまじまじ眺める。いったい何を言っているのか、といった思いに捉われる。

「あなたの顔はとても穏やかだ、そして、冷静な目をしている」

御園はさらに言葉を発する。「あなたと一緒に沈み込んだとします。すると、何が見えるのか」

「あなたは笑っていますか」加地は尋ねる。

御園はいくらか息を呑む、それから続けて、穏やかな口調で、思い返すように言う。「本当はね、あなたと会うのが怖いとも感じていたのですよ。何かが感染ってくるのじゃないかって。何かを感染されるのじゃないかって。わたしはね、十分、感染りやすいのですよ。いままでお話ししたようにね」

相手はそのままじっと草の上に座り続けていたが、それから、手もとの雑草を一本、引き抜くと、それを持って、傍らの加地の方へ伸ばしていく。その草の葉の先を彼の手の甲の上に触れるように当てると、それをゆっくりと左右へ振っていく。それから、加地に言葉を投げかける。

「わたしは怪我をした。あなたはまだ怪我をしていないのですね」御園は草の葉先を動かして、加地の手をくすぐっていく。

彼はただ淡々と、自らの手の上を振れていく草の葉の動きを見つめている。

「あなたは自分をどうにかしようとしている。壁に頭をぶつけるように」御園は指摘するようにあらわに言うと、手の動きを止める。

「そんなことはない」加地は答える。いまは草の葉の離れた自分の手を見つめている。

御園はその場にじっとしたまま、おもむろに、そしてはっきりと言葉を放つ。「あなたのようにならないように。あなたを見て、この人のようになるな、と。そう思ったのですよ、わたしは」

そう語った後、御園の頭が、身体が前へ傾いてくる。いつのまにか御園の手はそれを握っている。あたりのどこで見つけたものか、いつ見つけたものか。相手の身体が加地の身に覆い被さっていく。手に握られた木の枝がこちらへ向かって、振り下ろされる。一度、二度——。彼は被さってくるその身を引き剝がそうとする。いくらかもつれ合った後、力を込めると、相手の身は後ろへ飛ばされ、草っ原の上へ転がっていく。やがて、彼女はその場に身を起こす。体勢を立て直した後、落ち着いた声で言う。

「やっとわかりましたよ。今日はあなたを打ちつけにやってきたのだ、と。感染っちゃいけない、と」

加地は木の枝ではたかれた肩を手で揉みながら、言い放つ。「わたしとあいつを間違えているのじゃないですか」

相手が言い返す。「あなたはあいつですよ。知らなかったのですか」本気で言っているわけではないのだろうが、どこまでその気持ちでいるのか。ほとんど相手のその顔つきからはわからない。

それほど激しい身体の動きがあったわけではないが、御園は草の上に座り込んで、荒い呼吸を繰り返している。それから、やがてそれも静まっていくと、加地に向かって訴えてくる。

「説明して下さい。感じていることを言ってみなさい。どうしてこんなことになった」

加地のなかには改めて疑いが浮かんでくる。その言葉はいったいだれへ向かって、どこへ向かって言われているのか。

相手はその言葉を本当に彼に向かって放っていると思っているのか。それなら、それは自覚的なものか、無自覚なものか。もしかして、彼女自身そうではないとわかっていて——なお彼ではないだれかへ向けてではなく、彼に向かって言っているのか。

彼と〈あいつ〉を本当に混同しているのか、あえて混同して見せているのか。それこそこんなことが起こるのは彼女の〈だれか〉からの感染のたまものか。いっそ皆で沈み込んでしまえ——そんな破れかぶれな気分に襲われる。

一方また、彼の方でもそう言われると、自分が自分ではないだれかにでもなっているかのような心地にさえなってくるようではなかったか。自分がものを言っているとき、それはまたどこの場所から言っているのか。加地が答えないでいると、御園はさらに言葉を重ねてくる。

「どうしてこんな目に遭っているのか。わたしは離れなくてはいけない、あなたから」

加地が黙っていると、さらに相手は続けてくる。「わたしと別れたいのですか」

「別れているでしょう、もともとから」加地が答える。

「まだ少しもわかっていない」御園が答える。

加地は不意に、その場から立ち上がり、いくらか傾斜になった草っ原を下るように歩き出す。御園も大して間を置かず、草の上から立ち上がり、加地に倣うかのようにその後を歩いていく。

あたりにはまだ明るみをもった日差しが延びていた。しばらく起伏を作った草っ原を進んでいると、上空をジェット機が擦過していく飛行音が響いてくる。加地が上を振り仰ぐと、航空機が広い空を鮮やかな真一文字の航跡を描いて飛びすさっていくのが見える。そのまま向こうに立っている御園の方を見ると、彼女はじっとその先のグラウンドの人の群れている場所を注視しているかのようだ。加地はやがて気がつき、相手に声をかける。

「いまのは空を飛行機が飛んでいったのですよ」

彼女は虚を突かれたような顔をして、彼を眺める。それから、改めて空を見上げる。

加地はいま、一瞬、無防備な人間の表情を見たような気がした。それはまさに丸裸になったかのような顔だった。それは確かに虚飾の剝がれたような、余計なものの落ち切った素朴そのものといったような。

加地は大っぴらに笑い声を立てる。御園の耳の不調は発生源の音への方向感覚と、さらにはその実体への混同すら生んでいくかのようだった。換気扇の音が人の話し声に聴こえたように、ジェット機の音がグラウンドのどよめきにでも聴こえたのか。加地はいまのわが身の笑いのなかに、確かに〈あいつ〉の笑いが入り込んでいるのを感じた。その笑いというのは彼を通してそこへ入ってきていたものか、それとも加地自身が思わず自ら込めたものだったのか。御園はそこに悪意を感じるだろうか。その笑いに〈あいつ〉からの何かしらの悪意を。

「そうですよね、世界はおかしなことになっている。というより、わたしの耳はおかしなことになっている」彼女は自身を取り戻したかのように、口調を整えて言う。

しばらく御園は草叢の間を黙ったまま、進んでいく。いまでは彼女の方が前に立ったまま、歩いていくかのようだ。すると、不意に足を止めると、振り返り、加地に向かって声をかけてくる。

「それなら、もっと試してみて下さい。石を投げてみましょうよ」

彼女の言い出していることは加地が石を放り、それが草叢へ落ちた音を聴き取り、彼女がその場所を言い当てるというものだった。そしてまた、彼が石を投げている間、さらに、それがどこへかへ落下するまでは彼女の目は瞑られたままでいる、と。

ふたりはそれを実際に行動に移していく。加地は足もとから小石を拾い上げ、とくに当てもない方角へ放り投げた。すると、それの落下した直後、前に立ち、目を開いた御園が腕を上げ、指先でその地点を示してみせた。けれども、その場所は実際に石の落ちたところとはかなりかけ離れている。ほとんど九十度くらいは違っているのではないか。

さらに彼は同じように二度目を試みる。またしても、石の落下した後、彼女は目を開き、その方向を示す。しかしこれもまた、前と同じくらいにその位置がずれている。耳の健康な者がそれを行なった場合、どれほど正確に言い当てることができるのか。

さらにそれは続けられていった。加地は相手を挑発し、またあたかも何かしら得体の知れないものが湧き出てきて、その何ものかを思い知らせたいとの気持ちにも駆られ、その行動を繰り返していくようだった。彼女はその都度、かなり、むしろひどく間違った。幾度、繰り返してもそうなった。そのうちに、加地には相手が故意に間違っている素振りをしているのかもしれないとも思えてきた。確かに音がはっきりと聴こえてはいず、間違ったときもあったかもしれないが、かなりしっかりと捉えられていて、ほぼ正しく言い当てられていたかもしれないにもかかわらず、それを欺き、別の場所を指し示そうとしているときもあったのではないか、そうも感じられてきた。

そのことはまた、あえて加地の意に反したことを行なっているということにもなるのではなかったか。それはいわば彼女があえて示して見せようとしている素振りだったとも言ってよい。彼女はそれを確信的に行なった、そして、それを見せた。そうだとしたら、そこに存在しているはずのものは――それの向けられているはずのものと言えば加地その人であり、そしてさらにはこの取り巻いている世界であり、さらにまたその先にいるに違いないものとしての〈あいつ〉そのものに他ならないはずだった。彼女はそれを行なった。まさしくそのものへ、その存在へ向けて、見せつけようとしているのではないかとばかりに。

加地のなかでは回を追うごとに、ますます相手を挑発してやろうという気持ちが強くなっていった。そしてまた、その挑発してやろうという気持ちが高まっていくにつれ、むしろ彼自身は薄まり、失われ、〈あいつ〉そのものへとその場を譲り渡してでもいくような気持ちに捉われていった。

彼はいったい、石を自分自身の身体によって放り投げていたのか。その腕のなかには、手のなかにはそのものが、〈あいつ〉が入り込んですらいたのではないか。

彼女はどうして間違うのか。そしてまた、それをあからさまに見せようともしているのか。そのあまりに繰り返されるさまはあたかも周りの世界へ向かって、欺き返そうとでも、欺いてくるものへは欺きで報いようとでもしているようではなかったか。あたかもその間違い続きの行為は何かへの、どこかへの、だれかへの仇を取っているかのようにすら見えてきた。いや、彼女の素振りはそのまま〈あいつ〉の素振りだった。確かにそこに見えているものは欺きに塗れた、覆われた〈あいつ〉そのものではないか。

結局のところ、最後まで一度として、放り投げられた石の落下した地点と、御園の指差した場所とが一致することはなかった。

そして、そうした一連の試みが終えられた後、こんどはまるでそれらのお返しというかのように彼女は自分でそれを放り投げ、そして投げ終わり、石の落下した後、腕を上げ、別の違った方向を指差してみせた。

黙ったまま、彼女は何も言わなかった。それはまさに彼女の意思の表明だったのか、それとも、それまで度重ねてきた間違いへの自嘲的ななぞりの所作だったのか。

やがて草っ原の上を歩いていた御園は数歩、進んだところでいきなり振り返る。それから、冷静な声で言う。

「いったいわたしはわが身を、どこへ持っていけばいいのでしょう。どうすればいいのか。あなたにぶつかってみますか」しかし、彼女の気持ちはその言われた言葉と裏腹にあるのは容易に察せられた。

それから、再び、歩きだし、数歩、進むか進まないかというところで、彼女は身体の安定を失い、前へ跪(ひざまず)くようにして、草の海へ倒れ込む。よく見ると、その足もとには青々とした草の間から何かが垣間見え、それにつまずいたようだった。

御園は傷を負っている膝をいくらかかばうようにして、また立ち上がると、そのものをいくらか持ち上げ、すぐに草の上に置き直した。「こんなものが、こんなところに。どういうんです」その塊はその場に立ててみると、高さが五十センチかそこらのもので、大きなラッパのようなものが見えて、その元がくねり曲がり、その下には台座のようなものがついている。

「それに足がぶつかったのですか。捨てていったんでしょう、だれかが」加地が声をかける。

御園はその場に立ち尽くしたまま、じっとそのものを眺め下ろしている。「でも、こんなものあってはいけない。捨てる、捨てない以前の話じゃないですか」口調は落ち着いているが、その分、よりはっきり強く主張しているかのようだ。

「大丈夫ですか、膝は。歩けますか変わらずに」加地は目前の動きの止まってしまったような眺めに向かって、声がけでもしているかのようだ。

「どこへ歩いていけばいいのですか。でも、よく見て下さい。おかしいですよね、これは」彼女は持っていき場のない思いを目の前に立っているものへぶつけるようにして、言葉を続けていく。「こんなことになって。何でこんなものにぶつかるのかって。あなたのせいですか」そう言った後、彼女は笑う。「そうですよね、だれのせいでもない。それなら、どうしてこんなことに」

　風もなく、すぐこのあたりは静かで、草の葉が動くということもない。加地は一歩前に踏み出し、さらによく眺めてみる。ラッパ型になった部分が肥大したように開かれている。その根もとの管が腸のように湾曲しているので、横から見ると、頭でっかちのクエスチョン・マークとも言えた。台座の部分は木製だが、ラッパ型のチューブの方はたぶん真鍮製だろう。その大きく花開いた部分はかなりひしゃげて、いくつか凹みもできている。もしかしてここに投げ出された後にも、通りがかりの人間に痛めつけられてもいたのかもしれない。やはりそんなこともあったりしながら、草叢に埋もれるように捨てられていたのだろう。

「どこかおとぼけですね、この形」御園が言葉を続ける。「こんなものを見つけて。こんなものと出遭って。危機を脱出したのですか、わたしは。これはまた、どういうことでしょう」相手はじっと立ち尽くしている姿勢を崩していない。

「質流れ品にもありそうじゃないですか」加地が言う。

　時が動き出したように、いきなり御園が彼の方を振り向く。「ひと昔、前のものですね。レトロのスピーカーですよ。前にも似たものなら扱ったことがありますよ。わたしに引き取れとでも。あんな忌まわしい塊が投げ込まれた後に、またまたこんなものまでも」

加地は冷静に見た通りを口にする。「あちこち歪み切っていますからね、響きにもそうしたものが反映していきますね。ジャンク品ですよね、言われるところでは」

御園はその場に座り込む。目の高さとそう変わらなくなったスピーカーと向かい合い、間近から見つめる。「どこかふてぶてしい。やはり気味が悪いですね」そう言いながら、おもむろに手を伸ばしていき、そのひしゃげたラッパ部分を撫でていく。「どういうのです、いったい。天から降ってきたのか、地から湧き出てきたのか」

加地は先へ歩き出したいと考えるが、はっきりと告げるように言う。「もう役には立たない。どうにもなりませんよ」

御園は座り込んだまま動かない。「こんなに呑気で、浮世離れした格好で突っ立っていますが、何を聴かそうというのか。もう役にも立たないというのに。でも、まだ姿形だけは一人前ですよ。大きなラッパ口を開いて、何かを吹き込もうとしている」それから、さらに言い放つ。「おわかりですよね、耳をじっと覗き込んでいます、いえ、そこからわたしの耳をじっと探っていますよ。この耳は失調中だな、と。まるで聴診器のように、この大きなラッパの穴から」そう言った後、わざわざラッパ口を叩いてみせる。

「もう使えませんよ。どうにもならない」加地の脚は先へ進みたがっているが、言葉を繰り返す。どういうつもりなのかと相手の考えを訝しく感じ、また何かが破裂してきそうな予感も生まれてくる。

御園はむしろ前より冷静な口調で、しかしその分、より確信的に語り始める。「わかっていますよ、わたしは何をやらかすかわからない、と。自分でもそれがわからない、気味が悪い、そうであるに違いない、と。そう見えているはず。そうしてまた、何ものかによって、だれかによって脅され、攻めてこられます、こうしてね。しかも、自分がじつのところ何をしたのかわからない。まるでだれかに何かをした、それでだれかに何かをされた、と。わたしにはそれが聴き取れていない、わからない。それでまた、こんな馬鹿みたいな大きなラッパ口で向こうからは響きの塊を吹きかけてくる。襲いかかってくる、気味が悪い、次から次へと、飽くこともなく」相手は一瞬、笑いを浮かべるが、それは次にさらに言葉を続けるためのようだ。静かに、きっぱりと言い切る。「いったい何が起こっていたのです。あれらのことはたまたまだったのですか、たまたまだったら逃れられるのですか、あれやこれや、責任やら、要求やら、当事者性やら。わたしはもう、人の顔を見るのも嫌になりましたよ。ほら、逃げ出したくなった、あなたのように。こんなところでも、あなたと似ている。こんなふうになっちゃいけない。だって、わたしと似ているから、と。あなたは世の中を受け入れがたくなっている、自分が潰されてしまっている」

彼女はどうしても、そのものを気味の悪い塊と決めつけたいようだ。それともまた、加地を焚きつけるためにでもそんなふうに言い募ってきているのか。

彼はいまになって、気づいたといったように相手に言う。「そうか、わたしはあなたのサンドバッグなのだな。あなたはあなたを叩く、あなたに似ているわたしを通して。そして一方、わたしを叩いて、あなたは力を蓄えていく」

御園は草の上に置かれたものの前で動かない。「これをどうにかしないといけない、このふてぶてしいものを。こんなものあるべきじゃない、そして、これこそあるべきもの。気味が悪い。それはわたしのこと？　これのこと？」

加地は相手に向かって言う。「気味の悪いものじゃない、このものはね。あなたに寄り添おうとしているのかもしれない、慕わしい愛玩物のように。もしかして、何かを知らせてくれるかも、教えてくれるかもしれない」

御園は加地にはっきりと言葉を返す。「それなら、あなたが持っていって下さいよ。あなたの持っていたもの、あの流木が奪われてしまったのだから、そうですよ、これはあなたの流木が化けたものじゃないですか。あなたの奪われたもの、そして、わたしの店の大ガラスを破って投げ込まれてきたもの、その代わりのものじゃないですか。あのことを、それにわたしを思い出し、記憶に刻んでおくためにも、あなたが持っていて下さい。あなたの家の居間に、それでなければ医院の待合室でもいい、飾っておいて下さいよ。皆さん方の目にも触れた方がいい、人々の思い出に、人類の記憶にもなりますよ。そして、あなたとわたしもつながります。そこからは、わたしの悲鳴がいつでもこのラッパ口からは聴こえていると思って下さいよ」口もとには笑いも浮かんでいるが、御園の言葉の勢いは止まらない。「これはね、〈あいつ〉が捨てていったようなものじゃないですか。わたしたちは立ち向かわなければならない。〈あいつ〉のやらかしそうなことじゃないですか。自分は涼しい顔をして、どこかからこの眺めを覗いている。さあ、これを持っていって下さい。これを嚙んで下さい、これを嚙んでみて下さいよ」

加地は座り続ける相手の周りを巡るように歩き始め、なだめるかのように言葉をかける。「何でも見えるもの、思いつくものを安易に結びつけてはいけない。そんなことをすればそれこそ〈あいつ〉の思う壺ですよ」それから、彼は少し考え、歩き巡っていた歩を止め、ふと足もとを眺めやる。「ああ、こんなものが見つかった」そう言いながら、腰を折り、草の間に転がっていたものを両手で掴み上げ、自らの身体の横に立てていく。

加地は手に持ち、支えたものをつくづく眺めやる。しかし、そのもののありようは一目瞭然だ。「これは何だ。見ての通りのものだ」そう言いながら、彼は手に掴んだものをゆっくりと地面の上で回していく。

その高さは彼の身長をいくらか上回るかといったところだ。そうは言ってもなかはすかすかで、むしろ何もなく、大きな穴が並んでいるようなもので、大して重さはない。梯子は木製で、かなり古びてもいて、いくらか部分的にでも力を入れ、引き剝がそうとすれば、脆くもその角のあたりから木片と化したものがぼろぼろと崩れ落ちてしまいそうなほどだ。

「たぶん、もう不用になって、捨てられてでもいたのだろうな」加地はそう言って、それを見上げたり、見下ろしたりしながら、手でそのものを試すように軽く叩いたりしてみせる。

御園は丈高い草のなかからいきなりそんなものが出現してきたことも含め、いくらか呆然としたように目の先の眺めを見つめている。

「だけど、これは不思議なものだよなあ」加地は立ち上げた梯子を見つめながら言葉を続けていく。「こんなところにぽつんと転がっていたのもさることながら、こんなに図体がでかいというのにこれだけでは何の役にも立たない、まるで存在すらできていない。こいつはどこかに、何かに掛かることなしにはどうにもならない。自分で立っていることすらできない、何かに引っ掛かることなしには」

彼は立ち上げた梯子を下から昇っていこうとするが、二段目、三段目あたりで安定を失い、梯子ごと倒れ、崩れるようにして、草の上に着地する。「いったい、何に立て掛ければいいんだ」それから、問いかけを発する。

そこに見えているそうした動きを見つめながら、御園の顔には警戒の表情が広がっていく。やがては、そのなかから険しさを帯びたものも浮かんでくる。

彼は宙に立て掛けた梯子を昇っていこうとして、またしてもそれもろともに地上に落ち、こんどは草の上に転がり込む。「おっと」そうつぶやいた後、さらに起き上がり、梯子を宙に立て、そこを昇っていこうとして、再び、地上に転がり込む。「おっと」

御園は加地に向かって、言葉を放つ。「あなたはわたしを貶めようとしている、嘲笑っている。人の気持ちを殺いでいこうとしている」

加地は変わることなく自分の行動を続けていく。「梯子を掛ける先がない。どうやらそのようだ」それから次には、梯子の端を両手でしっかり握ると、それを周囲へ向かって振り回す。あたかも草刈り鎌でも振るうように草叢のなかへそれを突っ込み、左右へ振っていく。太い梯子でこすられた草はその動きとともにいっせいに倒れ、なびいていき、大きな、耳障りな擦過音を立てていく。まるで強暴な獣にでも襲われ、荒らされていくように。揺らぎ、なびいていく草からは騒がしい、ぞくぞくと不安にさせるような音が飛び出し、聴こえ続けていく。草の波は強風に煽られるように乱れ、なびいていく。

御園がその場から声を上げる。「やるだけやれば。それで気が済むのなら」

加地は両手で握っていた梯子をこんどは宙高くへ持ち上げると、それから力を抜くようにして、それを草地の上へ落下させていく。言葉を発する。「どこにも掛からない。これだけではどうしようもない、こいつはね」それから、さらにそのものを掴み上げて、草の向こうへ放り投げる。すると、古びて、脆くなったそのものから横木が一本、外れ、草の上を跳ねていく。「あっ、壊れた」思わず、つぶやきが漏れる。

御園は目を瞠るようにして、言葉を発する。「ああ、わたしを引きずり倒そうとしています。ばらばらに破壊しようとしている」

加地は草の上に転がっている梯子のそばまで寄っていくと、その場に腰を下ろし、さらにはそれに寄り添うように寝転がる。人の横に並んでいるかのように。まるで友か、何かのようにして。あるいはまた、侍(はべ)っているのか、侍らせているのか。腕を伸ばし、手を差し出し、その古く、老いた縦木を撫でさすっていく。それから、声を発する。「こいつは気味が悪いのか。気味が悪い」

御園は目を離すことなく、声を上げる。「脅してくる、襲ってくる、いつもそうなのです。風のなかにだって、その声が混じっている」

加地はその場からそのものを抱えるようにして、立ち上がると、それへ手を回すようにして、ともに歩き始める。それから、その場に立ち止まると、そのものとともに回り始める。古びて、褪色はしているが、がっしりとした構造を保っているその塊はあたかも案山子にも見えてくる。くるくるとばかり、それとともに行きつ、戻りつ、回っていくところは拙い演し物でも見せているかのようだ。再び、その場にゆっくりと立ち止まると、こんどはそのものを突き放す。重心を失い、安定を欠いたものはひどく他愛もなく、その場所にばったりと倒れ込む。

立ち止まった加地は御園に向かって笑いを浮かべ、いきなりはっきり語りかけ、告げるかのようだ。「どうしようもないのです、これだけではね。立ってもいられない、存在してもいられない。さあ、どうすればいい。これを翻れ、翻ればいい。これを翻って下さい」

草の上に座り込んだ御園は強く目を細め、ただじっとひたすら加地の方を見つめている。その目からはあらゆる力が漲っているのか、また同時に、そっくり抑え込まれてもいるのか。

□

すると、御園の視線の放たれている先の向こう、加地の後方から草叢の高い雑草の揺すられる音が聴こえてくる。それから、人の笑い声が伝わってきて、草の間を縫って、確かに人影の歩き近づいてくる眺めが見える。

加地と御園が振り向き、いくらか思いがけないようにその方へ視線を注ぐと、ふたりの近くに立ち止まったその人物は、竜村はおもむろに話し始める。ふたりの方を交互に見て、その口調は鷹揚で、平然とした感じもある。

「それで、いったいどうなるんです。いままでの話は聴こえていましたけれどね。興味深い、少し物騒だが。嚙むのか、齧るのか。いったい、どうするのです」相手は笑いを浮かべながら、問いかける。

「そこにいたのですか。これまでのことを聴いていたのですか」加地は竜村に尋ねる。

「じっくりと考えてみたかったのですよ。わが身の至らなさも含めてですね」相手は答える。

いくらかの期待も抱きつつ、加地は尋ねる。「それから以後、何かわかりましたか」

「わかりましたよ」すると、端的に、簡潔に相手は答える。しかし、次に言葉は続いていかない。むしろ竜村の方がじっと黙ったまま、加地の方を射るように見返してくるようだ。それから、いくらか打ち解けた口調になって、言葉を続ける。「意外でしたか、わたしはあなたの姿を追っていたのですよ。いまは勤めの方も解雇されて、いろいろと関心の向かうところへも首を突っ込むことができますからね」

そのとき、それまで沈黙を守っていた御園が不意に、口を開く。「違います、わたしを追いかけていたのです。きっとそうなのです。そういうことをする人なのです」

竜村は言われて、すぐに御園の方を振り向くが、そこにはいくらか驚きのようなものも浮かび上がっている。平静な口調のままに言葉を発する。「この人は良く知っていますよ。知っているというか、しばしば見かけたことがある」まるで加地に向かって、説明しているかのように言う。

御園は平生の口調に戻っているが、竜村の姿を注視しながらで感情を抑え込んでいるように見える。「すると、腕を骨折されたのですか。それでは、もう通えませんね、あそこにも。もしかして、あの件で車に襲われていたというのはあなたですか。それで、怪我を負って」

竜村はいまや何のこだわりもなく、彼女の方を眺めているようだ。けれども、それから彼は加地に向かって語るかに見える。「あれから、近辺の店舗のガラスが割られたということは聴いていたのですよ、あの人から。それで、気になったので、次の日、現場へ確かめに行ってみたのです。すると、驚きましたね、その場に彼女が立っていたのには。この人の営っている店だったのですね」

加地もまた、思いがけなさに打たれる。いま、言われた通りだとしたら、どうやら椎名は例の車による店舗のガラス破損の件についても竜村に伝えていたようだ。けれどもまた、竜村と御園との間の何かしらのつながりについては知らなかったようだ。もし、そのことに関してまで知っていたら加地にそれを伝えていないはずはないからだ。彼は曖昧で、宙吊りになったような心地で、この場のふたりの方を眺めやる。

「いったいどういうわけなんでしょうね」あたかも加地の思いまで先取りしたかのように竜村が言葉を発する。

「それでは、だけど、もう泳げませんよね。あそこへ行くこともできない」御園が竜村に向かって、冷静に指摘するように言う。

「あそこというのは例のプールですか、大きな天窓のあるっていう」加地が彼女に尋ねる。

御園は座り込んでいた草の上からおもむろに立ち上がり、そして、とくに当てもないかのように、けれども、その身を少しずつでも動かしていないではいられないといったように歩き始めている。その動きとともに思いを吐き出し、あるいはまとめてもいこうとしているかのようだ。

「わたしはね、水のなかというのが好きなのです。さっきも話していたようにね。あのなかに身を浸けて、浮いたり、漂ったり、また泳いだりといったことが。あの身が解き放たれていくような感覚がね。そして、身体がぴったりと包まれているという安心感、外界の音も気にならなくなりますしね」彼女は話し続けていくが、ほとんど草叢の方を見つめ、ときに加地へだけ視線を向けていくといったようだ。「それでね、わたしの通っているプールへこの人もやってきていたのですね。初めて気がついたときからもう、少しその雰囲気が変わっていた。ええ、そんなふうに気にかかったときが、初めてのことになったのかもしれないけれど。この人の周りにはいわく言いがたい空気が生まれていたのです。その中心には目があって、その視線があった。でも、それだけではなく、こちらを見ていないときにもその身体の全体から、その周りの空気にまで広がって、こちらへ向かってきているものが感じられる、そうしたような寄せてくる波長といったものですかね」そんなふうに語っている間、彼女はわずかも竜村の方は見ていない。

さらに淡々とした口調で、御園は話を続けていく。「もちろん、わたしはこの人について何も知ってはいません、前に会った記憶もない。またこの人の方もわたしを知っているという感じで眺めているわけではない、あるいは何かの事実を探ろうとしているといったような、たとえば探偵みたいな、そんな感じでもまったくない。けれどもまた、何かの感情に引きずられて、つい視線を向けてしまうとか、身体が動いてしまうとか、そういった印象も見受けられない。惹かれているとか、憎んでいるとか、見守っているとか、邪魔に感じているとか――そういうものは見られない。こんなことって、めったにありません。いえ、これまでの初めての、もっとも強い、はっきりとした体験と言ってもいい。何故、そんなことを行なっているのか。でも、意識をしたり、されたり、そういうものだけでもない。漂っている霧のような、あるいは無機的な機械のような、でも、それとも違う。捉えがたい、見通しがたい――そう、そんなようなものかもしれない」

竜村は少しずつ草叢のなかを移っていきつつ話し続けている彼女のさまをじっと見つめ、窺いながらも沈黙を守り続けている。

御園はふと笑い声を立て、さらに語り続ける。「それに、あそこって、いったいどんな場所なの。そうですよ、皆が裸になって、平気で歩き回っている。裸って言っても、もちろん、水着はつけていますけど、身体の線や、ボリュームは丸出しになって。それで、老若男女、何でもござい。その裸体の森のなかで、水辺を回りながら、この人は目を向け、視線をさまよわせている。あの見たり、眺めたりするにはうってつけの場所で。でも、そのなかで、ひとり、わたしだけにそれを注ぎ、集めていって――そのことははっきりとわかっている。それに注いでくる視線だけではない、見ていないときもなお見ている、その全身から、いえ、すでにその身体からもやもやとしたものがもう広がっていて、それが緩やかに漂っていき、伸びていく。あの天窓を通して外からの日差しが入り込んできていて、プールの水面に眩しく跳ね続けていて、その捉えがたい光の反射とともに巡っていく」彼女は竜村の方へだけは視線を向けることなく、言葉を続けていく。「しかもまた、それは水のなかへ入っても続いていく。あの水の透明で、音の響かない、身体に密着した、自在な隔たりの塊を通しても。泳いでいくわたしの身に接近してきたり、追ってきたり、その進行を阻んできたりと。でも、それは決してあからさまではない。いったいそんなふうに見えたとしたら、もう消えている。それでそんなふうに去っていったとしたら、また現れている」

竜村もまた、御園の方を見てはいない。立ち尽くしたその場から、決めつけるように言葉を差し挟む。「なあに、これは単純な欲求不満と、恐怖心ですよ」あたかも軽くいなすように言う。

御園は前に見えている草叢の一点を見つめたまま、微動もせずに言う。「それでまた、こんなふうに言い切ってしまおうとする。それだって、ある種、罠のようなものですよ。少しもそんなつもりもないのに言ってみる。用心のためなのか、挑発のためなのか」

竜村はそれに対し、ゆっくりと静かに語り出していく。「確かにね、あそこでは皆、裸になる。裸になって、何が現れるのか。たくましい筋肉だったり、柔らかで、豊満な脂肪だったり、がっしりとした骨格だったり、すらりと伸びた四肢だったり、いまにも弾けるかという太鼓腹だったり。衣服が剝ぎ取られ、そこに現れてきた肢体に何が見えてくるのか。彼女のあらわになった背中に見えていたものは赤い大きな痣だった。モミジの葉をもっと大きくした斑紋がその真ん中に張りついていた。それがそこにあった。どうしてそんなことを行なっているのか、と彼女は言う。わたしが彼女を眺めていたり、その後を追っていたりと。彼女はそれがわからない、と言う。霧のようなものが漂っていたのだと言う。あるいは無機的な機械のような視線が差していた、と。そこのどこか真ん中には目があったと、わたしの視線が差し入ってきていた、と」

竜村は平然と言葉を続けていく。「彼女は本当にわかっていないのか、知らないのか」それから、笑い声を立てる。「それなら、あの背中に張りついた大きな赤い痣については忘れていたのか。確かにそれは有無を言わせず、そこに張りついている、彼女とともに、彼女自身でありつつも。だけど、それはいつもは隠されているのだ、衣服のなかに。けれども、あそこでは違う、だれもが裸になり、大っぴらにそれが広げられ、だれの目にも触れられている。そんな場所のなかにいることを彼女が自分で知らないわけがない。けれども、確かにそのものは彼女の背中に張りついている、そう、まさに背中にね。だから、彼女は自分の目でそれを見て、確かめることはできないのだ。何という皮肉、不当さ、そして理不尽。そして、わたしはそれに打たれた。代わりに、いや、自分自身の欲求としても、それを見つめていたいと感じた。それで、わたしの身から靄が漂い出したのか、無機的な視線が発散され出したのか——よくは知らないが、だけど、彼女の言うところでは」

御園はすでに、むしろやわらいだ口調になっている。「まあ、そういうことでしょう。あの場所で、服を脱いだとき、一番、際立って見えてくるものはあそこの痣ですからね、赤く広がったもの、裸より裸のもの、ある意味、わたしにとってはね。ついにそれを言い出してきましたか」

竜村は少しも構わずに言葉を続けていく。「そりゃあ、そうですよ。ぶよぶよの脂肪もあれば、鋼のような筋肉もある、あそこには——けれど、わたしにとってはその赤い痣だった、背中にあったそれだった。彼女はそれを片時も忘れているはずがない、あの場所では。彼女自身は見ることのできないそのものを。忘れてはいないが、見ることはできないのだ。その場にさらされているが、見つめることはできないのだ。それで、わたしはあそこで靄だか、無機的な瞳だかに化身していた、彼女の言うところでは。だからね、彼女がそれを忘れているはずがない。けれども、知らない振りをしている、気づいていない態度を保ち続けている。でもまた、本当にほんの短い間、すっかり忘れ去ってしまっていたのか、あるいは、ただ放って置いたのか。いや、そんなはずはなく——けれども、そう、そのうちはたとわたしは思いつく。彼女の背中の赤い痣はさらされていたのか、いや、さらしていたのだ、と。彼女は自分でも見えないものをそこで見せていたのだ。そう、自分でも見えないものを覗かれるようにして見せていたのだ、と」

御園は真っ直ぐ草叢の方を見据えたまま言葉を発する。「ずいぶんおぞましい方へ話は進んでいきました。自分の言っていることがわかっているのでしょうか」

竜村はそのまま言葉を続けていく。「いったい、それはどういうことだったのか。まるでそうしたものをさらして、掲げて、だれかがそれに目を留めてくれることを、覗いてくれることを、追いかけてくれることを密かに待っていた、望んでいたようではないですか。あたかも糸を垂らして、かかってくる魚でも待っていたかのように。それなら、わたしはまんまとそれに乗せられたのか、釣られたのか」

加地のなかではこれまで交わされていたふたりの言葉から、少しずついくらかの疑いが兆していた。言葉を差し挟むようにして問いかける。「だけど、あなた方はこれまでプールでひと言も言葉を交わしたことはなかった」

すると、竜村がそれに対して答える。「あえて彼女は言葉をどこかへ捨て去った。その方が自分の感じて、思う世界により深く迫れるからと、たぶんね」

御園もそれに対して答える。「この人は人の動きと、気持ちをじっと観察していたかった。だから、言葉で接近することを拒んだ、自分の見ているものが壊されることを怖れて、きっとね」

加地はふたりに向かって、言葉を発する。「何なのだ、あなた方は。いったい、どういうコンビなんだ。そうだ、だけど、そうした様相も明らかに変わった。次に進んだ。すると、ひょっとして結びつけた、〈あいつ〉の仕出かしたことがあなた方を」


竜村はそれに対し鷹揚に、むしろ大して取り合うこともなく言葉をつぶやく。「結びつけたというのはひとつの言いようだな。確かに別の流れが生まれた、そうは言えるかもしれない。そうしたあからさまな事態が起こった、これは間違いない」それから、こんどはいくらか乗り出すようにして語り始める。「それでまた、あのときどうしてあの状況を彼女は拒んだり、避けたり、抗議したりしようとしなかったのか。それどころか、密かにそれを探り、望むようだったのか、ほとんど誘うようですらあったのか。怖れから、身が固まり、何も出来ずにいたのか。いや、それどころか、わたしをともに引き入れ、取り込もうとすらしていたのかもしれないのですよ。まさに密かにね、彼女は引かれていた、そのものにね、おぞましくもあるものにね。だって、これまでさんざん自分でも語り続けていたではないですか、ほら、そこに置かれているラッパ型のスピーカーについても。どうしてあんなものにあれだけの執着を示していたのかって。あんなゴミのような廃物に。でも、それは彼女に迫ってさえいた、追いつめられているとすら感じさせられるものだった、聴覚を損ねている彼女にとってはなおさらね。そして、あのおんぼろスピーカーだって、〈あいつ〉の寄越したものとも思っていないとすら限らないのじゃないかって。さっき草叢の向こうから聴こえてきた話からすればね。いや、そこに置かれたものをどこか〈あいつ〉自身としてもね」

加地はふたりに向かって、声をかける。「だけど、いまあなた方はそれぞれどうしたことか腕と、脚に怪我を負っている。〈あいつ〉のせいで、あんな惨事が起こって、そんな結果になった。それで、プールへも通えなくなっている」思わず笑いながら、指摘する。

御園は座り込んだ草の上から、何者かに向かって尋ねるかのようだ。「何故、わたしはそれをさらして、見せたのです。背中に張りついた赤い痣、あれはモミジなんてものではない。まさに手形ですよ、大人の手くらいの、それが張りついている、いつでもそこにね」

竜村はその場に立ったまま、だれかに問いかけるようだ。「それなら、何故、わたしはそんなものを覗いていたのだ、裸の手形を。そこには裸があった、そして裸のなかの裸の痣があった」

御園はさらに言葉を続ける。「まさにあの場所で一方的にぶつかってきた――視線を、空気をぶつけてきた。どうしてそんなことを。〈あいつ〉に近いのはそんなことを仕出かしているこの人の方ではないですか」

加地は彼女に向かって尋ねる。「あなたはかつてだれかの首を見つめ、それにまた手をかけた、まさにそのとき、手をかけられたいと感じていましたか」

御園はそのときのプールを思い出すかのように、草の上に座り込んだまま言う。「そして、わたしは泳ぐ、水のなかを腕を掻き上げ、脚を蹴って――いいではないか。泳いで、泳いで、また泳ぐ。

水のなかに浸かって、何もかも忘れて。わたしの背中を覗いているなんて、何と奇特な。わたしに背中はないのよ、知らない国のことはどこまでも知らない」

竜村はしばらく視線を遠くのサッカー・グラウンドの方へ向けていたが、やがてそれをまた草叢の方へ戻すと、くつろいだ口調で、けれどもはっきりと、あるいはむしろぬけぬけと言い切る。「そんなわたしのように気味の悪い人間がいるのに、何故、彼女はそこへ通い続けていたのか、望んでそうし続けていたのか。それはそこが彼女にとって忌まわしいところだったから、おぞましいところだったから——裸の裸である手形の赤い痣を見せつける場所だったから。彼女はそんな忌まわしさのなかに現実を壊す力を嗅ぎつけていたのさ。首を絞めたくもなる現実を。おぞましさを知れ、と。みんな、それを知れ、と。ほら、〈あいつ〉がしたかもしれないことを彼女はやっていた」

加地は淡々と事実を数え上げ、告げるように語る。「果たして〈あいつ〉はね、そのおぞましいものに取り憑かれていた。車のボディの上に引っ掻き傷を刻むこと、そんな車を奪い取ること、そんな車で人を追いかけ回すこと、そしてまた、そのトランクにあったような忌々しいものを投げつけ、ガラスを大破することに」

竜村もまた何の感情も交えないかのように言葉を続ける。「彼女はそれに取り憑かれていた。スピーカーに取り憑かれるように背中の赤痣に、あるいは背中の赤痣に取り憑かれるようにスピーカーに。そして、何より〈あいつ〉のように取り憑かれていた」

御園は平静な口調で語るが、だれの方も見ていない。「この人だって、同じように取り憑かれていたのです、その赤痣に。ひとつ違うのはその赤痣がわたしには見えていないと知っていて、なおさら取り憑かれていたということ、きっとね。他にもそうしたものはあるのでしょうけど、それこそわたしの知りうることではない」

竜村は声もなく、笑いを浮かべてみせる。それから、あえて彼女に纏わることについて、言ってのける。「そもそもどうして彼女は聴覚を傷めたのか。そこにはストレスが大きく与っていなかったはずはない。つまりは現実への不満やら、落胆やら、怒りやらが」

御園は竜村の言葉に抗議するかのように、わざとらしく声を上げる。「それに取り憑かれていたのはだれ、わたしは取り憑かれていたの——いったい何ということ」

竜村は他人事のように言い切る。「そうやって、せいぜい知らん振りでもしているところを披露していればいい」

御園は周りに向かって、淡々と訴える。「〈あいつ〉はいつ現れるの。〈あいつ〉をどうにかしなくては」

竜村は草の上で同じ姿勢を取ったまま、自身のことについて語り始める。「実際ね、自分がどうしてあの首切りに遭ったのか、どうして自分だったのか、そんなことまで思いを馳せてみようともしてね、それでいろいろ今日も今回の件に関して、その次第や、成り行きを追い回しているらしい。もちろん、どちらも別件ですよ、別件だけど、わたしという存在そのものの抱えている何かが人知れず滲み出してしまっているのではないか、とね」

ときどき遠い先のグラウンドの方から、掛け声めいた響きがぼんやりと聴こえてくるようだった。それぞれは草の上でじっとしていた。それから竜村がその場をいくらか歩き回り始め、また足を止めると、口を開く。

「ところで〈あいつ〉はわたしたちのつながりを見抜いて、あんなことをやらかしたのか。いや、そうじゃない。〈あいつ〉の仕出かした変化についてはわたしたちがそれをひとつの結果として見出したのだ。わたしたちが何もせず、目を瞑っていたり、ただ驚嘆していたりするだけならそれまでだ。これはね、〈あいつ〉がやらかしただけのものじゃない。われわれがとにもかくにもひとつの流れを、塊になりかけているものを見つけ出したのさ」

御園は少しも高ぶることもなく言う。「すばらしいですよね、そして見つけたり、覗いたりすることはすっかりお手のもの。ご立派」

竜村は取り合うこともなく、言葉を続ける。「そんないまの彼女の嘲笑を含めても、それらは新しく生まれてきたものだ。こうした出来事や、出遭いは〈あいつ〉の思う壺だったのか。いや、そうじゃない」

加地は自分なりに言葉を整理してみせる。「〈あいつ〉があなたたちにプールを禁じ、遠ざけるために怪我を負わせたのか。いや、違う。それはあなた方が〈あいつ〉に追って迫られ、勝手に転倒して、作った傷だった」

竜村は草の上にじっと立ち尽くしたまま、またもや笑いを浮かべる。それから、加地に向かって言う。「そう言えば、この間、あなたは言っていたな、われわれは二階に上げられたまま、梯子を外された世界の住人だ、と。まあ、二階に上げられていった後、梯子を外されたというのはわかる、そうだとしよう。だけどだな、そもそもその前に二階の上から下にいる者を引っ張り上げようとしていた人間もいなければおかしいではないか。梯子を用意していた者もいるわけですよね。まあ、意識してのことか、無自覚のままかはいろいろあるだろうけど。つまりだな、すでに二階に上げられた者はこんどは図ってか、図らずしてか、下にいる者を引き上げるようなことを言ったり、行なったりしている、言わざるをえないし、行なわざるをえない、と。実際、これはもう定めなのだ、避けることのできない役回りなのだ。「そうか、そこは、するとその二階とやらをせざるをえない」竜村はさらに気づいて、吹き出すように笑う。「そうか、自分を支えるためにもそうせざるをえない」竜村はさらに気づいて、吹き出すように笑う。「そうか、そこは、するとその二階とやらというのは昇るための梯子はあっても、降るための梯子はないっていうわけか。もし降るとすれば、それはすなわち、人生のジ・エンド。それでわれわれは玉突き台の上の玉のようにいろいろと別の玉にぶつかったり、壁にぶつかったりしながら、その梯子の外された二階の上で終生、過ごしていく。いったいそこでは何が起こっているのだ。トンチンカンなことをやらかし、トンチンカンなことを言わざるをえない。茶番と知りながら、茶番に精を出さざるをえない」突然、竜村は叫ぶ。「北緯三十二度、東経百二十八度。これは紛れもない地球上のひとつの番地だ。地球の上のどんな地点でも唯一無二の所番地が与えられている。数値の上ではこの上なくきれいに整序されている。それなのに、われわれの眺めているものはわけのわからない、理不尽なチンプンカンの世界っていうわけか」

竜村は周囲を見回し、さらに言葉を続ける。「それなのに、そんなチンプンカンな世界のなかでもどこかで必ず、許されない者というやつも出現してくる。いったい、だれのことだ。まさに〈あいつ〉のようにさ。どうして許されないんだ。もしかしたら当人がそれがどうしてかわかっていない、当人自身も自分のしたことをわかっていない、それでいてまた、そんなことを仕出かした。そいつがチンプンカンな霧のなかに紛れ込んでいる」竜村は笑いだす。「はっはっ、チンプンカンの霧のなかをトンチンカンなわたしがアンポンタンの〈あいつ〉を探し出そうとしているっていうことか。いったい、どうなっているんだ」

御園は前に広がる草叢の方を見つめている。竜村の語っていたことなど聴いていなかったかのようだ。草へ向けられているその視線はじっと力の籠っているようにも、ただぼんやりとそこへ放たれているだけとも見える。

それから、彼女は手で自分の着ている衣服を振り払うような素振りをする。まるで埃でも叩き、振り落とすかのような仕種を、服に纏わりついてでもいる何かを振り払うような動作を。肩や、胸や、互いに他方の手を使ってその二の腕などを。一度、二度と繰り返され、それらが度重なり、いつそれが止むともわからない。顔には取り立て何らかの表情が浮かんでいることもなく、その視線は衣服をはたいていき、振り払おうとする自身の動作をほぼそのまま追っていくかのようだ。口はまったく閉ざされたまま、ただひたすらなそんな素振りがしつこいまでに繰り返されている。

言葉を語り終え、草の上に座り込んだ後、静まり返った空気のなかをやがて竜村は御園の方を見つめ始め、それから、いつしかそれに染まり出していくかのように彼女の行なっている仕種に自分の素振りを重ねていき、その身体を動かしていく。腕を出し、手で自らの服から埃や、塵でも叩き落とすように、何ものかを振り払っていく。初めはゆるゆるとした動きで、それからは次第に細かく、執拗にそんな素振りを続けていく。口は結んだまま、その視線は自身の手の先の動きを追い続けているかのようだ。

御園の手の動作はすでに服の上から、自身の顔の方へ移っていっているかのようだ。顔の素肌の上をときに急くようにも擦りさすっていくが、それは一種、ローションか何かを塗り込んでいくというのとは逆に、むしろそれを拭い取り、振り落としていくという仕種に見える。

次にはまた、その手を頭の方へ持っていき、髪のなかへ指を突っ込み、しかもそれを梳いて、くしけずっていくというより、その身や、髪にこびりつく何ものかを思い切って擦り落とし、振り払っていくかのように見える。その身振りのひとつ、ひとつは淡々として、無造作にも見えるが、その分、その飽くことのない繰り返しの動作は執拗で、ひたすらだ。

それまでのわが身に向けていた素振りを中断し、動きを止めると、不意に御園は自身の店が襲われたときのことを思い浮かべ、言葉を発する。「あの響き、木端微塵にされるショーウィンドウの恐怖の響き」それから、初めてまともに竜村の方を見つめると、言葉を向ける。「取り憑かれているのはあなたでしょう、取り憑かれているなどと言い出したのも。気味の悪いことをして、気味の悪いことを言って」

竜村もまたそれまで続けていた素振りを中断するように止めると、唐突に自らが脅かされたときのことを思い出し、口にする。「ただひたすら迫ってくる、スピードをいや増し、エンジンの爆音を響かせて。有無を言わせず、後ろから暴走し、襲ってくる鋼鉄の塊」それから、その場に座り込むと、御園の方を向いて、言葉を発する。「気味の悪いことをして、気味の悪いことを言って。まったくその通りだ、そっくりお返ししますよ」

御園はいくらかぼんやりと口を開いて、自らの気持ちを語っていくようだ。「じつは何も感じていない、日々の生活のなかでは。普通に何かをしている限り、そこからは何も触れてこない、何も感じられない。その場に広がっている空気に対して身を添って寄せているだけ。笑うときも、怒るときも、もちろん、喋るときも。そしてあたかもね、空気が破られ、何かに触れてくるのはおぞましさに出遭ったそのときだ、と」

竜村は同じようにその場にじっとしたまま、座り込んでいる。その代わりに言葉を発する。「わたしはね、あなたからおぞましいという視線を投げかけられると、はっはっ、自分が本当にそんなものになったようで、どこか満たされたような気持ちにもなってくる。それでまたそんなとき、自分が死火山なのか、活火山なのかとわからなくなる。そんなおぞましさに満たされているとき自分は死んでいるのか、それとも活発に生きようとし始めているときなのか、とね。あるいは、こう言ってもいい。おぞましさの先にあるものは、その気味悪さの先にあるものは死んだ大地なのか、何かわけのわからないものの盛んに蠢き、生まれ出ようとしている土地なのか、と。そして、一枚はぐれば、そのものが見えてくる」

やがて、むっくりと座り込んでいた草の上から立ち上がると、竜村はラッパ型のスピーカーの周りを巡り歩き始める。その緩やかに大きなカーブを描いた、頭でっかちのはてなマークをしたものをじっと見つめたまま二周も、三周も巡り続けていく。「それで、このスピーカーの運命はどうなるんだ」それから、だれにともなく語りかける。次いで、やおら再び、草の上に座り込むが、そこはそれまで腰を下ろしていたその場所だ。

御園もまた、目の前に置かれたスピーカーを真っ直ぐ見つめている。それから、言う。「見て下さい。天から降ってきたのか、地から湧き出てきたのか。もうすっかり用済みになっているのに、こんなに堂々と突っ立っている」

竜村は放り出すように、あるいは挑発するように言う。「それなら、次の使命を受けているのさ。いったい、だれに——いや、そんなことはない」

御園は目の前のスピーカーを見つめたまま、言葉を返す。「それをまた、あなたが見つけ出そうっていうつもり？　あるいは、打ち消そうっていうつもり？」さらに冷静だが、執拗な声で続けていく。「忌々しい、気味が悪い、ひしゃげ切っている。ああ、歪んでいる、おぞましい。それでいて、わたしの耳を襲ってくる。音を鳴らせばその響きだって歪んでくる、わたしの耳のように壊れている、何でこんなに崩れて安閑として、そこに立っているのか。その不敵さはどこから」

竜村はさらに同じ言葉を、自分に向かって繰り返すように言う。「——いや、そんなことはない」さらにまた、続ける。「風は吹き、雨は降り、ものは古びる。いったい、それのどこに文句をつけようっていうんだ」

御園は放り投げるように言う。「ありがたや、ありがたや」

しばらくの間、竜村は目の前のスピーカーをまじまじと見つめ続けている。それから、またしても手を伸ばし、そこのひしゃげたラッパ部分に触れていき、その元のチューブ状の緩やかなカーブに沿って、指を這わせていく。さらにまた、その手を離すと、そのものをまじまじと見つめる。それから、笑いを浮かべ、平静な声で語り始める。

「こいつがね、いつかあるとき、わたしの家のナイト・テーブルの上に載っている。そういうことになるんだ。わたしは真夜中にこのラッパ・スピーカーの口を——いや、頭をと言うべきか——それを叩く。すると、あなたは眠っていたあなたの家のベッドのなかで、ふと目覚める。そして、闇のなかで目が開き、いわれのない、そして底知れない恐怖に捉われる。聴こえもしない音が、ただ波動だけを伝えたのか。あるいは、そのときあなたの見ていた夢が大きく歪んで、ひずんで、あなたは土砂となって、崖から崩れ落ちる。さあ、何が始まり、何が起こるのか。あるいはまた——そうだ、その場はいきなりプールになっていて、あなたはその闇に包まれた、感触しか存在しない、見えない水のなかをどこまでも解き放たれたように泳ぎ続けていく」

御園は言葉を発するが、そこからは憤りや、苛立ちや、驚きや、望みや、あるいは依存や、慰撫や、忘却といった感情や、思いまでが一緒くたになって混じり合い、その結果として、無彩色と化した、単調な声が聴こえてくる。「それをわたしから奪っていこうというつもり?」さらに言葉を続ける。笑いが浮かんできている。「どこまでも気味の悪いことをしようとしている。そのものがあなたのナイト・テーブルに置かれて、わたしが何もしないと思いますか。そのラッパ口から霧のようになって、漂い出て、あなたのなかへ溶け込んでいくでしょう、入り込んでいきますよ」

竜村は揺るぎのない声で言う。「わたしにできることとはナイト・テーブルの上のこのものを叩くことだ。すると、あなたの家のベッドに横になっているあなたが動き出す、考え出す。はっはっ」

御園ははっきりとした口調で言う。「わたしはもうすっかり、そのラッパ口から漂い出し、あなたのなかへ入り出してしまっている。あなたが奪い取ったものをそこへ置くなら」

竜村は穏やかな口振りで、相手に解き聴かすように語りかける。「人はね、身近なものをついつなげてしまう。つまりは周りで起こっている出来事、現象、そして周りに広がっている話、情報、知識、そういった身近なものを。もっと言うなら、そんな身近なものだけしか存在しないというのが人間だ。心当たりがあるでしょう。その身近なものだけが世界と思い込んでしまう。身近なものだけしか相手にしていない。後は闇のなか、まるで知ることのできない闇、すっかりと向こうの世界」

御園はその言葉に応じるかのように言う。「それで、ときどき手が出てくる、脚が出てくる、闇のなかからね、知らない世界から。それで、びっくり腰を抜かす」それから、しばらく考えて、続ける。「でもね、それだけじゃない、それだけでは済まない――ひどい恐怖に捉われる、ときにこちらの方は。そして場合によると、わが身が破壊される、叩き潰される、それらにね」さらにそれから、相手に尋ねる。「けれども、それをまた、逆から言えばどう」

竜村は平静にそれに応じる。「自分が仕出かす方になる、こんどはね。それで、知らないうちに叩き潰している、闇のなかで。いったい、何を。実際、そこは闇のなかだ、何も見えずに——そして、それが虫けらだと思ったら、どっこい、それは人間だった」

御園は相手に向かって、言い渡すかのようだ。「そう、それは十分、起こりうることよ。そのナイト・テーブルの上に置かれたものにわたしの漂い出ていく穴がある。あなたに不運が起こったとしたら、わたしが呪いをかけていたからだと思うこと」

竜村はその言葉にも淡々と応じる。「わたしはね、ナイト・テーブルの上のそれのラッパを叩くと、ひしゃげた音が立つ。あなたに何か幸運が舞い込んだとしたら、わたしがあなたのことを祈っていたからだ」

そう語るや、もはや笑い出すのも面倒だとばかり彼はすんなりとためらいもなく、草の上から立ち上がる。片方の手は——アームホルダーに吊られていない方のそれは、その場に置かれていたラッパ・スピーカーの根もとのチューブを掴んでいて、それを抱えたまま歩き出している。

御園もそれに続いて、草の上から立ち上がっている。ほどなくして追いつくと、竜村と並ぶように、その持ち去られたラッパ・スピーカーと並ぶように、草の間を分け入るように淡々と進んでいく。互いに口は噤まれたまま、その身に草のこすれていく音の他にはその場から何も聴こえてはこない。

ほとんど風も絶え、細くて、長い草の葉もぱったり動きを止めているかのようだ。ひとり、草の上に腰を下ろし、とどまったまま、加地はじっと身じろぎもしないでいる。これまでの間、途中からは自らの言葉を発することも思い止め、御園と竜村の会話とその姿を見守り続けていたが、いまや次第に遠ざかっていくふたりをその場から見送っている自分に気づく。彼らの向かっている先には遠くサッカーや、野球のグラウンドがあった。ふたりは並んで歩いているとはいえ、その間にはいくらかの間隔もあり、やはり言葉は交わされていないように見えた。加地の方から眺めれば、それらの人影はただひたすらに遠ざかっていくだけともいったようだった。

すると、ほとんどグラウンドの直前まで達して、草叢も尽きるという地点で、御園と竜村は左右に分かれて、歩いていく向きを変えていった。やがて、互いにそれぞれは加地から見て両端の方へと進んでいき、ついにその視界からは見えなくなった。

□

彼がふたりの姿を見送った後、人気のなくなった草叢をぼんやりと見つめていると、後ろからむしろ静かで、穏やかと言ってもいい笑い声が聴こえてくる。次第に近づいてくる声により、その笑いが自分へ向けられたものだと確信したとき、草叢の横の方から人影が、椎名の姿が現れた。

その外見は半ばフォーマルとも、半ばカジュアルとも見え、普段の仕事中の服装とも言えたが、バッグなどは所持しておらず、どこかふらりとやってきたという印象もあった。彼の傍らに立ち止まると、椎名が声をかける。「行ってしまいましたね」

すでに笑いは消えていて、その声音そのものはあっさりとしていたものの、それはただ事実を告げているというより、加地の気持ちをどこか思いやっているようにも聴こえた。「見ていたのですか」加地は尋ねる。

椎名は黙ったまま、その場に腰を下ろすと、周囲の草叢を改めて眺め回しているかのようだ。

「本当にね、雑草の海に隠れて、ぽつんぽつんと何かが落ちていそうですね、ここらは」

彼女はいつからこの場に現れていたのかという疑問が浮かんでくる。そして、何を見ていたのか。また、それをどう思っていたのか。あるいはまた、その思ったことを自身のなかでどう組み立てているのか。「何故、その場にとどまっていたのです」相手に尋ねる。

椎名は周囲の草叢へ目を向けながらも、それに答える。「見ていたかったからですよ。あの場のあの人たちについてもだけど、あなたの姿も含めてね。それで、いろいろ考え始めているうち、出ていくことも忘れてしまったのですよ」そう言った後、彼女は笑う。

加地のなかにはこれまで抑えてきた思いが湧き上がってくる。「わたしの車はあんなふうに奪い取られていったっていうわけか」

椎名はしばらく考え込んでいた後に、口を開く。「でもね、いまのあれは持っていった人間がはっきりしているじゃないですか。それがどう使われるのか、どういう役割を果たすのかはわからないけれど。ただひたすらにナイト・テーブルの上に置かれているひしゃげて、歪んだラッパ・スピーカー、その姿は目に浮かんでこないわけでもないけれど」

加地はさらに、気にかかり続けてきたことを口にする。「もしかしたらね、たとえ犠牲者や、被害者はいなかったにしても、何かが見えた、いま、ここでね」

椎名は一瞬、こちらを振り向き、言葉を発する。「あのふたりがその何かと同じものを持っていたっていうの、その片鱗でも」

加地は繰り出すように言葉を続ける。「もちろん、そのものは現れなかった。だけど、空気を振りまいたのさ。まあ、そうしたものも含めてね、空気のように広がっていた、そうだ、確かにそうしたものはやたらと感染っていくものなのかもしれないな、人の間にね。もちろん、それは別ものだ、だけど、そのものが増えた。時とともに、それに応じて、そうしたものが増えたり、また薄まったりとね」

椎名は真っ直ぐ、草叢の先の方を見つめて言い切る。「わたしは嬉しいのですよ。あなた方の仲立ちができて」

やがて加地はいくらか身を引いて、むしろなごんだような口調になって問いかける。「それなら、あのふたりは特異な人間たちだったのか」

椎名はそれに応える。「そうね、そんなことはない。それでまた、あの人類代表だったとでも」

加地はつぶやく。「〈あいつ〉は何をしたのか。〈あいつ〉のやりたい放題だったのか。いや、違う」

椎名は冷静な口調で言う。「衝撃があれば人は変わるはずですよ。変わるべきね」

加地は自分に向かってつぶやく。「何を見たのか。そのものに近い者を——」

椎名はグラウンドの方へ視線を向けたまま言う。「あそこで発しているかけ声やなんか、遠くからだと怒鳴り声さえ、のどかで、親しみのこもったものに聴こえる」

するとそのうち、加地は気づいたように相手に尋ねる。「何かあったのですか。どうして、ここまでやってきたんです、わざわざ」

椎名はまともに彼の方を振り向くが、そこにはいくらか驚きの表情が浮かんでいる。思い出したかのように言う。「まさにそれなんです。人から聴いたのですよ、今日の昼前に、奪われたあの車が現れた、と。あの海岸にね、そこの岸辺にまで入り込んできていた、と」

もちろん、それは加地にとっても思いがけず、驚くべき事態だった。その場所は流木を見つけて、拾ってきた海岸に他ならなかった。彼はそこに見えている相手の顔をただ真っ直ぐに眺めている。

Ⅷ

ほとんど空気感を持ったものがゆらゆらと、あるいは棚引くようにも、生温く、ときには冷んやりとした感触をともない、漂い流れていくかのようだ。何をしていても、わが身がそんなものに取り巻かれているといった感じがした。それはまるであのふたりの話していたプールに籠り漂っていたという靄にも似たものではなかったか。

いわば気持ちの決着をつけたいと思い、加地は医院を一週間、休診することにした。その間に何かが出現してくるかどうかは少しもわからず、当てにはできなかった。とはいえ、その機にかりに何も起こらなくとも、気持ちはそれなりに何らかの形で変化していくのではないか。その移り変わりに身を任せ、自らのなかの何ものかを見出し、わが身を変えられるものなら変えていきたいとも欲していたのではないか。覚悟を決める必要を覚えた。そうは言っても、思い込みばかりが先行してしまうようでは事態を冷静に捉えられなくなってしまうだろう。

海岸へはバスで向かおうとしたが、停留所でそれを待っている間に気持ちが焦れて、歩き始める。手には家で手近にあった食卓用の椅子を一脚、携えていた。実際には背もたれの格子になった部分へ腕を通し、肩に掛け、運んでいったのだが。とはいえ、歩き出してみればむしろ気持ちも落ち着き整えられ、心の準備もされていくようで、それは思いがけないこととも感じられた。

海岸は波打ち際から海沿いの松林までかなり広い幅を持っていたが、砂浜ではなく、一面は大小取り混ぜられた石ころに覆われていた。家からほど近いこともあって、あの流木を拾ってきてからも、加地は幾度となくその場を訪れたりはしていた。けれども、足もとは石ころばかりなので、横たわることはもとより、座り込むのもままならず、いくらかごつごつとした足場を愉しみながらも、歩き過ぎていくというのがいつものことだった。

ほとんどその岸辺の真ん中あたりへ携えてきた椅子を据えると、その上に座り込んだ。身体は海の方へ向けていたが、もちろん、そこから何かが現れてくる当てはなかったし、期待もしていなかった。何かの漂流物が流れ着くことはあったとしても、確かな意味あるものが届けられるとは思えなかった。むしろ何ものかが現れたり、何かしらのものが出てきたりするとしたら、それは石ころだらけの岸辺の方からだろうと思われた。

しかしまた、実際に椅子の上に座ってみてからはどこか思いもかけず、不安や、不審のようなものが湧き出てくるのを感じた。まるでわが身をこの場にさらすために座り込んでいるのではないかという思いが強くなっていくようだ。この場合、当然のことだが、あたりがよく見渡せるということはまた、どこからもよく眺められ、覗かれているということに他ならなかった。そのうちに自分のなかで、わが身を無防備に裸にしているという思いが募ってくる。

あの傷つけられ、奪い取られた車がこの石ころだらけの海岸まで入り込んできたのはどこからだったのか。たぶん松林の間を縫っているいくらか幅のある径あたりからだったのだろう。それはどういうつもりだったのか。やはりその行動は加地へ向けられたものだったと言えるのか。どうして、〈やはり〉なのか。どうであっても、その行為が大胆で、挑発的であることは間違いなかった。そうは言っても、そんなふうに差し出され、突きつけられたものに応じようとするなら、こちらでも何らかの代償、ないしは覚悟が必要なはずでもあった。こうして椅子の上に座り込んでいるうち不意に、加地の頭にはあのいつかの公園のベンチでじっと座り続けていた、髪に寝癖のあった目立たない男の姿が思い浮かんでくる。あたかもかけ離れた距離を通して、どこかつながりが生まれているかのようだ。さらにまたしばらく身じろぎもしないでいると、別の考えが湧き出てくる。もしかして、そのときの車の見せていた行動はただの行き当たりばったりといったものだったのか、何の考えもない空虚で、気まぐれな偶然のなせる業だったのか。

椅子の上に座り続けているうちに、自らが何か別のものへ変質していくような感じに捉われ始める。自身の目からしても何かしら強張った石膏のようなものにでも覆われた、あるいは皮膚の表面がすっかり角質化したような胡散臭いものに身体が感じられてきた。わが身が実感されず、胡乱なものに感じられる。それでいて、その内部は裸に剝かれているというようで、ひりひりするような不安が溜まっている。この角質化したものは何ものかへの抵抗、忘却といったものでもあったのか、それでいて、その何ものかというのがはっきりせず、当てにならず、疑わしいものでもあるので、その強張りの全体そのものがまた胡散臭い、得体の知れなさを放ってもいくかのようだ。

目前には大小の石ころばかりが波打ち際までいくらかの傾斜を持って、ほぼ扁平に続いている。

これだけ露わにこの身をさらして見せているのだから、何かを、どうにかして見せよ、とばかりに座り続けた。しかし、そうした要求がすっかりお門違いで、それどころかそこにはあるべきものは何ひとつなく、ただいたずらに空を切っているというだけなのかもしれなかった。

その場であたかも放電でもしているように座り込んでいたそのとき――それがいつのそのときなのかはっきりとは語れなくなってしまっているようなそのとき、前面に控えている限りもない海の波のうねりのどこか、その海面へ向かって何かの、たぶんさほど大きくもないものが落ちて、ぶつかり、沈んでいく音が耳に聴こえる。いくらか首を巡らし、横の方を眺めてみると、人がひとり海に向かい合うようにして立っている。その人物は黒いベースボール・キャップを被っていて、次に身を屈めると、足もとの小石を拾い上げ、それで水切りでもするように身をいくらか斜めに傾け、波へ向けてその塊を放り投げる。それなら、さっき聴こえた海面への何かの落下音もそれに似た所作からもたらされたものだったのか。それにしてはもっと激しく、下へ向かって打ちつけ、沈み込んでいくような響きだったが。

しかし、それはただそれだけのことだった。その放り投げられた小石がうねり続けている海そのものへ向けただけのものだったことにいくらかの安堵と、肩すかしのような気分を覚えている。その若い男もそんな行為を二度ばかり気まぐれのように繰り返した後は、ゆっくりとした歩調で向こうの先へ立ち去っていくようだ。念のためそこに見えた横顔をつぶさに見つめてみていたが、心当たりのある人物でもなく、向こうもこちらの様子を探っているような素振りは少しも窺えなかった。

さらにしばらくしたとき、後ろの方から甲高い、はしゃいだような幼児の声が聴こえてくる。それはどこかぐるぐると、とぐろを巻くようにその位置もずれ動きながら発せられていたようだったが、やがて回り込むように接近してくると、加地の前へその姿がぽっと飛び出した。一瞬、正面から椅子に座り込んだ彼の姿を覗き見て、きょとんとした表情を浮かべた後はまたそれまでの続きのようなはしゃぎ声で何かを語り出す。さらには彼の方へ素直に近づいてくるようだったが、そこへいきなり母親らしき人間の姿が現れ、ほとんど即刻といったように幼児の手を引き、横の方へ連れ去っていく。すでに子供の方も彼の存在などきれいさっぱり忘れてしまったようで、向こうを向いたまま、そそくさとした母親に手を引かれ、その場から連れ出されていくかのようだ。まるでそのさまは関わりを断ち切り、何かの災いでも回避しようと焦っているかともいうように。

あたりからいったん人気が消えた後、またしばらくして、海岸線の向こうから青色の制服姿の人間がひとり、少しずつ歩き近づいてくるところが見える。石ころを踏みつけながらやってくるので、どこかその足取りが覚束ない感じを与えている。制服の上には黄色い蛍光色のベストが着けられていて、胡麻塩頭の年輩の交通誘導員といった趣だったが、やがて彼の腰掛けている椅子の前まで達すると、立ち止まり、人懐こく話しかけてくる。「いい天気ですね、こんにちは。ここへはいつから座っているのです」笑顔を浮かべ、素朴な感じで問いかけてくる。

別段、職業柄という質問ではなく、詮索しているつもりもないようで、むしろ親しみを込めた声がけといった印象だった。相手は返ってくる言葉さえ期待していないようで、どこか昼の休憩中のくつろいだ時間帯といった感じで、また同じようなゆっくりとした歩みで、加地の前をそのまま横切るようにして、離れ去っていく。いったいどこからやってきたのか、どこへ行こうとしているのか、まるでそんな疑問すらあたりの眺めのなかへ溶けて消えてもいくようだ。

海の波のうねりは一時も休まることなく続いているはずだが、その響きは気づいたときにだけ聴こえてくるといったようだ。意識を集中し、思いを凝らしているときに不意に、それが耳に飛び込んでくることもあるし、ぼんやりと一面に敷きつめられた石ころを見つめているときに、忘れられたようにそれが消え去ってしまっていることもある。

加地がふと上方に棚引いていくような煙に気づいたのはすでにそれがかなりな量で、空の一部に広がっているときだった。そのものが漂い出しているのは椅子の置かれた位置からすれば、一方の端に望める崖の上からだった。そこは先日、あの皆木と出かけていって、並んで立って、語り合っていた場所に他ならなかった。煙の色は白く、その流れはゆっくりとしていて、のどかにさえ見える。その元の方まで真っ白で、何かが燃えているというより、ドライアイスのようなものから出てくるスモークそのものといったようだ。

煙はただ空へ向かって立ち昇っているだけだとしても、それを見た人の目はそこにはっきりとした変化を認めるはずだ。人はそれを見て、そのことに気づくはずだ。煙はただ空を棚引いていくだけでも、それは人にそのありさまを見せて、知らせてもいっているのだった。しばらくするうちに彼のなかには驚きが生まれてきて、それは次第に大きくなっていった。またさらに不審な思いもいや増しに募っていった。その発生や、棚引きはただそれだけのものでは済まず、明らかな変化であり、それを人に示しているものでもあった。どうしていま、それが空に向かって、崖の上から立ち昇っているのか。この場所からそれの立ち昇っている場所が見えた。とはいえ、それはもちろん加地に見せているものとは限らなかった。しかし、この場所からそれが見えるということはその場所からもこちらが見えているということでもあった。そしてそこからなら、この場所にいる加地の姿も見えているということになるはずだった。

とはいえまた、そこから立ち昇っている煙そのものに加地の姿が見えるはずもなかった。あるいはまた当然、加地に見せているものだとも限らなかった。彼はあのとき崖の上から見下ろしている場所にいま、自分が椅子に掛け、座っていることを認識した。わが身のなかから思いが湧き上がってくる。加地がこの場に座っていると、それが棚引いた——加地がこの場に座っていなくとも、それは棚引いた——あるいはまた、彼がこの場に座っていたので、それは棚引いた。彼は自分で椅子を抱えて、ここへやってきた。それはあの奪われた車がここに止まっていたからだ。

——まんまと罠にはまったのか。そんなものがどこに仕掛けられているというのか。緩慢に疑いが湧き出てくる。煙はどこから漂い流れているのか。そのものは加地がこの場へ現れたことへの返答とも言えるものなのか——さらに不審な思いが浮かび上がってくるようだ。いったい、その煙はどうやってか立ち昇ってきていた。こんなものはまさにありふれたことなのか。

煙はどこまでも白く見えた。青い空を背にして、ただじわじわと、静かに漂い流れているもの。どうしてそれほど疑わしく感じる必要があるのか。

やがて湧き出ていたその煙もすべて溶け入り、空に消えた後もそのまま椅子に座り続けていたが、それからはとくに目立った変化もなく、たぶん〈あいつ〉そのものは現れることもなく、このときも〈あいつ〉がどこかの場所にいて、何ごとかをなしていると思ってみると、笑い出したい気分になった。それから、加地はやがて海岸のその場所を後にした。

□

日差しは同じように穏やかで、寒暖の差もなく、風もほとんどなかった。海岸線での波の寄せ返しの音が聴こえ始めると、その響きはすでに親しく馴染んだ身の回りのものといった趣もあったが、どこかしらその繰り返しの音のなかで振り落とされ、拒まれ、去られていくような危うさも覚えた。昨日に比べれば、周囲の事情や、状況にも通じ、気持ちの備えもできてきて、外界の変化にもより柔軟に当たれるような気持ちもしてくるようだった。とはいえ同時に、そんなふうに取り巻いているものへの不審な思いはより募ってきてもいるので、それに相応した付き合い方が——放置や、厚かましさなども含めた上でのものが——欠かせないものとなってきたとも言えるのかもしれなかった。

この日も同じように家から椅子を携えてきて、海岸の昨日と同じ場所にそれを据えようとしたとき、加地はそこに置かれていたものに気づく。それはまず普通のことではなかった。こうした事態はほとんど偶然には起こりえないと言っていいもので、動きが固まった。身体だけではなく、一瞬、息を呑んだようになり、血の気が引いていくのを感じるほどだった。その場に並んだ小石の上にじっと静止して置かれていたものはどちらかと言えば、小振りの鋏だった。しかしまた、昨日の空の一角を広く長く、延々と棚引き続けていた煙を見たときよりもその驚きや、印象は強かった。そこに置かれたものは昨日までは目に触れていなかったものだ。この日までにどうしてか海から流れ着いたのか、それともだれかがたまたま落としたか、捨てたかしたものなのか。しかし、それはむしろあえてこの場に置かれたものと考える方が自然だったろう。そのものは確かに人の目に留まることを狙って置かれたはずのものではなかったか。この日、たとえ加地がこの場を訪れるとは限らず、またそのものを見出すことになるとは限らなかったにしても。鋏は刃先が大きく開いていた。

石ころの上からそれを拾い上げて、眺めてみたものの、その鋏そのものには覚えはなかった。医院で使っているものとも、また自宅の机に置いてあるものとも違っている。いきなりこんなふうに加地に向かって差し出されたり、突き出されたりしたものと言えばもちろん、車に刻みつけられたあの引っ掻き傷が思い起こされた。その手口というのか、接触方法、関わり方としてはそれとも似ていると言えた。本尊そのものは姿をくらましたまま、時間差を置いて、その仕出かされた結果が発見されるようにことを仕組んでいるといった具合に。それと同じようにこの置かれていた鋏もまた彼に向かって、何かを訴え、迫っているというのか。もしかして、あの車体に刻まれた引っ掻き傷にしても、この鋏によって仕出かされたものであったと暗示しようとでもしているつもりなのか。しかしまた、そうしたこととは関わりなく、これを行なったのは別のだれかだったとも考えられるのかもしれなかった。さらにどこかのだれかが便乗して、加地に脅しでもかけているのかといったように。

また鋏と言えば、少し以前、あの山戸の車のタイヤへ十字の形に貼りつけられてもいたものだった。それを仕出かした者がこれもまた行なったのか。いや、山戸自身もその後、なにがしかの行動に取りかからなかったとも限らない。もしかして、彼自身が何ごとかを加地に知らせようとでもしていたのか。そしてそれなら、この鋏そのものはそのときの車に貼りつけられていたものか、それとはまた別物なのか。

加地は手にしていた鋏を足もとに置くと、こんどは遠くへ視線を向けていく。いくらか首を巡らすと、昨日のあの切り立った崖の姿が見えてくる。その木々と岩で半ばずつ覆われた場所は何の動きも感じられず、静まり返っているように見えた。けれども、そこに獣とは違う何ものかが、じっと潜み込んでいたらといった空想も浮かんでくる。そして、その葉陰から、この海岸にいる彼の一挙手一投足をじっと見つめていたらと。

そのうちにあの崖にともに立っていた皆木の姿が思い出され、さらには彼女がそのときその上から眼下の海へ放り投げたオレンジ色のパンプスのことが思い浮かんできた。加地は少しあたりの様子を確かめがてら、椅子から立ち上がって、海岸線に沿って歩き始める。しばらくは真っ直ぐな波打ち際が続いているが、やがていくらか厳めしい感じで岩の塊が突き出ている磯場に達する。その激しく上下を繰り返していく岩の形に沿って進んでいくと、いくらかの窪みをもった小さな入り江めいたところへ行き着く。その隅の岩に接しているあたりで波のまにまに、ぷかぷかと浮いている際立った色をしたものが目に入る。さらに近づいて、足もとの岩の間を覗いてみると、紛れもないあのときのオレンジ色のパンプスが白く泡立つ海水に浮かび、漂っているのが見えてくる。

その瞬間、加地は自らの身体から力が抜けていくような感覚に捉われる。あたかも時が舞い戻ってきたようにも感じられ、疲労感めいたものに襲われた。こうして人の打ち捨てたものも平然と押し戻してくる海の力に、自然のそのものに得体の知れない限りのなさを覚える。いまさらながらに、ずっと以前、この海岸から拾い上げてきた流木もそうした力に翻弄されながら、時間や、事象の流れのなかに絡め取られていったのではないかとの思いにも捉えられていくかのようだ。

その岩場まで進んでいく間、だれか人と出会うこともなく、あたりは通奏し続けている潮騒の他は気味の悪いほどしんと静まり返っている。あたかも静寂を背負っているような気持ちのままに向かった路をまた引き返してくる。

再び、椅子の置かれたところまで戻ってくるが、それに腰を下ろす間もなく、あたりの深い静けさに対して、そして波のうねりの飽くこともない繰り返しに対して、何かを行なうことで向かい合いたいという気持ちに捉えられていく。少なくとも腕を動かすなり、脚を動かすなりしていれば、その圧倒的なものを忘れ、やり過ごすこともできそうな気持ちにもなってくる。静けさと、限りのなさといったものへ対して。

いわば見えない、捉えられない圧力めいたものが周囲から迫ってくるようだった。この広い海岸でわが身が余計な、不要な存在に感じられる。その取り巻いてくる圧倒的な静かで、限りのない力に対して、この些細な、余計なものをどうにかしたいという思いが湧いて出てくる。

身を屈め、足もとの小石をひとつ拾い上げると、加地は前へ向かって、それを強く放り投げる。

すると、それはうねり続けている、果てしもない大海のなかへ跡形もなく、瞬時に呑み込まれてしまう。あたかもそこに横たわる静寂と無限のなかで呆気なく、瞬殺されてしまったように。

彼は足もとの石ころを推して、歩き回り始める。あたりを見渡せばいくつか空のペットボトルが落ちていて、さらには包装用のポリ袋や、ビニールシートの切れ端のようなものも目について、それらも拾って持ってくる。そうした塊を海岸の一地点に集めてくる。またさらに先の方に打ち上げられたか、捨てられたかしている中身のないポリタンクや、何に使われていたのか不明の千切れて、丸まった緑色のネットなどといったものも拾ってきて、同じ場所に集め、積み上げていく。そうした色も、形も、材質もとりどりのものを重ね上げていくと、ちょっとした小山のようなものになっていくが、その塊へ無造作にその場に転がっていた石ころも数多、乗せて、混ぜ込むようにして、それをこしらえ上げていく。

海岸の一角にはゴミと、漂着物と、石ころで出来上がった合成物めいた、塊の山が見えてくる。そのものはたとえ見苦しくとも、無様だとしても、余計なものだとしても、それまでにはなかったもので、新たに見えてきた変化に他ならなかった。崩れかけていようとも、均衡が失われていようとも、他にはない唯一の形をしていた。彼はさらに、さっき入江から持ち帰ってきていたオレンジ色のパンプスをその合成物の山の一端に挿し込んだ。置かれていた鋏も、積み上がった石ころの隙間に小枝のように突き挿した。それから、上衣のポケットに入っていたボールペンも挿しておく。次いで、履いていた靴下も脱ぐと、それをその山から突き出ていた使い古しのヘアブラシの上へ引っ掛ける。

目の前に積み上がった雑多なものの山を見つめているうちに、それがあの梯子の外された二階に置かれている残存物の集合したひとつの姿のようにも感じられてくる。そこに眺められているのは落胆と、焦燥と、徒労に彩られたゴミと石ころの山ででもあったのか。いや、そうしたなかでもあの竜村の語っていたように人は皆、玉突き台の上の玉のように当てどもなく、他の玉や、壁にぶつかり、転がり、またぶつかりとじつのところ、勝手も知らず、わけもわからず、尽きることのない行動をただ繰り返し続けているというのだったか。彼はさらに石ころを積み上げる、堆積物に向かって、ビールのアルミ缶や、折れ曲がったビニール傘を突き挿していく。「このゴミを見よ」何ものかに向かって、声をかける。

しかしまた、圧倒的な静けさと限りのなさだけではなく、自然の広がりだけではなく、別の目がどこかからこのありさまを覗いているのかもしれなかった。そんな視線から逃れようとして、いや、向かっていこうとしてこんな作業を始め続けているのだったか。おぞましく、おかしなものに見つめられ、挙げ句にこちらもおかしなことをし始めているといったように。そんなものはいない——そうだとしたら、ひたすらいったい何を行なっているのか。「この石を見よ」何ものかへ向かって、ひとり、声をかける。まるでそんなふうだ。

崖の上から煙が立ち昇っていったとしたら、それがこのゴミと石ころの山を造り上げていったのか。このゴミと石ころの山が積み上がっていったとしたら、そのとき傷つけられ、奪われた車も新たにどこへかへ向かって、走り出していったりしていくのか。彼は改めて、足もとに転がり、一面を覆い尽くしている石ころの集積を見つめる。「知っているか、これは異星人のモニュメントさ」

何ものかへ向かって、声をかける。

いまだあたりの圧倒的な静けさと、飽くこともなくうねり続けていくものの限りのなさは変わらない。石ころだらけの海岸の上の些細な、また余計な存在があたりの他にも目につく無用のゴミと漂着物を集め、積み上げていった。その上にはさらに石ころを被せて積んでいく。この転がり、覆っている石ころの堆積はどこから、そしていつから。石のように固まる、石のように潜む、石のように息をする、石のように噛みつかれる、石のように齧りつく。「そら、見ろ。こちらもおかしなものに感染り始めているのさ」何ものかへ向かって、彼は声をかける。

静寂、無限。やがて、目ぼしいゴミと漂着物は一箇所に山となって積み上げられていき、その塊の傍らで同じように沈黙したまま椅子に座り続けていた加地はそれから、日の傾き始めたころその場を後にする。

□

空の色は穏やかで、大して雲もなく、この日も前日と変わらないようだった。加地はその場へやってきて、うねり続けていく波音を聴いた。その響きは日がな一日という言い方も不相応なほどで、ほぼ同じように永遠に繰り返し続けていくのだ。いまや、それはそこに居続ける彼にとって、沈黙そのものの響きとすら言っていいものともなっていた。それは鳴っていても、鳴り続けていても、何の音もしない沈黙と等しいものともなっているかのようだった。聴こえてはいても、聴こえてはいないものと同じように。あるいはときに、響きを耳にしても、響きそのものに吸い込まれてしまっているといったようにも。

あの崖の上から立ち昇っていた煙は何からもたらされたものだったのか。どこかで何かが起こっているということは、何かが進行しているということは、確かなことだった。それが加地にどう影響しているのかはわからなかった。とはいえ、その翌日、彼はゴミと石ころの山を築き上げたのだ。立ち昇る煙を見ることがなかったとしたら、そのものは造られなかったのかもしれないといまでは思えないことはなかった。

今日もまた、昨日と少しも変わっていないかのようにその山は海岸の一角に積み上がったままだった。たぶんその形はわずかも変化してはいなかった。彼は同じようにその傍らへ携えてきた椅子を据え、腰を下ろした。しばらくの間は何ひとつ新たなことは起こらず、それがまた当然のことと も感じられたが、まもなくすると、ふと後ろの方から石ころを踏みしめて、近づいてくる靴音が聴こえてきた。

緩やかに回り込んできて、加地の前に相手の姿が現れると、思いがけないことで彼は驚きに打たれる。最後にその姿を見かけてから、そう日数が経っているわけではなかったが、もうかなり以前のことのようにも感じられる。しかし、山戸の方はこの場に加地がいることはすでに承知だったようで、平静で、落ち着いていて、口もとにはわずかに笑いも浮かんでいる。

「ずいぶん静かですね。久しぶりだな、ここまでやってきたのは」相手は改めて、周りを見回すようにして声をかけてくる。

その言葉には親しみがこもっている。またそこには率直な気持ちがそのまま表れ出ているようだった。そしてそうだとしたら、期せずして自身の最近の行動についても物語っていることにもなるはずだ。山戸はこのところずっとこの場所を訪れてはいなかったのだ。昨日、この石ころの上に置かれていた鋏についてもたぶん何ひとつ関わりは持っていないのだろう。やはりそういうことになるのだろう。「そうですね、季節が季節ですからね。それに、石ころばかりだし」加地は相手の言葉に応える。

それから、しばらく会話のやり取りがあった後に山戸は尋ねてくる。「ここにいるようだということは人から聴いていたのですがね。どうですか、何か知れましたか」

迂闊なことに、加地はこれまで大してまともにそのことについて考え詰めていなかったことに思い当たる。どうしてだったろう。何かを知ったとして、そのことによりどこか得体の知れないものに触れてしまうことを危ぶんでいたのではなかったか。いったい何を怖れていたのか。自分と似たものと出会ってしまうことをか、それともまた、違い過ぎてどうにもならないものとぶつかってしまうことをか。「いったい、どうしてです――」加地は相手に尋ねる。

山戸の声はすっかり呆れている。「どうしてですか――おかしな人だなあ。知れたか、知れなかったかでしょう」

さらに加地のなかでは思いが湧き出てくる。それなら、いったい何を怖れているのか。納得できないものと出遭ってしまうことをか。いざその相手が出現し、その正体がわかってくればとても承認できないようなものだ、と。およそ現れ出てくるものがあるとしたら、それは拒絶するしかないものに違いないのだ、とも。周りへ向けてか、自らへ向けてか、鬱憤が溜まっていくようだった。あたかもいきなり、加地は山戸に向かって、ぶつけるように言葉を語りかける。「お互い同士、怒りや、不満や、焦りが充満して、ぶつかり合った。まるで玉突き台の上で行き交い、行き当たり、衝突するようにね」

するると、相手は率直に疑問を呈してくるようだ。「玉突き台?」

加地は即座にそれに答える。「わたしたちはさっきぶつかり合った、一週間前でもさっきですよ。何なら、一年前でもね」

山戸は雲を掴むような顔をして、尋ねる。「いったい、だれとです」

加地は淡々と言葉を重ねていく。「何でわたしが、何であいつと」

山戸は行き当たりばったりのように答える。「それが衝突っていうものでしょう」

さらに加地は構わずに前へ突き進むように言葉を続けていく。「それが何の、だれの、どんな力でぶつかったのかわからない。すでにぶつかり合っている玉突き台の上ではね。それがいま、そこに見えている海の波のうねりのように限りもなくいつまでも、どこまでも。おお、次はまた、どんな力でぶつかり合うことか」

傍らに立って、彼の方を眺めていた山戸は鼻の先で笑う。「どうしました、落ち着いて下さい」

加地もまた、ようやく傍らを振り返る。一方、彼の方でも相手に尋ねたいことはあった。「あのときはあの地下駐車場で、タイヤのホイールのところに鋏が張りつけてありましたよね。何とも不気味で、おぞましい。何者の仕業やら。あれはそれから、どうなりました」
山戸の笑いはいくらか穏やかなものに変わっている。「お陰さまでね、それ以降、いまのところは絶えていますね。あなたと顔を合わすこともなくなったからではないですか。いや、そんなことはないのですよ」

加地は相手の顔をいくらか見上げるように眺めていたが、それから椅子から立ち上がり、傍らに積み上がったゴミと漂着物と石ころの山の横に立ち、その一点を指差し、山戸に尋ねる。「ここに挿してある鋏はあのときのものとは違いますか。同じ種類のものだとか、似ているところがあるとか」

これまでこの堆積物が目に入っていなかったはずはないが、山戸がそのことについて加地にひと言すら触れてくることもなかったのはどうしてか。何かを腹のなかに溜め込んでいたのか、語るべきではないこととして遠ざけていたのか、それとも少しも気にすることなく、あっけらかんと受け入れていたのか。そんなことについて少し考えてみるだけでも、やはり人との間には何か知れないものが、まさに石ころのようなものが挟まっているという気持ちにもなってくる。不意に加地は、相手が子供のころ洪水に遭って以来、家に住むということに恐怖を覚えていると言っていたことを思い出す。
山戸は堆積物から突き出ている鋏の前へ顔を寄せるようにして、じっと見つめていたが、考え考え、言葉を繰り出していくようだ。「そうですね——鋏と言ったって、とくに特徴のあるものではなかったし——でも、ちょっと違うかな——いや、形からして、まったく別種のものですね」

加地は昨日の鋏を見つけた経緯などについて、相手に説明していくが、山戸はじっと黙って、鋏の方を見つめたままそれに聴き入っているように見える。そのうちに彼は相手がこの堆積物の山を目にしていたにもかかわらず、沈黙を守っていたのはそこに何かしらの訝しみや、警戒のようなものを抱いたせいではなかったかと思い始めていく。そもそも山戸はこの山を見たとき、これは加地が築いたものだと直感していたのだろう。そしてそのことに何かしら思いがけないものを、馴染めないものを、受け入れがたいものを感じた。どこか触らぬ神に祟りなしといったような。もしかしたら、密かに異を唱えておきたかったのか。そんなことを思っていると、まるで憤りのようなものが立ち昇ってくる。

いきなり思い余ったとばかり、加地は焦りに任せるように横に立っている相手の方を振り向き、訴えるように言い放つ。「もし、おかしなやつがおかしなことをしていたとしたら、どうするのです。仕出かしていたらですよ。わたしたちは皆、まともなやつを相手にしているとは限らないのだ。この世界はまともなのか。それなら、あなたはまともなのか。わたしはまともなのか。そうじゃないっていうことも考えに入れておかなければならないのだ」

山戸はいくらか鳩が豆鉄砲を食ったような顔で加地を見つめているが、それから、静かに言葉を発する。

「あんた、石ころと友達になろうとしているな」そう言うと黙り、呆れたのか、怒ったのか、それからやがて、話を打ち切るようにして、さらにしばらくすると、その場を離れ去っていく。

かなりゆっくりとだが、しかし、次第に遠ざかっていく足音だけが聴こえている。とくにこの場から離れていく相手の後ろ姿を見送ることもなく、そのまま加地は椅子の上に戻ると、じっと、いくらかはぼんやりと一面を覆っている石ころの集積を見つめている。折角やってきてもくれた相手を返してしまうことになったのか。とはいえ、昨日、置かれていた鋏は山戸の車に張りつけられていたものではなかった。確かに事実としてはそのことは明らかになったのだ。

それはどういうことかとぼんやりと考えていると、背後から石ころを踏みつけて近づいてくる足音が聴こえてくる。もうかなり時間は経っていたものの、もしかして山戸が再び戻ってきたのではとも思ったが、それは違った。首を横に振り向けると、そこにはこちらへ回り込んでこようとしている椎名の顔があった。その口もとがいくらか笑みを浮かべていたようだったので、もしかして山戸とすれ違ったのではとも尋ねてみるが、それは知らないと彼女は答える。けれどもそのあと、奪われた車がこの海岸へ現れたことや、加地がここのところこの場へやってきていることを山戸に伝えていたのは椎名だったことは話をしているうちに明らかになってきた。さっきは訊きそびれたが、山戸がこの場所へ顔を見せたのもそのためだったようだ。

「あの人も気にかけていたのではないですか」椎名が加地に語りかける。「そして、不安の先を見定めてみよう、と」

「そんな気持ちでいたのだったか」加地はいまだ疑いを浮かべるようだ。

椎名は横を振り返り、ゴミと漂着物と石ころの堆積物を眺めやる。「これはわざわざこしらえたのですよね。力を集めた——それより、気持ちを集めた。ここには何もありませんからね」

加地は彼女に前日からのことのあらましを語っていく。昨日、この場へやってくると、ちょうど椅子の据えてあった場所に鋏が置かれていたこと、それがあの地下駐車場で山戸の車のタイヤに張りつけられているものではなかったかと疑ったこと、あるいはそれに類したものではないかと、すると今日、その当の山戸が現れたこと、そして、それはあのときのものとは違っていて、似ても似つかないと彼が答えたこと、それであの件との関わりはなかったようだとわかったこと——そうしたことなどを。

それから、加地はさらに自分のなかを探り、思いを凝らすように考え考え言葉を紡ぎ出していく。

「もちろん、それは山戸の言う通りだ、確かに彼には心当たりの人物はいなかった、そうだとしよう。でも、かりにだれかが置いたのだとしたらと考えてみる。かりにそれをXだと当てはめてみるとしよう。ただ思ってみるだけだ、Xが置いたのだとただ思ってみる。鋏を石ころの上へ置く手と、鋏を置いているその人間の顔が見える。そこにいるのがだれかだとわかる——それは確かにXだ、顔はXそのものだ、その手もまたXそのものだ——だけど、それはXの顔をした別のだれかなんだ、と。ものごとを学ぶとは何だ。それはそこに見えている顔がそのものだけじゃないということを知ることだ。それが類推というものさ。それはXだけじゃない、それだけのものじゃない、とね。それは違う、もっと広く通じているものだ、もっとさらに代わりうる存在だ、と。それを特異なものとして、たとえばXとして、囲い込み、取り除くのではなくね。そのものは少しも特別変異なんてものじゃない」

椎名はほぼ自身の目の高さにある堆積物の山をじっと見つめている。そのまま山の周囲を一巡してくると、それから言う。「それなら、だれかというのはそのだれかではない、と。責めるべきはそこではない、と。これは驚きました、あなたがそれほどの聖人だったなんて」加地の方を振り向くと、さらに言葉を続ける。「それなら、そこの聖人さんに教えて上げますが、まさに驚くべきことが起こったのですよ。何ごとだと思いますか。それがね、今朝、あの傷だらけの、奪われた車が向こうの埠頭のなかをぐるぐると走り回っていたというのです。今日はじつはそれを知らせにもきたのですよ。こんなことが起こるのですね。いったい、もうこれ見よがしの大胆さじゃないですか。スピードこそは出していなかったそうだけれど。もしかして、早朝の心静かな散歩でも気取っていたのか。自分の方が見回りでもしているつもりだったのか。次の企画の話をしようっていうときに、教えてくれた人がいたのですよ。何とも怖ろしい、気味が悪い」

加地のなかにも何とも嫌な後味のするものが込み上げてくる。思いがけない箇所から次々に流れ出し、噴き出し、止血も利かなくなっているといった感覚にも捉われていくようだ。いくらか呆然としたようにも椎名の方へ視線を向けたままでいる。――けれども、するとそのうちその上へ霧のようなものが湧いて出てくる、それが広がっていくかのようだ。すると、その先にある椎名の目に不意に、光をはらんだものが見えてくる。そこから射してきているのは怯えをもった訴えの感情らしきものなのか。いや、それに重なるか、上塗りされてか、一種、挑みのようなものすら放たれているかのようだ。今回、車の出没したというのはどこだったのか。それは紛れもなく、あそこの埠頭だったという。そういうことだ。果たしてそれが起こった、とその目は告げているのではないか。

「いったい、どういうことなんだ。どうして欲しいんだ」加地はだれにともなく、言葉を放つ。

椎名は落ち着き、低い声で言う。「そうはいかない、思ったようには、そう簡単には。変わるべきなのよ、どこかで変わらなくてはならないのよ」そして、訴えてもいるようだ。

加地が淡々と言葉を返す。「梯子の外された二階の上で行方を失った玉同士がぶつかり合う、そして次には音を立て、爆発するのかな」

椎名は傍らに立っている堆積物の山を改めて、見つめ直して言う。「これすばらしいですね。魔除けですか。あなたがここにいるという証し、その門柱ですか」

加地もまた、つくづくその先に積み上がった塊を眺めやる。「今朝、目撃された車の出没がその通りなら、それは昨日こしらえたこの山への返答だったのかもしれないな」そして、他人事のようにも言ってみせる。

椎名は冷静な口振りで言う。「確かにね、変わるということはこちらが変われば、向こうが変わる。向こうが変われば、こちらも変わる。そういうことですからね」

加地は言葉を返す。「それで、どんどん巻き込まれていくということもあるのさ。悪循環でね。それで、見えないものが見えだしたり。起こってもいないのに、起こっていると思いだしたり」彼はさらに言葉を続ける。「それで、空へ向かい煙がもくもく立ち昇りだしたり、石ころの上にぽつねんと鋏が置かれていたり」

椎名ははっきりと言い切る。「あなたの場合は起こっているのに、起こっていると感じていない。

それですよ。それを何と言うのか。〈無知〉と言います、この世では」

　加地のなかではたちまち、ひとつの光景が浮かび上がってくる。波のうねり続ける海面が直下に見えて、車は岸壁の壁面直前で停止して、後ろにはそれまで急走してきた埠頭の路面が控えている。そしてその眺めは次にいきなり、白く露光し、ものの輪郭も消えて失われていくようだ。そこでは声を発しても何も聴こえない、温もりも寒さも覚えない、そんな感覚に包まれる。そして、すっかりそのときの記憶も何も失われたようになっていく、わからなくなっていく。


　すると、その場に立ち続けていた椎名はさらに言葉を重ねる。「そう言えば、海野さんですが、ほら、あの地下駐車場で鋏ではなく、赤い毛糸が排気管に突っ込まれていたっていう。それから幾日か経って、店を閉め、家を出ていって、どこへ行ったのか、帰ってこないのだそうです。これは一昨日、聴いた話だけど。前々から、あそこにはいろいろ苦情というのか、威圧的な要請も寄せられていましたけれどね。保護活動を名乗るような人たちから。でも、その件がきっかけかどうかは。だけど、あの人、猟が好きなのですよね、わざわざ海外にまで出かけていって」

　加地には海野のいつもレザーハットを被っている横顔が浮かんでくる。だが、彼についてはその趣味嗜好も含めて、よく知らなかった。「そうなのですか」相手の言葉に返す。一瞬、彼が、その海野があたかも加地の身代わりになって、どこか地の先へ消え去っていったような錯覚に捉われるが、それは気力が弱っているせいか。あるいはまた、それは身の内に潜み続けている何ものかの蠢きか。あるいは、人は皆、それなりの道を歩んでいるといった思いにも捉われていく。

不意に、石ころの上に置かれていた鋏のことが思い出されてくる。あれはだれかの単なるいたずらか、と。他愛のない、大して意味のない、鏡に反射させた日の光を通行人にでも当てつけるといったような。しかし、そのだれかは海岸のその場に加地が座っていたことを知っている――置かれた鋏はそもそもどこにあったものだろう――その予想のなかでは、その翌日も彼はその場にやってくることになっていたのか。

椎名はいつのまにか加地の前に立って、向き直っている。その口から飛び出す言葉はこれまでの思いを込めて、いくらか切り口上めき言い放つような調子だ。「それでは、もしかして無知の人、そういうことなら今日も日がな一日、座り込み、ゆっくりと考えていて下さい」そう言った後、おもむろな動作だったが、彼の横を素通りすると、そのままその場から椅子の後ろの方へ、先の松林の方へ向けて歩き去っていく。

椎名の告げていた通り、この日はまだ十分に時が残っていたし、考えるための、というより疑うための種や、材料なら尽きないようだった。じっと静かに座り込んでいると、やはり延々と寄せ返し続けている波の響きがこの身にまで被さり、包んでいくようだ。しかし、それもある極みを過ぎると、薄まり、弱まり、ついにはそれが聴こえていることも感じなくなり、忘れてしまう。まるでその延々と繰り返されていく無限の響きがありふれた日常となりきった挙げ句、静寂そのものと重なり合っていくかのように。

Ⅸ

この日もその場所へ近づいていくにつれ、海の波のうなり音は次第、次第に大きくなっていき、松林を過ぎてからはほとんどそれが見えない濃い霧のようにもなって、取りついてくるようだった。加地はこれまでのように携えてきた椅子を石ころの上に固定するように据えた。すぐその傍らにはゴミと、漂着物と、石ころの積み上げられた山があったが、その大きさも、形もその前日までと変わってはいなかった。このあたりまでは海水が浸透してくることもなかった。とは言うものの、何の変化も見られないというのはそれはそれで不気味で、また時からも見放されているといったように感じられた。わずかの悪戯でもされた方がむしろ生気づくというものではなかったか。あるいはいきなりの突風や、地震にでも見舞われて飛ばされたり、崩れたりしていった方がいっそ自然なのではないか。

しかし、椅子の上に座り込んでしばらくするうちにも、じわじわとあたりから寄せてくる気配めいたものを覚えた。上にも、前後にも、左右にも何もなく、そこにはかすかな風とともに流れゆく、目に触れない大気があるばかりだった。それには重さもなく、ただ軽々と移り動いていくだけだ。けれども、そうしたものはある瞬間、あるいは少しずついつのまにか変化する。それが起こるのがいつかはわからない、何が原因かはわからない。しかし、こんなに軽々として、何でもないものがあるとき凍りつく、あるいはぴりぴりと電気を帯びたようにも刺激を発し始める。それが軽さの、何でもなさの、空虚さの代償ででもあるかのように。何にでもなりうるかのように、何にでもなり代わりうるというかのように。

何ものでもない、空っぽの空気を通して、その身がさらされているという感覚を覚える。あたかも衣服を剝がされ、裸になったのにも似た肌寒さのようなものを感じる。こうしてこの場で、わが身を獲物として差し出し、何ものかを、相手をおびき寄せてでもいるというのか。拒み、遠ざけようとしながら、そのものをおびき出そうとしているのか。緩慢に移り流れていく大気、石ころだらけの海岸、海鳥たちも時に呑まれたように姿をくらましている。

海岸の先の方から石ころを踏み締めながら、人の歩いてくる足音が聴こえる。首を横の方へ巡らすと、ラフな部屋着姿の男がひとり、黙々と散歩でもしているかのように近づいてくる。顔の表情まではよくわからなかったが、そのままこのあたりを通り過ぎていくのだろうと予想していたところ、思いがけず不意に、椅子に座っている加地の横で立ち止まる。

口もとにはいくらか笑いが浮かんでいるようだが、表情は冷たく、むしろ覚めているようで、奥目気味のところから発している視線には小暗い感じもある。相手は加地に語りかける。「こんにちは。あそこに家が見えますでしょう」そう言って、腕を持ち上げると、男はその場からずっと後ろの先にあるいくらか岬ふうに突き出た地形の中腹あたり、と言っても道路に沿って、この場よりいくらか高いところにあるというだけだが、そのあたりを指で示す。そこには五、六軒の家が建ち並んでいるのが見える。「そして、あそこにこの海岸の方を向いた窓が見えますね」さらに相手は確かめるように言う。窓もまた、この場からはふたつ、三つ見えている。

男はさらに加地についての質問を交えながら、いま自分が歩いてきた方に見えるその家や、窓について語っていく。「その椅子の座り具合はどうですか。こんな何だか石ころの山のようなものまでこしらえ上げて。ここでいったい何をなさっているのですか、お見受けしたところ、どうもあまりくつろがれているということでもないようだ。日光浴とか、音楽を聴くとか、そういうわけでもなくて。もしかして、どうやら何か屈託しているようだ、もっと言うならどこか思いつめてでもいるのかも。それでいったい、他の人間には何ができるのか、それに対して。手を貸して上げることもできるのだが、何かを手伝って上げることもできるのだが」相手は、平はさらに言葉を続けていく。「それで、あそこの窓と、あそこの家はわたしの住居なのでしてね。そして、わたしの家の窓からはこの海岸が一望のもと、よく見渡せるのですよ」

加地は相手の言っているその方を改めて、眺めやる。「ああ、本当にその通りですね。こちらの方を真っ直ぐに向いている、少し離れているけれど」男が何を言い出そうとしているのかははっきりしなかったが、言葉を返した。

平はその場に立ち止まったまま、加地の座っている椅子をとくに意味あるようにも思えないが、じっと見下ろしている。それから、その周囲をいくらか巡りながら、また立ち止まり、いきなり加地に向かって語りかけてくる。「それでね、あなたがここへ現れるようになってから、どうも何か調子がいつもと違うといったようなんです。仕事柄、一日中、家にいて、ここのところその窓からはあなたがこの場所に座っている姿が目に入ってきます、否でも応でもね。どうして、わたしの身体の調子が良くないのか」

加地は思わず、相手の顔を見上げるが、その直後にはそれを後悔するようにまた首を戻す。一挙に険しい空気が広がっていったような気がする。「わたしが何か大それたことでもしているといったように見えますか。じっとただこの椅子に座り続けているだけですが」淡々と相手の言葉に返す。平は冷静な口調だが、前と同じ言葉を繰り返す。「何をしているんです、ここで」それから、さらに問いかけてくる。「もしかして、あなたもどこか調子が悪いということはないですか。気分が悪いでしょう、気持ちが損なわれているでしょう。わたしはね、じっと眺めていたのですよ、あの家の窓から」

またしても加地は反射的に相手の顔を見上げてしまうことになる。確かにその通りなのだろう、家の窓の前に座っているとしたら、そこはまたこちらの方を向いているのだから。いったい、何をどう眺めていたというのだろう。「あなたの身体の調子が良くないというのはお気の毒ですが、わたしはこの場所が気に入っていますのでね。気に入っているというのか、ここにいなくてはならない、いたいと思ってます」

平はその場に立ち尽くしたまま、わずかの身じろぎもせず言い放つ。「こんなところで、こんなことをして。でもね、目障りなんですよ、邪魔なんですよ」それから、口もとに笑いを浮かべると、さらに言葉を続ける。「けれど、救けて上げたい、もし本当に思い悩んでいるなら」

加地はこんどこそまともに相手の方を眺め上げ、しばらく目を離さずじっと見入っている。単なる通りすがりの者という以上の、何か要求を持ち、因縁を抱えている者——それは向こうの一方的な思い込みかもしれないが——という印象が募っていくかのようだ。

平は少し後ろを振り向き、ゴミと漂着物と石ころで出来上がった山をじっと眺めやる。それから、加地に告げるように言う。「ここへちょっと腰を乗せても構いませんか。構わないでしょう」

加地は最前の相手からの問いかけに尋ね返すかのように言う。「いったい、どうにかしたいって、どうしてくれるというんです」

「何であんたはこんなところへやってきたんだ」相手はいきなり、率直に尋ねてくる。石ころなどの堆積物の山の一角に腰を乗せているため、いまは加地と視線の位置がほぼ同じ高さになっている。平の言葉にはふてぶてしい感じもあったが、どこか思いつめ、訴えかけてくるような印象もあった。そして、そうした口調のままにその後も長く、また思いがけない話を語り始める。

「確かにいま、わたしは言いましたよね、こんなところへ、と。じゃあ、少し話をさせてもらいましょう。まあ、そんなふうに言わざるをえなくてね。いくら言っても言い足りない。気持ちを込めても込めきれず、その気持ちそのものも何か上ずり、悩ましくもなっていくようで。まるでぼうっとして、宙に浮かび出てくるようだ。自分自身すらね。あなたはフェレットという生き物を知っているかな。イタチの仲間なのでしてね、ずん胴、胴長で、ちょっとダックスフント張りで。これはね、ほとんど鳴き声というものを発しません。でも、ときどき玩具のラッパか、赤ん坊のむずかり声のようなものを出すくらいで、それももっとか細く、かすかなものをね。まあ、ほとんど沈黙した世界で生きている。顔はね、よくかわいいなどとは言われますが、素っ頓狂な顔つきでね、わたしはそれが気に入っていたらしい。そのものをね、飼っていたのですよ、わたしはね」

加地は頷くまではしなかったが、注意深く相手の話していることを聴いている。平は真っ直ぐにこちらの方へ視線を向けてきていて、一種、人に食い込んでくるようでもあったが、その語り口は穏やかだ。男は続ける。

「それでね、その飼っているものが亡くなってしまった。つい最近――先日とも言っていいくらいでね。病気というわけでもなくて、少なくとも何かの患いがあったわけではなく、外傷と言えるものもなかった、車に轢かれたとか、何かの事故に遭ったとか、他のどこかの獣に襲われたとか、そういうわけじゃない。確かにそうした可能性はないわけではなかった、外界にさらされていたのでね。要するに、原因ははっきりしなかった。わたしの手から離れてもいたのでね。そうなんだ、わたしのもとにはいなかった。けれども、それは死んだ、そのことをわたしは確認した。わたしはそのものの動かなくなった死骸を見つけ出した。それがここの海岸だった、ちょうどこの場あたりだったんだ」

加地はさっき漂い始めていたような険しい空気がまた、広がりだしてきたような感じを受ける。尻を乗せた椅子の下にある一面を覆っている石ころが自ら静かに蠢き、揺らぎ始めていくような感覚にすら捉えられる。平は表情を変えることもなく、言葉を続けていく。

「もちろん、衝撃的でしたよ、そのものが死んでしまったということは。静かにね、ここの石ころの上に横たわっていたのですよ。外傷もなく、本当に眠っているように。実際ね、死んでしまおうと思って、そのまま眠り込むように死んでしまったのじゃないかというくらい。もちろん、動物がそんなことをするはずがないのだが。もしかしたら、飢死にも近いことになっていたのかもしれない。うまく獲物を見つけられずにね。実際、これ以上、行儀よく横たわることなどできないだろうというくらいおとなしく転がっていてね、不憫でしたよ、実際。でも、その死骸をね、わたしが見つけたというのが何よりでしたよ。そのとき家の窓から密かにわたしは眺めていたのですよ、観察していたのです。どうなっているのか、どうしているのだろうってね。もちろん、それが死んでいるところを思い描いていたわけじゃない、それを待っていたなんて気持ちはこれっぽっちもない」

あたかも平はわずかに自ら頷き、確認を求めているようですらある。とはいえ、言葉はそれまでの淡々とした口調を崩すことなく、さらに続いていく。

「実際ね、そのものを放したのはこの海岸のもう少し向こうの、川の流れが海に注ぎ込んでいるところでした。水場近くがいいと思いましてね。それから、どこをどうほっつき、歩き回っていたのか、二週間とは経っていませんでしたがね、結局はその放たれた場所と目と鼻の先、同じようなところで息を引き取っていたわけです。もう少し、遠くへ、彼方へと冒険し、何なら遠征し、見るべきものを見て、味わうべきものを味わってと願ってもいたのですがね。もしかしたら少しは遠方へも向かっていたのかもしれないが、また舞い戻ってきていたのだったか。馴染んで親しんだ地へと、あるいは薄らとでも死期を悟って、里心でも生まれていたのか。そのものはここで、この石ころの上で転がっていた、もう身じろぎもしなくなっていた。わたしがそれを放った。二週間ばかり経ってみると、そういうことになっていた。わたしがリードの結び目を解いたことで、そうした事象が生まれてくることになった。わたしは何を放り出したのか。そうだ、何を、何ものを彼方に向けて預けようとしたのか」

平の目はまともに加地へ向けられている。あたかも問いかけられているようですらあるが、もちろん、答える術はない。むしろ、その言葉に安易に応じたとしたら、何ものかに釣り込まれ、乗せられてしまうような気さえしてくる。

加地は相手に向かって慎重に、また曖昧模糊とした霧の先を見据えるようにして声をかける。

「あなたはあなたなりにこの場へやってくるつもりがあった、そう言いたいわけですか」

平はその言われた中身を受け入れたのか、理解したつもりなのか。とはいえ、さらにこんどは思いもかけない話まで加え、一段と勢いを増し、まるで告白でもするように言葉を続けていく。

「わたしはいったい何をしたのか。どうしてこんなことになったのか。確かにわたしはそのものを放した。野に放った、いわばね。生きてみろ、と。わたしはね、幾度も勤め先を替えた、幾度も人と衝突し、災いを振りまいた、幾度も眠りへの欲求に苛まれながら、書類を作り上げた。だけど、そんなことはどうでもいい、いまとなっては。宣伝、追従、暴言、抜け駆け、謀略、保身。自分の望みを満たそうと思えば、自身の気に染まないことを行なっていかなければならないのだよ。努力だとか、目標だとか、競争なんていうのはきれいごと、美名の極みです。これがわたしの生活であり、仕事だった。はっはっ、輝かしいものはおぞましいものにつながっているのさ。輝かしいものはおぞましさを振りまき、あるいはそれに裏打ちされているんだよ。それでも、何とかうまくやろうとして、何かを成し遂げようとする。とはいえ、それが成就したとして、そのときこそ自身の勘違い、思い込みに突き当たるときなんだ。本当のところはいったい、何を求め、実現しようとしているのかわかっていない、目の先にあるものは次々に別の正体を見せていくんだ。自身の望みも当てにならず、信じていたものと言えば信じ込まされていたものだ。自分で考えているつもりが考えさせられているんだよ。望みを失った、わたしはね。わたしは捨てられた、いや、望みというやつに捨てられたのか」

一気に言ってのけるようだったが、何を言おうとしているのかわからない。平はじっと加地の方を見つめてくる。まるで言葉を失ったかのように茫然と前を向いているが、それから、不意に笑いを浮かべる。そのあと、再び、何ごともなかったかのような無表情へ戻る。まるで笑いが浮かんでいたことにも気づいていないかのように。それから、やがてさらにおもむろに語り始める。

「何かを求めていくことがつくづく嫌になった。何かにすがることに、また愉しんだり、癒されたりすることに心底、嫌気が差したんだ。あるべきであれ、何にも手を触れるな、と。わたしはそのものを、あいつを放った。野へ向かって、放り出した。あんたはそいつらの顔というやつを知っているか、目の前で見たことがあるか。可愛がっていたはずのそれがひどく憎らしく見えてくるときもある。こちらの都合というものさ。こっちの都合をその顔に向かって押しつけているのさ。あるいは、こっちの気分に乗じて、食い込んでくる、あいつはね。愛嬌を示したり、苛立たせてみたり、突拍子もなかったり。だけどだな、まさにフェレットっていうやつは得体が知れない、気味が悪い、おぞましいんだ。無言で脅してくる、もちろん、鳴き声なんてほとんど発しないのだから。こいつはね、何も思っていない、何も感じていないんだよ、言ってみれば。こいつの本性は石ころなのだ、と。鳴き声を発しないからじゃない、たとえ敏捷にあたりを動き回っていたり、ネズミに齧りついているときにもそう感じられてくるんだよ、どうしてこんなふうに動き回っているのだ、何でものを食べているのだ、と。壮大な宇宙のひとつの笑い話のようにね。もう笑うしかないじゃないか、限りのない宇宙でこんなものが生まれ出てきたなんて。何をどうしたいのだ。そして、石ころのように放っておけ、と。放っておくべきなのだ、あるがままに。わたしはそいつを放った。この海岸の先でね。そいつはまた舞い戻った、身じろぎもしない死骸となって、海岸のまさにこの場所へ。わたしはそいつを放った。それがどうした。何もするな、何もすべきじゃない、放っておけ、と」

加地はじっと正面に見えている相手の顔を見つめている。どうやら平の話は尽きたようだ。彼は口の閉ざされたその顔を眺めているうちに、遅ればせにも言葉が浮かび、飛び出してくる。それを発する。「いま、何と言いました、言ったはずです――なるほど、おお、石ころ――」

彼は相手の顔を見つめているうちに、より真剣に、のっぴきなしにそれへ向けてじっと食い入るようになっていくのに気づく。ふつふつとした疑いが湧いて出てくるが、それは寒気もし、暗く険しいところからもたらされてもくるかのようだ。相手に向かって、端的に、とはいえ冷静に問いかける。「それでどういうことです。どなたです、あなたは」

平は一瞬、何も聴こえていなかったようにじっとしていたが、やがて改めて落ち着き払ったような態度で、加地に向かって問いかける。その口調はひたすらにゆっくりと、明確に迫ってくるともいったものだ。「いったいどういうことなのか、あなたはどうしてこんなところに座り込んでいるのです。それで、何をしているのです、何を訴えたいんだ」

加地はいまになって不意に、思い浮かんだ言葉を口にする。「そうか、あなたはそのフェレットというやつを二階から階下へ放り投げたのか」

平の方こそそれは寝耳に水の言葉だったようで、彼に訊き返す。「何だって」

加地は冷静さを取り戻し、改めて言い直す。「ですからね、わたしはここにいなくてはならない。この場はわたしにとって、どういうところだったか。ここはわたしにとり、代えがたい場所なんです、この石ころだらけの海岸はね」

平はその場にただ落ち着き座ったまま、じっくりとおもむろに加地の全身を眺めていくようにして口を開く。「あなたはそんなふうに平然と椅子に座り込んでいる。そうやって、わたしを弾き出そうとしているんですよ」

加地は思わず口もとが緩む。「おかしな人だなあ。あなたが勝手にこちらへやってきたのではないですか」

平の目もとにはいくらかまだ柔和さが見て取れるが、その言葉はいよいよはっきりとしてくるかのようだ。「だから、この場所は違うんです、ここはわたしの頼みとしているところなんです。あなたにはいて欲しくないのです」

加地は相手からの圧力にさらに対抗するかのように言葉を返す。「わたしはただここにこうしているだけだ。どういうんです、あなたはつきまとい、絡みついてきて」

平はその主張をわずかも引っ込めようとする様子はない。「あなたの座っているその場所はあいつの亡くなった場所じゃないか。わたしはそう言ってきているのです。あんたはそのことを聴いたじゃないか。そこへ居座っているんです、あんたはね、そのかけがえのない場所に」

「それはできません。いま、わたしはここにいなくてはならない。いる必要があるのです」加地もまたそれに対して、自らの立場をはっきりと主張する。

「わたしはあいつを放ったんだ。野に向かって、解き放ったんだよ。生きてみろ、と」平は構わず言葉を続ける。

「残念ですが、わたしはここへ、この場へ座っていなければならない」加地が続ける。

平が言い切る。「だから、出ていってくれませんか。わたしを脅しているのか、その場へ座り込んで」

加地は足もとの石ころを見つめる。それから、周りに広がる海岸の上を眺め、どこかへ向かって訴えるように言う。「何て静かなんだ、石ころってやつは。それに容易に動かない。いや、自分からは動かない。何かによって、動かされるだけだ、飛ばされたり、崩されたり、蹴られたり。勝手にしろ、と。だけど、もともと勝手にしているだけなのだ、まったく動かない、まるで音を立てない、何にも惑わされない、これ以上に勝手にしているものってあるか」

ふたりは互いに時や、動作がずれたように思い思いに周りに広がる海岸の上や、とりわけこの場の足もとの石ころを見つめ、眺めている。これまでにもいくつもの視線や、光線が放たれたり、差したりしてきた同じひとつの場所を。微動もしていない、音を発してもいない同じその場所を。

加地はむしろそれまでより穏やかに言葉を発する。「あなたはわたしにぶつかってきた、わたしはこの場に座っていた、わが身を獲物のようにでも差し出して。すると、のこのこ出てきた、あなたがね。ここは代わりのきかない場所なんだ、わたしにとって」

平はその場からおもむろに立ち上がり、いくらかあたりを行ったり来たりし始める。いくつか足もとから石ころを拾い上げ、少し眺めてはまた下へ落としたり、さらに別のものを取り上げたりといった行為を繰り返している。

すると、最後に手にした硬く、乾いた灰色の石ころをじっと眺め、口もとへ近づけると、そのものへ向かって語りかける。

「いい加減、腹立たしい。ほら、今日もまたこんな次第だ、ここのところおかしなやつが出没しているのさ。椅子を据えて、海に向かって、じっと腰掛けている。わかるかな、見えるかな、おまえの死骸となって転がっていたところへ、その上へどかっとばかり座り込んでいるのさ。いったいどういうつもりなんだ。おまえを弔っているのか、とんでもない、おまえのことなんかまったくわかってもいない。それどころか、おまえはどうにかされてしまう。おまえは奪われようとしているんだ。奪われてしまうぞ、おまえは、この男に。わたしに挑んでいるつもりらしい、この男はこんなところへ居座り、もしかしてぬけぬけと責めているつもりのようだ。何を仕出かしたんだ、わたしは。おとなしいな、おまえは。そうだ、それはもともとからだ、その上、死んでいるとあってはなおさらだ」平は自分の顔を手にした灰色の石ころのすぐ前にまで近づけていくと、ぐっと凝視する。それからまた、言葉を続ける。「そうだ、捨てられたのさ、わたしはな。一方、おまえは野に放たれた。お互い間違いの真っ只中にいるってわけだ。どうしてこんなことになった。いったいだれだ、こんなことを仕出かしたのはどこのどいつだ」

石ころに向かって語り終えた後、平はそれを掴んでいた手を下ろし、それから、その塊を無造作に先に広がる一面の石ころの上へ放り投げる。

加地は相手の行為を、さらにはその語りを無表情に、いくらかは胡散臭くも見守っていたが、手を伸べて、椅子の背もたれの端をさするように撫でていく。すると、改めて思いが立ち昇ってくるようだ。いったいこの男はどういうつもりだ、あえてどうしてかこんなところへ現れた、しかも彼を追い出そうとまでしている、と。まるで何ものかの仕掛けた罠か何かとばかりに見えてくるようだ。わざわざ身を差し出すようにこの場へ座っていたところ、それをまた追い払おうとでもしているというのか。まるでこの男は〈あいつ〉の遣いだ。そう考えると腑に落ちてさえくる。しかも〈あいつ〉を待っていると、〈あいつ〉に追い払われるというわけか。何という厭わしい巡り合わせ。

加地は相手に向かって声をかける。「あなたはどこからきた」

平は即座に返してくる。「あんたこそ、どこからきた」

加地が言う。「人を脅しているな」

平が続ける。「人を欺いているな」

加地は相手を悟らせ、わからすような話し方で、これまで思っていたことを言ってみる。「わたしはあなたを知っていましたか。いや、知るわけもない。あなただってそうだ、わたしのことなんか知るわけもない。そうではないか。放っておいて欲しい」

するとどうしたことか、平は自身の座っている堆積物の山を見回すようにした後、落ち着いた調子だが、言葉を発する。「ところで、あなたはこういう塊の山を造り上げている、造っているんだか、積み重ねているんだか。いったい、それはどういうつもりでなのか」それはまるで逆に、彼に悟らせ、問いただしているといったような口調だ。

平は腰を乗せているところから、そのあたりにあった石ころを手軽に拾い上げると、またしてもその硬い、灰色の塊へ向かって語りかけ始める。

「なあ、おまえ——おまえの横たわり、身じろぎもしなくなっていた場所へこの男は現れ、椅子の上に座り込んでいる。どういうんだ、これは。だけど、実際、この通りだ。しかもまた、この男の大きな石塔か何かのように築き上げたこの代物、これは以前にわたしがあそこで展示させてもらったものにも似ているじゃないか。そして、それがいま、こうしてここに積み上げられている。これは何なんだ。そうか、それならこれはまさにわたしへの返答というつもりなのかな」そう語り終えた後、彼は再び、手に持っていた石ころをあっさりと傍らの山の上に戻す。

　それから、平は加地の方へ向き直ると、淡々と言葉を語りかける。「わたしも造っていましたよ、実際、こうした石塔めいたものをね。どうしたって目が惹かれてしまう、ここに広がり、また落ちてもいるこうしたものには――遥かな波に乗り、遠方からいろいろ流れ着いたもの、またこの場で落とされたもの、捨てられたもの、ゴミの数々、この場に限りもなく転がり、広がっている石ころの集積。――そして、そういうものに心が占められていく、染められてもいく。これからもまさに造り続けていくつもりですよ。少し前には展示会などもしていたのです、街なかでね、〈ギャラリー椎名〉でね。そういうことからして、彼女とも知り合いではあるのです。三カ月ほど前ですかね、もちろん、あいつもまだ元気でしたから、よく連れて散歩をしていたりもしたのですよ。それで、画廊での下準備のときにも連れていっていたのです。だから、彼女は見ているし、知ってもいるわけです、あいつについてはね。その背中の毛並みをね、撫でていたりもしていたと思いますよ。いまとなっては、もうどうにもならない話だが」

　加地はいくらか呆然としたようにも、語っていた相手の方を見つめている。それから、おもむろに椅子の脚の脇に転がっていた石ころを掴み、拾い上げると、こんどはその硬く、丸い塊に向かって語りかける。

「これは驚きだ、どういうんだ。この男、ますます絡みついてくるようじゃないか、何だか新たな局面に入り込んできたようじゃないか、背中を蛇のようにも這ってくるようだ。ううっと――少し息苦しいかな。身体の表面からさっと血が引いていき、冷たくなっていく感じだ。けれども、その奥の内部でかっかと何やら燃えているものもある。おかしな気分だ、これは気味の悪い気持ちと言うべきだ。さあ、どうすべきなんだ、こちらは」

　加地は語り終え、手にして、目の先に見ていた石ころを再び、椅子の脚もとのところへ戻すと、次に平に向かって声をかける。

「そうですか、わたしが気持ちに任せ、怒りやら、苛立ちやら、投げやりやらで積み上げていったこうした山もひとつの作品ともなるわけですか。まあ、見ようによってではですがね。そして、あなたはそれをもっと研ぎ澄ませ、洗練させ、あるいはそっくり粗雑なままに提出した、一個の制作品が完成した。そして、それが飾られた、人々の目に見られた。それはどこあろう、彼女のところのギャラリーだった。彼女は元気ですか。わたしは昨日、会ったばかりだが。だけど、昨日、会ったとしても、知らないことが大きな穴のように空いていた。もしかして、わたしはこの高い空と、広い大地によってしっかりと騙されているのかな。気をつけよう、少なくとも自分で自分を騙していくことのないように。少し厚かましいかもしれませんが、あなた、もしよければそれのお手伝いをしてくれませんか。さっきは何かわたしに力を貸してくれるとか言われていましたよね、どういう意味なのですか、それは」

　平はそれに対して、平静な声で答える。「あなたのこしらえたものはわたしの造った石塔と同じようなものだった。わたしの造っていた石塔と同じようなものを造った。これはひとつの返答になるじゃないか。あなたは密かにそれを仕出かした、造り上げていた、と」

　加地は相手から返ってきた言葉に思わず応じる。「怖ろしい、あなたはこういうものを造っていたのか。怖ろしい、あなたはわたしと似ているのか。そうなのか、気持ちが悪い、何でわたしのなしたことをすでにそれより前に仕出かしていたんだ」

平はまるでわずかも意に介さない。「わたしのあいつが死んでいた場所にあんたは現れた。椅子を据え、その上に座り続けている。いったい、あんたはあいつか。わたしは何を言いたいのか。あんたはわたしを責めにきたんだよ。何でそこだったんだ。わたしの聖地を汚しているじゃないか」


加地は身を屈め、椅子の脚の回りにあった石ころをひとつ拾い上げると、自らの口もとまで持ってくる。まるで思いに駆られるようだ。再び、それへ向かって語りかけていく。

「この男、いったいどういうつもりなのだ。どうして彼女のことまで口にし始めているのか。何やらただならぬ空気が漂い始めているようじゃないか。どうして、椎名がわたしと関わりがあるまで言い出しているのだ」

すると、少しも動じることなく、ただちに平が腰を下ろしている堆積物の山の上から声をかけてくる。「そうなんです、わたしは先だって、あなたと彼女がともにいるところをお見かけしたことがあるのですよ。車のシートに座っていましたけど、あのギャラリーのあるビルの下の通りの交差点で。信号待ちをしているところだったようですがね」

加地は手にしていた灰色の石ころを下に下ろした姿勢のまま、いくらか啞然としたようにじっと相手の方を見つめている。平はそれからもさらに鷹揚な態度で言葉を続けていく。

「それで、数日前、彼女から電話がかかってきたのですよ。ひどく珍しいことでね、個展をしたとき以来じゃないかな。それで、車を見かけたかと尋ねてくるのです、この海岸でね、大胆にもこんなところまで入り込んできたものを、とね。それから、流木のことについても知りたがっていたようでしたが、わたしにね、そうしたものに興味があるかとか、収集したりはしているか、などとね。こちらはありのままを答えただけでしたが。それでね、そのときわたしも何かつい、あいつのことを話していたようなのです、その数日前に死んだばかりでしたしね、同じ海岸の話でもあったので。いま思えば余計なことをしたものだ、と。まさに悔いているのだが」

加地は疑わしい視線で相手の方を見つめ、また椎名と男との関わりについてもいくらか推察を巡らしていくようだ。そんな加地の様子を映してか、いや、そもそもからの気持ちが甦ってきたものか、平の方でも加地を訝しさのこもった顔つきで眺めている。

加地は再び、その身を屈めると、椅子の脚もとから石ころを拾い上げて、手に持ったその塊に向かって語りかける。

「いったい、どういう話だ、これは。何なんだ、ますますわけのわからない圧力が加わってくるようじゃないか。どこがどう結びついているんだ。とはいえ、脅されていると言いながら、しっかりとこの場を奪い取ろうとしてきてもいる。いったい、この場が弔いの場所に変えられるのだとでも。それが〈あいつ〉の仕打ちか。まるで〈あいつ〉のように人を拒み、斥けてきているじゃないか。もしかしてそのものの遣いか、そう考えたっておかしくはない。まるで彼方の透明な世界からその遣いとして、現れたのではないか、この男は。かりにもまた、そう思ってみろ。何でまたこんなことになっているんだ」

平は石ころに話しかけている加地の方はほとんど眺めることもなく、いまや先の岸辺を見つめ、一方、手では周りの石ころを拾ってはそれを所在なげに軽く、前へ向かって放り投げている。加地もまた、手にした石ころの丸く滑らかな面に指を押し当て、思い巡らすようにしてそれを撫でている。

そのとき、斜め後ろに控えた岩場の方から人の声が聴こえてくる。初めはだれかが他のだれかに向かって話しかけているのだろうと思い、またそれなりに距離の隔たりもあったので、気にもせず、その言葉もはっきりとは聴き取れないままだったのだが、やがて石ころを踏みしめる音とともに近づいてくると、それが椎名のものであると思い当たり、加地はその響きの方を振り返る。

いまやふたりのところまで達し、ちょうどその間に立ち止まると、それまで何と言っていたのかははっきりせず、その中途からのものではあったものの、椎名の語りかけている言葉が聴こえてくる。

「でもまた、風も穏やかだけど、今日は見慣れない光景が見えていますね、珍しいというのか。何と言うのか、思いがけない取り合わせというのか。でも、この石ころだらけの広がりと、海のうねりの繰り返しの不変さと比べれば何ということもない眺め、そうなのかもしれない。だけど、やはり気になるじゃないですか。一日、一日と小っぽけな人間にも、小っぽけな何かが起こる。小っぽけな、などというのは言い過ぎかもしれないけれど、些細で、かすかななかからでも貴重であったり、見逃せなかったりするようなものも見えてくる。あれから何を考えていましたか、何を感じていましたか。それで、何か思い当たったことは、起こったことは？」

ふたりの間を行き来していた椎名の視線は最後に加地の顔の上に止まる。あたかもそれに刺激を受けたかのようにして、加地は口を開く。「眺めていたのか、いまも話を聴いていたのですか」

椎名は同じような落ち着いた口調で、率直に言う。「それはね、少しは見てもいたし、聴こえてもいましたよ。実情とはいくらか違うのじゃないか、わたしの感じていることとはずいぶん違っているのじゃないかって思いながらね。それもあって、脚を前へ踏み出していくのが遅れたのかもしれないけれど」

平がその場に腰を下ろしたまま、そんなことにも構わず、あたかも言い立てるように口を開く。「それなら話が早い。そもそもとして、あの展示物があったからこそ、あなたと知り合うことにもなったのではないですか。それと同じ石塔めいたものがまた、この場に出来上がっているというのはどうしたことなのか。まさにこの人が造り上げた。まるでわたしの手と腕と、腰と脚まで使ったように。いや、何よりどうも当時のわたしの気持ちにも近いものすらそこに込めた末。怒り、落胆、放擲、その他、その他――。あなたを介してのようにそんなものが生まれてきた。そしてまた、それに加えて、わたしがあなただけに話し、伝えていたことがあった。どうしてだか、あなたにフェレットの話までしてしまった。それでどうなった。あなたはもちろん、この人と知り合っていたし、つながり合っていた。それでわたしのことをどう眺めていたのか、わたしの仕出かしたことを。そうではないかな、実際、目配せや、それを超えた意思の伝達すら行なわれていたのではないかと。どこかで何かを騙そうとすらしていたのではとも。何でこの人はこんなところに座り込んでいるんだ。あんたらはわたしに何をさせたいんだ。わたしは何を仕出かしたんだ。まさに怖ろしいことに。

また少なからず気味の悪いことにも」

椎名は一瞬、横目で睨むように平の方を見つめるが、それに替わるかのように向こうに広がる堆積物の山の方へ視線を移し、口を開く。「昨日とあまり形は変わっていませんね。とくに何かをつけ加えたわけでもないようですね」

加地もまたその積み上がった山の方を見つめて、椎名に向かって語っていく。「でも、あなたはこれに似たものを、こんなふうに積み上がった山をすでに見ていたのですよね。いや、まさに扱っていたのではないか。もしかして、そこにあったものはわたしの気持ちを先取りしていたようなものじゃなかったか、と。いや、そもそものとき、わたしの気持ちまで見通されていたのではなかったか、とも。苛立ちやら、落胆やら、放棄やらといったものを。わたしがいつか、そんなもので捏ね上げた何かを造り出すのではないかとばかり。実際、まったくもってそんなことになった。いったい、どこかで騙されていたのか。しかも材料については余りあるほど豊富なこの海岸で。実際、わたしはまさにこの石ころと海鳴りの場所までやってくることにもなり」

椎名は口もとに笑いを浮かべ、また冷たい目で加地を見つめて言葉を発する。「本当ですよね、遥かなところまで見通しがきいて、まさに千里眼にもほどがあるというくらい。ところで、その千里眼て、この場合、わたしのこと、それともまた、あなたのそのとんでもない眼力の方のこと?」

加地は椎名の言葉には取り合うこともなく、さらにその先を続けていく。「それなら話が早い、すでに聴いていたというならね。そうか、どうやらわかりかけてきたぞ。それでまた、あなた方がすでにそうした知り合いであったとしたら、何かの折りにでも話になっていたのかもしれない、なっていなかったとも限らない、あの埠頭で起こったことについてもね。車が岸壁の直前で急停止したあのときについても。何故って、この人のこしらえ上げた制作物の構成要素にはいまも言っていたようにあの際に発火し、生まれ出ていた気持ちや感情と重なる部分が少なからず含まれていたに違いないのだから。放擲やら、忘却やら、脱出といったものが」加地はさらに言葉を続ける。「いや、それだけじゃない。その話がすでに耳に入っていたとしたら、この人はそこに自分と同類か、あるいは似て非なる気味の悪いものを見出していたのかもしれないのだから。それにまたそうだとしたら、そのことにこの人は興味深さか、おぞましさを感じて、まるで引かれるようにして、この日、この場所までわざわざやってきたのかもしれないのではないか。しかもそれに加えて、わたしがこの場に座り続けていれば、あなたはいつかこの男がフェレットの件でわたしを追い出しにくるということすらわかっていたのだ。実際、わたしに絡みつきもして、敵対視もしてね」

椎名はじっと表情もなく、ただ加地の方を見つめていた後、やがて口を開く。「いったい、わたしがいろいろな人や、物ごとを破滅させたがっていたとでも。そんなことをする必要がある。それならわたしはこっちでフェレットの話をしたり、あっちで埠頭の話をしたり、ずいぶん忙しいわけですね。何だか八面六臂の活躍をして」さらにつけ加える。「それよりね、もともとから通じ合っていたものがあったのじゃない、あなた方は」彼女にとって、そんなことはどうでもいいといった口振りだ。

椎名はその場でゆっくり身を屈め、足もとの石ころをひとつ、拾い上げると、口もとへ持っていき、それへ向かって語りかける。「それはその通りよね。この人の行なったことはもうひとりのこの人の行なったこととも変わらない。フェレットを放ったことと、あの埠頭で仕出かしたこと、そしてまた、人も仕事も放り投げようとしたことと。それに同じように、似たような堆積物の山を築き上げていたり」

彼女は手に握っていた石ころをその場へ放り出すと、半ば加地や、平に向かって語りかけるように言う。「そんな不安の先には何が見えてくるのか。あなたには、そして、あなたには」

平は石ころをひとつ、掴み上げると、それを口もとまで持っていき、それへ向かって語りかける。「そうだ、飼うか、飼われるか。飼うことに嫌気が差した、生き物の飼われることに気味の悪さを覚えた。何て世話の焼きたがりなんだ、厚かましいんだ、身勝手なんだ、一方通行なんだ。——それで、わたしは殺し屋か、殺害者か。それがどうした、そして、何でこの男はここに座っているんだ、自分の居場所だとばかり」

平は石ころを放り出すと、加地に語りかける。「あんたにそこへ座られていると、わたしには死んだあいつの姿が浮かび上がってくるんだよ。あいつがそこに座っているかとさえ感じられてくる。その場で恨みを突きつけ、責めてくる。たまらない」

加地はその言葉に対して、はっきりと言い返す。「だけど、あんたはすでに知ったじゃないか。ここはわたしの居場所だ。傷つけられ、奪われた車の現れたところ、わたしがそれを待ち設けているところだ」

平もまたそう言われると、強く言葉を返す。「だけど、あんただってもう気がついたじゃないか。ここはわたしの居場所だ。わたしがあいつを悼むための場所だと」ふたりの言葉は互いにあたかも言い合いの様相を呈してくる。

加地は相手に訴える。「何も知らないんだ、だからそんなことができる、追い出そうとしている。その無知こそ怖ろしい」

平も加地に言葉を返す。「何もわかっていないんだ、だからそんなことをやっている、追い出そうとしている。その無知こそおぞましい」

続いて、平は笑って言葉を発する。「何でそこに座っているんだ。あんたは傷つき、奪われた車の夢に取り憑かれている」

加地は笑って、言葉を返す。「何でここへやってきたんだ。あんたは死んだフェレットの夢に溺れている」

平が言葉を放つ。「あんたにわかるか」

加地が言葉を吐く。「あんたにわかるか」

続けて、加地はあたかも思いついたように言葉を発する。「そうか、わたしを追い出そうとしている、拒んでくる、まさに〈あいつ〉じゃないか、〈あいつ〉そのものじゃないか」

平が気づいたように言葉を放つ。「そうか、わたしを恨んでくる、脅してくる、まさにあいつじゃないか、あいつがそこに化けて出てきたのじゃないか」

加地は呆れたように言う。「こんな山まで造って」

平は呆気に取られたように言う。「こんな山まで築き上げて」

加地は足もとの石ころを拾い上げると、それを口もとへ持っていき、その塊に語る。「この男は〈あいつ〉の代わりにやってきた。わたしを追い出そうとし、拒もうとしている」

平は堆積物の山から石ころを掴み取り、その塊へ向かって語りかける。「この男はあいつの代わりに座っている。わたしを恨んで、責めている」

加地はあたかも驚き、石ころに向かって語る。「おお、きたぞ、きたぞ。やってきたじゃないか、あいつのお出ましだ」

平はさながら仰天し、石ころに向かって語りかける。「おっと、あいつが湧いて出てきている、そこに座っている、化けて出てきている」

加地も、平も握っていた石ころをその場へ放り捨てる。

すると、ついに笑い声が破裂する。加地も平も、自身を吹き飛ばすかのように、また堪えきれずといったように笑いを発する。

加地が言い切る。「あんたなんか当てになるか。わたしなんか当てになるか」

平がはっきりと言う。「あんたなんか当てになるか。わたしなんか当てになるか」

再び、笑いが発する。ふたりはそのまましばらく、やめられないとばかり笑い合っている。

椎名はその場に身を屈め、石ころを拾い上げると、口もとへ持っていき、それへ向かって語りかける。「わたしはね、あの人が何かをやらかすとしたら、あのフェレットを通してだと密かに怖れていましたよ。すでにあのとき、あからさまにそれを連れて、見せて歩いていましたからね。もしかしたら、すでにそのときから確信的な気持ちでいたのではと思えるくらい」さらに彼女は言葉を続ける。「そう、もしかして、この人たちは知り合いにもなれそうだと思ったのよ、確かにね、互いに通じる部分があるかもしれないと。実際、引き合わせて上げることだってできるのじゃないかって」それから、笑う。「でもことによると、まさに戦う同士になるかもしれないけれどと。だけどまた、笑い合いの同士にまでなっているとは」

平はやがて笑い止むと、無表情な顔に戻って、足もとに落ちている小石を、ほとんど豆粒ほどのものをひとつ拾い上げると、それを自らの頭上高くへ放り投げる。その小さな塊は上りつめるだけ上りつめ、次にはまた真下へ向かって真っ直ぐ落下してくると、そこにあった平自身の頭の上へ衝突する。すると、まるでそれに刺激を受けたかのように、彼は語り出す。

「いったい、どういうことだ。見事に命中、閃いたぞ」さらに言葉を続けていく。「そうだ、わたしたちはいがみ合ってばかりいる場合か。あなたのつもりとわたしのつもりはぶつかり合っている、この同じひとつの場所の上で斥け合っている。わたしたちは同じ目に遭っている、まさに同じようだ、まるで友達じゃないか、似た者同士だ。そうか、わたしはあんたと友達になりにきたのか。だって、同じ場所を同じように求めているのだからな。だけど、まるで違った理由で、異なる目的で。あなたは奪われた車に、わたしは死んだフェレットに。これは歴とした友達じゃないか。そしてそれなら、わたしは奪われた車について思いやる、あなたは死んだフェレットについて思いを致す。はっはっ、すでにその友情の証しがここに積み上がっている石ころと、ゴミと、漂着物の山じゃないか」

加地は驚く。ことさらに驚きに打たれている。「そうか、友達だったのか。それで、あなたはやってきてくれたのか。友達として、〈あいつ〉の遣いまでしてくれて。だって、あなたはわたしを追い払おうとしているのだからね。〈あいつ〉のやりたいことを代わりにやって。〈あいつ〉を待っていると、そこから追い出される、いかにも〈あいつ〉のやりそうなことじゃないか。まさしく〈あいつ〉からの知らせを届けてくれた、あなた自身が返答そのものとなって。友達だ、これ以上の友情はない」

平は平然と言葉を続ける。「そんなありがたい指摘をしてくれるとはますます友達だ」

椎名もまた冷静な口調で、平に向かって語りかける。「さっきあなたは言っていましたよね。わたしとこの人が通じ合って、つながり合っていると。それで、あなたをおびき寄せるか、待ち伏せするかしていたと。あなたの心を占めていたものの亡くなったこの場へ、あなたの仕出かしてしまった結果の露わになったこの場所へ。でもね、あなたこそこの場へやってくることを求めていたのですよ。密かにそれを望んでいた。もう本当は密かにいそいそと、あなたはこの場へやってきたのですよ。あなたはね、あなたの言葉を、話を聴いてくれる相手を求めていた。あなたは思いの丈を放ちたかった、肩の荷を下ろしたかった、それをこの人に向かって。それをあなたは望んでいた」

平はひと際、活気づくように言葉を発する。「これはまさに友達じゃないか。ほら、ほら、これはまたすごいことになってきているぞ。珍説出現。わたしに見えるわたしがまた増えた。これこそ友情のたまものだ」

加地は冷静に言ってのける。「友達っていうのは敵のことだ。はっはっ、好敵手ほど自分を生かしてくれるものはない」

平が淡々と言う。「あんたはまともじゃない。友達じゃないか」

加地が続けてみせる。「あんたは気味が悪い。友達じゃないか」

椎名はだれにともなく言う。「何でも言いたい放題。それは自ら言っているの、言わされているの、言わせているの」

加地がまた、平に言葉をぶつける。「それでこんどは取り込まれていく、手玉に取られる。友達だから拒んでくれるのか、友達だから追い出してくれるのか、友達だから撲(なぐ)ってくれるのか。どこかで騙されている。何でも絡め取られていく。こんどは友達作戦か。それが〈あいつ〉のこんどやらかそうとしていることか」

平は冷静に答えてみせる。「もう一度、言うが、わたしたちはいがみ合ってばかりいる場合か。もしかして、これはだれかの思う壺じゃないか。そう考えたっていい。もっと冷静に思ってみたっていい。あんたの言う〈あいつ〉をどうにかしなければならない。〈あいつ〉は本当にどこにいるんだ。そんなものどこにもいないのだとしたらどうだ、こっちがただ勝手に転んでいるだけだ。これこそまさに思う壺じゃないか。あんたの〈あいつ〉は喝采しているぞ、いまのこのわれわれのドタバタ振りを眺めながら。そうさ、勝手な空回りこそまさに思う壺だ」

加地が突然、叫ぶ。思わず座っている椅子を手で叩き、痛みに驚く。「そうか、わかったぞ。あの刻み傷を仕出かした〈あいつ〉はいま、争いの真っ只中だ。きっとどこかでやらかしている。戦争と呼ばれる諍いの真っ只中だ。〈あいつ〉にとってはそれが養分なのさ、領土争い、国境争いといった戦争が。それで、ここでもまた小っぽけな、小っぽけな場所争いが仕出かされている、その最中だ。〈あいつ〉はどこかでこれを眺めている、視界に入れている。してやったりとばかり。どこかから聴こえてくるぞ、喝采の響きが。どちらが傷つこうが構わない。傷は〈あいつ〉の好物だ。相手を傷つけて、喝采されるのが戦争というものだ。まともじゃないことこそがまともになる。喝采しているぞ、〈あいつ〉がすぐこの間近で。この小っぽけな石ころだらけの海岸はどこまで続いているんだ。遠く遥かな戦争の地まで、行き着くとしたら見えざる彼方、地球の裏側までも」

平が高らかに叫ぶ。「〈あいつ〉のお出ましだ」

加地が声を張り上げる。「そら、〈あいつ〉のお出ましだ」

椎名はあたりを歩いて回る。それから、冷静に言ってみせる。「それでいったい、何をしようっていうつもりなの」

加地が不意に、どこか先の方へ向かってひとり、つぶやく。「いったいどうなっているんだ、これはまたどうなっているんだ」

平が思い出すように言ってみせる。「まったくどうしてこんなことになった。何もかもうまくいかない」

加地が言ってみせる。「騙されているのか。すっかりどこかへと放り込まれて」

平が強く言い切る。「仕出かしやがって。こうしたことはいったいだれが仕出かしたんだ」

椎名が言ってみせる。「それで、こんどはいつ笑い始めるつもり」

加地が言い放つ。「まともじゃないこと、いまそれが起こっている」

平が続けてみせる。「まともじゃないこと、いまわたしがそれを言っている」


加地はいまや、自分の座っている場所について思い至るかのようだ。椅子の脚もとから石ころを拾い上げて、その塊へ向かって語りかける。「この男は本気か、わたしは本気か。何が本気だ、どれが本気だ。本気はどこへいった」さらに言葉を続ける。「いったい、何が起こっているんだ。何でわたしはこんなところに座っているんだ。何が仕出かされているんだ。わたしは馬鹿馬鹿しい者だ。わたしは茫然としている」

平は急くように腰のあたりから石ころを掴み上げると、その塊へ向かって語る。「どこから、だれに追い込まれたんだ、わたしは。何故こんなところをうろついているんだ。わたしは空け者だ。わたしは呆れている」

加地は自らの持っていた石ころを放り出す。一瞬、自分の座っている場所を思うと、自身の記憶が真っ白になったように感じる。それから、われに返る。次にはまた、もっと本格的に真っ白なものが広がっていく。言葉が失われていくようだ。

椎名がいくらかわくわくしたような口調で言う。「何かがわかったのか。もう起こったのか。いいえ、これから起こるのじゃないですか」

平が掴み上げた石ころに向かって、語る。「だけどだな、くるくると世界は回り続けている。手を替え、品を替え、現れ出てくる、執拗なのだ。それで、わたしの前に現れたのじゃないか。そうだ、いなくなった後、いまここに。そうさ、化けて出てくる。だけどまた、どうせ幾度も化けて出てくるに決まっている。そういう予感がする。きっとそういうものなのだ」

突然、加地は椅子から立ち上がり、一、二歩進んで、平の前に立つ。それから、態度が急変したように身を屈め、相手の身体のあちこちをまるで切羽詰まったように手ではたき、触れて、撫でて、探っていく。その動作とともに言葉を発する。「どこにいるんだ、あんたはどこにいるんだ。ここか、ここか、ここか。見つけたぞ」

平はその場で身をよじり、離れたり、かわしたりしながら、加地の動きを封じるようだ。言葉にならないうなり声や、いきみ声を発している。「どうした、何だ、落ち着け」

椎名は笑い出している。「こうなりますよ、こうなったっておかしくない」

やがて、加地はそれまでの素振りを止めて、身体をもとに戻すと、後ろへ引き退き、再び、椅子の上に座り込む。その場で身じろぎもせず、いくらか虚脱したように相手の方をまじまじと見つめている。

幾分、荒い呼吸をしながら、平は黙ったままじっと目の前のものと向き合っている。すると、腰を乗せていた石ころの山から立ち上がり、加地の前まで進んでいくと、その椅子を勢いよく手で叩き、揺らし始める。それとともに言葉を発する。「おお、やっと出てきたな。こうなるはずだった。ここで、そいつに化けて、座っている。そういうつもりか、いくらでも出てくる、いくらでも化けてくる。見つかった、そら、見つかった」

いったん言い放つと、平は再び、もとのゴミや、漂着物の堆積した山まで戻ってきて、じっと静かに座り込む。

椎名はすでに笑い止んでいる。それから、言葉を発する。「起こっているのに、起こっていると気づいていない。そうですよ、そういうことだって、大いにある。何がわかったのか」

加地はすでにその場からは動くこともなく、隔たりを置いたままだ。堆積物の山の相手に向かって、離れたところから呼びかけるように言う。「おお、あんたじゃないか。わたしの車を傷つけたな、車を奪ったな。やっと会えたじゃないか」

平はじっと加地の方を見据えている。それから、石ころを拾って、それへ向かって語りかける。「この男、わたしをどうしたいんだ。わたしにこんなことさせやがって。いったい、だれのせいだ」それから、続ける。「この男、いったい何をしたいんだ。それでまた、こんどは何のつもりだ、何のお愉しみだ」

加地は視線をぼんやりと、しかし、前の方へ真っ直ぐ向けたままでいる。それから、おもむろに石ころを拾い上げると、それへ向かって語りかける。「いったい何を言うべきなんだ。自分が騙されるのが悪いのか。しかし、向こうだってあからさまに、密かに騙そうとしているじゃないか。何故って、自分が騙されまいとして、世界へ向けて仕掛けようとしてしまっているからさ。世界へ向かって働きかけようとしてしまっているからさ。それは確かに身を守ろうとしてのことかもしれない。それにしたって、騙すことに加担してしまっているのに変わりはない。騙すことなしに、世界は動いていかない。空っぽの世界で駆動力を持つのは騙すことだけだ。食うか、食われるかというのは騙すか、騙されるかっていうことなのさ」加地はぐるっと周りを眺め回す。「そら、すっかりと仕出かされているぞ」

椎名はその場からいくらか歩き出し、ときに加地の方を眺め、ときに平の方へ目を向けていたが、ふと立ち止まると、加地の方を見て、声をかける。

「それで、あなたは場合によっては騙す方、または騙される方？　確かにね、旗は相応に掲げられる、ときに正義だったり、ときに知識だったり、ときに愛だったり。騙そうとしてね。でも、ときに、大いに——騙していることも知らないで、騙している。これって、何なの。無知の極み、無自覚なままに」

加地はその場から、あたかも吠え声を発する。「おう、おう——」

椎名は冷静なままに言葉を続ける。「それにまた、世界を行く駆動力って言えば、車のことじゃない。それで、騙されているのね、仕掛けられているのね、そのものに。さんざん傷つけられたり、奪い取られたり。まんまとそのなかへ取り込まれて」

加地は石ころを掴み上げ、それへ向かって声を発する。その吠え声はますます犬に近くなっている。「うぉう、うぉう——」といったばかり。

するとそのとき、平が腰を下ろしているその場へ手を回して、積み上げられた石ころの山のなかから漂着物をひとつ抜き取り、持ち出してくる。「いったいこれは何だ、流木かと思ったが、どうやら動物の骨じゃないか。牛の骨か、馬の骨か。海のどこかを遥かに長い間、漂流し続けていたのか。いまとなっては木の枝との違いもほとんどなくなってしまっているが」そう言って、それを差し出し、次にまた、堆積物の山からひとつのものを取り出してくると、言葉にする。「これは何かのキャラクター・フィギュアだな。サイボーグ戦士のようだが、片腕がもげて、抜けている。それでも顔つきは毅然としたまま、いまも変わらず宙を睨んでいる」

椎名は堆積物の山の方へ近づいていくと、それらをいくらか掻き分けるようにして眺めていく。「よく見ると、いろいろ出てきますね、奥の方からも次々と。これは顔面だけの仏像ですね。限りもなく穏やかな表情をして、静まっている。でも、鼻の先が欠けていて、片方の耳も取れている」そう言うと、その塊を引っ繰り返して、裏を覗く。「ああ、一面の黒カビ、いまや菌だけが密かにここに生息している」彼女はそれを差し出すようにして、見せるが、だれも何も発言しない。

加地もまた椅子から立ち上がり、積み上がった山の前までくると、石ころの間から絡みついたコンブの塊を除くと、カメの死骸を引き出してくる。「ほら、これにはサメに食われたような跡がありますね。それでも甲羅の半分は残って、前足はあるけど、後ろ足はなくなってしまっている。小食のサメだったのか、どうしてみんな食べてしまわなかったのか」

椎名も石ころの山を取り分けると、そのなかから死んだカニを――カニにしては比較的大きなものを――引っ張り出してくる。その塊を目にして、一瞬、ため息のようなものが漏れる。「これはどうなっているの。甲羅の上にプラスチックの太いバンドが掛かっていて、そこだけまるで強く締めつけられたよう。まさに凹んで、変形してしまっていて」

平は彼女の手の上に乗ったそれを眺めて、言葉をかける。「たぶん海にいるときにこの捨てられたプラスチックの輪っかが絡んできたんでしょうね。そして、甲羅に掛かった挙げ句、抜けなくなってしまった。それがまだ幼少のころで、カニはそのまま成長した。でも、バンドの締めつけの圧力は絶対だった。それで、甲羅は抉れたように窪んで、奇形の身体が出来上がった」

それでも、そのカニは何ごともなく生き続けたように見える。そんな身に巻きついたプラスチックのバンドすらも天与のものともして、無頓着、無感覚の極みといったように。椎名はその塊を目もとにまで寄せ、それを指先で撫でるような仕種を行なう。それから、さらにもっと引き寄せると、口を開いていく、そのものに嚙みつくかのようだ。

平はさきにある、石ころの間に挟まった赤いネットをまさぐりながら語り始める。「以前に向こうの河口あたりの杭にダイサギの死骸が引っ掛かっていたのですよ。少し不審な死に方だったので、家へ持ち帰って、切開したところ、その胃袋のなかからざくざくと溢れるように出てきたのです。ペットボトルのキャップやら、ビーズ玉やら、豆チューブやら、わけのわからないプラスチックの小片やらがね。あたかも未消化のものが、そのカラフルな小間物類が嫌というほどわんさかね。海に浮かんでいたり、浜に落ちていたものを手当たり次第に口に入れ、腹に収めていった挙げ句にね。野放図に撒き散らされたものを、また野放図に腹に入れていった末にね」平は赤いネットから手を放すと、その指先をじっと見つめたままこすり合わせている。さらに続ける。「それで、この間の展示物のなかへもそれらを混ぜ込んでおいたのですよ。もちろん、明記はしませんでしたけれどね」

それに対して、椎名が気づいたように淡々と言う。「それって、知らないうちにあの場に何かの呪いでもかけようとしたってことじゃないですか。何とも怖しい話」

加地は堆積物の山のなかからひん曲がり、潰れかけた炭酸水のアルミ缶を引き抜き、差し出すようにそれを掴んでいる。静かで、落ち着いた口調で言う。「これは何です。真珠玉か。よく見て下さい、このものは美しい。この歪み、この凹み、この捩れ。何とも厳めしく、だけどけなげにも、また耐えているようにも、でも密かに精気を漲らせているようにも見えてくるじゃないか。撃たれきったボクサーの美しさ、撃たれきったボクサーの醜さに心せよ。ひと言でいえば、得体も知れず、美しい。それからまた、美しいものがすり切れていく、醜いものがすり切れていく」

すぐ横からいきなり割って入ってくるように、平が加地に向かって言う。「それを見て、きれいを疑い、それを見て、きたないを疑う。あんた、何を仕出かしたんだ」

加地はアルミ缶を放り出すと、言葉を発する。「傷つけられた車は美しいのか、奪われた車は美しいのか。イボが張りつき、タールに塗れている流木は美しい」

平は海岸の方を振り返り、一面を覆っている石ころを前にして言う。「だれが仕出かしたんだ。あんたか、あんたか、あんたか。あんた、これを仕出かしたな」

石ころの山を搔き分けていた椎名がそのなかから目に留まり、引き抜いてきたものを手に取って言う。「あら、見つかった、出てきましたね、オレンジ色のパンプスが」

加地はあたりへ目を向けるが、もはやそこにある一々のものは見ていない。「これらは〈あいつ〉

が仕出かしたもの、その残り物、置き土産、お届け物じゃないか」それから、つけ加える。「まともではない。まともなものを相手にしているわけじゃない。どこまでも尽きることがない、まともじゃないものが。海の上を漂ってきた、空の上を飛んでいく、オレンジ色のパンプスがね」

敷きつめられている石ころの上に立ち止まっていた平は後ろを振り返り、ゴミと漂着物と石ころの堆積物の山の方を眺めやる。それから、だれにともなく語りかけるように言う。「こいつはね、ここらに積み上げられているものはね、もう何の役にも立たない、人を愉しませない、癒しもしない。上等じゃないか、大したものだ。存在そのものが間違いの極みじゃないか。それでどうなる、極まった挙げ句そんなものじゃなくなる、もはや間違いなんかじゃなくなるのさ。間違いからも解放されるのさ。おめでとう」

加地もまた、積み上げられた山の方と向かい合う。「だれのものでもない、だれも欲しがらない。お見事じゃないか」それから、石ころを拾い上げると、それへ向かって語る。「車は奪い取られていった、そうだ、ダイサギの胃袋のなかへね。何も知らない、貪欲なダイサギがそれを飲み込んだ。飲み込んだ挙げ句に引っ繰り返った。ご昇天」

椎名は加地の方を冷たく、あるいは無表情に振り返り、しかし、その上に言葉を被せていく。「これらのものは傷つけられたものか、奪われたものか。あなたの車は腕をへし折られ、黒カビが湧き出て、プラスチックのバンドに羽交い絞めにされ、傷つき、変形され、終いにサメに齧られ、アルミ缶のようにぺしゃんこにされたように美しい。それで何より」

漂着物その他の堆積物の山に接近していき、その前で立ち止まった平が言葉を発する。「こいつらはね、弔ってくれと言っている。あいつのようにね。弔ってやろうじゃないか」そう言うと、その山から引き抜いたシャンプーのキャップを口のなかへ放り込む。

椎名は平の方を突き放すように睨んだ後に、しかし、その言葉に重ねていく。「これらのものは捨てられたものか、放っておかれたものか。野に放たれたフェレットはいつしか海を漂い、精根尽きて、荒波に揉まれ、肉塊は腐り、骨と化していた、あるいはその前にサメに食われた。でももしかしたら、プラスチックの小間物類をいっぱい腹のなかに溜め込んでいた。切開してみればよかったわね、その胃袋を」

加地もまた堆積物の山まで近づいてきて、それへ向かって語りかける。「こいつらは気味が悪い、おぞましい、じっと居座ったままわたしを脅してくる。それなら愛してやろうではないか」そう言うと、石ころの間に挟まっていたプラスチックのフォークを折って、そのまま口のなかへ放り込む。

平はかつての生き物のことを、フェレットについてのことを思い起こし、石ころの山に向かって言葉を発する。「あいつには傷はなかった。そもそも心なんてものがなかった。だけど、こんなふうに傷を負っていたのかもしれない。何かの見えない傷を。獣のくせに生意気な」そう語り、その石ころの山のなかに入り込んでいた割れた貝殻を引き抜くと、その鋭く尖った切っ先を他方の腕にあてがい、真っ直ぐに引いていく。その先は肌の皮膚を裂き、そこからは血が赤く滲み出てくる。

加地はかつての地下駐車場で初めて見かけた引っ掻き線を思い起こして、漂着物の積み重なった山へ向けて語る。「〈あいつ〉はね、こんなふうにその切っ先を引いていったのさ、車のボディの上にね」そう言うと、石ころの山のなかに積まれてあった折れた傘の骨を抜き取り、その先端を一方の腕に当て、刻み込むように引いていく。裂けていった皮膚の間からは血の雫が溢れるように湧き出てくる。

平がその言葉を何に向けて、だれに向けているのかわからない。しかし、こう言葉を放つ。「目障りなんだよ、こいつは。邪魔なんだよ、こいつは」そう言って、石ころの山のなかから折れたメガネのフレームのチタンの切っ先を自らの腕の上へ引いていく。そこからはまた血が赤く滲み出ていく。

加地が傘の骨を手にしたまま、石ころの山の前で語る。「〈あいつ〉はね、こういうことが好きなんだ」そう言って、握った傘の骨を自身の腕の上へ引いていく。するとまた、裂けていった皮膚の間から血の雫がこぼれていく。

平が語る。「自分だけが嘆くな」そう言って、自らの腕へフレームの切っ先を引いていく。

加地が語る。「自分だけがまともと思うな」そう言って、自身の腕へ傘の骨の先を引いていく。

平が言葉を発する。「まともじゃないやつをどうにかしろ」そして、またフレームの切っ先を自らの腕の上へ引いていく。

加地が言葉を発する。「心しろ、次々にやってくるぞ、〈あいつ〉らは」そして、また傘の骨の先を自身の腕の上へ引いていく。

椎名はひたすらじっと堆積物の山の前に立ち続けていたが、身を前へ差し出し、そこからひとつ、石ころを拾い上げると、口もとへ持ってきて、その塊へ向かって語りかける。「皆さん、これは道化芝居です。ここに茶番を演じたがっている人たちがいます。まったく何ということ」それから、さらに言葉を続ける。「思い出しなさい、思い起こしなさい。何を知らなかったの、何に気づかなかったの」そう言うと、手にしていた石ころを先の方へ無造作に放り投げる。

加地は構うことなく、ことさらに冷静な口調で語る。「これはね、〈あいつ〉がやっているのさ、〈あいつ〉がわたしに。いや、わたしがやっているのさ、わたしが〈あいつ〉に」そう言って、手にした傘の骨の先を自身の腕の上へ引いていく。腕のそこかしこはすでに血の赤に染まっている。平もそれまでと変わらず、落ち着いた口調のままに言う。「こいつはね、あんたがやっているのさ、あんたがわたしに。いや、わたしがやっているのさ、わたしがあんたに」そう言って、手にしたフレームの切っ先を自らの腕の上へ引いていく。その腕の至るところはすでに赤い血で塗れている。

そう語り、そうした素振りを行なった後、ふたりはその場からゆるゆるととくに当てもなく、歩き始めていく。一面の石ころの上をそれらの踏まれ、にじられている音だけが立ち続けていく。その歩き進んでいくふたりの周囲を巡り、行き交うようにして椎名がゆっくりと歩いていきながら、声をかける。同じ言葉を繰り返すように始めていく。

「思い出しなさい、思い起こしなさい。何を知らなかったの、何に気づかなかったの。挙げ句にはこうして何もかもぐちゃぐちゃにして、呪いと怒りの風呂敷に包み込んでしまう。自分のやらかしたことを思い出すことも、思い起こすことも放棄して。風呂敷に包み込んでどうするのかって。それをまとめて放り投げる。そして、自分はすっかりその場からおさらばする。そういう段取りじゃないですか」

足もとからはひたすらに石ころの擦れ合い、にじられていく音が立ち上がり続けている。当てもなくよたよたと緩慢に歩き進んでいく彼らの先には波打ち際の眺めが間近なものとなって迫ってくる。さらにはそれに近づいたり、離れたり、蛇行するかのように歩が踏まれていく。緩やかな傾斜をともなった一面の石ころの上にいきなり空のポリタンクが岩のように突き出ていて、さらにはすっかり褪色したコンブが長く帯のようになって這っていたりもする。ふらふらと彷徨うようにあたりを巡っていると、やがて突兀と黒い岩の突出している磯場のなかへ入ってくる。

その厳めしく横たわっている凹凸に沿って、歩を運んでいたところ、不意に足を止めると、加地が言葉を発する。「おお、穴が見えてきた、岩場に深く食い込んでいる。あんた、そこへ落ちたいか」かなり離れたところに立っている平に向かって、声をかける。

あたかもそのすぐ間近に立っている者のようにして、平がその言葉に返す。「あんた、そこへ落ちたいか」

黒く鋭い岩に取り囲まれ、潮溜まりのようになって、深く、大きくその穴は開けている。加地はその静かな水面へ向かって、声をかける。「わたしはそうしたい」

先にある隔たった岩の上から、すぐに声が返ってくる。「わたしもそうしたい。おめでとう」

加地はますます身を乗り出すようにして、静かな水面を覗き込む。それから、またひと言、言い放つ。「まさにその通り。おめでとう」転がるようにして、そこへ身を投げる。溜まった海水がその身を受け止め、白い飛沫と撥ね音を返す。穴の向こうでも平の身を投じた際のそれが響いて返ってくる。

海水の揺れて、波打っている穴の縁に立ち、その場へ身を乗り出すようにして覗き込んでいる椎名が言葉を発する。ただ淡々と見極めるように言い放つ。「これは何なの。互いに相手を退治しようっていうつもり？　ここはあそこの岸壁なの？　こんどは水のなかへ雲隠れ？　ますます笑いが止まらない」

ほとんどまるで炎のような形をした雲がゆっくりと千切れながら、広がっている空を流れていく。しかし、その色彩はどこまでも白く、そして限りもなく静謐で、それらはすべての変化を呑み込んだまま進んでいくかのようだ。一方、その下では岩場に打ち続けている波のうねりは片時の休みもなく、しかし、飽かずに同じような響きを放ち続けている。ただひたすらに繰り返されるその響きそれ自身がまるで時を揉み込み、呑み込み、抱え去ってもいくかのようだ。

□

形も姿も見えないというのに、もやもやとしたものが広がっている。それから、そこに少しずつ輪郭が生まれていく。しかしまだ、響きそのものは茫漠としたまま、またしても溶け出し、揺らめいていくかのようだ。確かにどこからか響きが戻ってくるような感触を得る、とはいえまだ曖昧だ。

すると、そのときどかんとやられる、背中をだ。まるでそこを叩かれたような感覚を加地は覚える。響きの形が露わになってくる。ひたすらに波の岩にぶつかり続けている音だ。それが尽きることなく繰り返されている。身体は確かではないどこかへ横たわっている、その場は硬く、そして冷たく、湿っている。それでもいくらかはうつ伏せ気味に横になっている。打たれた背中はそこに露出され、外に向かってさらされていたのだ。

目を開いて、眺めてみようとするまでに、頭のなかのもやもやは薄まり、溶けかかっている。すると、そこには遠ざかりつつある人の影、平の後ろ姿が見えている。そのとき、不意に言葉を思いつく。〈だれだ、わたしを撲ったのは〉それはもやもやしたものが晴れてきていることとそのことと関わりがあったのか。茫漠としたものを払い除けるべく促そうとしたものだったのか。どうして背中をどやしつけたのか。本当にそれは打たれたものだったのかとの疑いも湧き出てくる。

そうだとしても、平はいまやこの場から遠ざかりつつあるのは間違いない。背中を叩いておいて、何ごともなく離れ去っていこうとしている。それをどやしつけたのはあそこに後ろ姿の見えている彼だったのか。ゆっくりと、むしろ悠長にと言ってもよいほどゆっくりと、平は前へ向かって歩き進んでいっている。いや、そうではなく、それはどやしつけるというより、ただぶつかり、打たれただけといったほどのものだったのではないか。曖昧な靄のなかにあったそのときそれが起こったため、ことさらに驚き、衝撃を覚えていたのだったのかもしれない。

本当に叩かれたのか、あるいは打たれたのか。平はなおも前へ進んでいっていた。ゆっくりとした歩みだったには違いないが、あっという間に向こうの石ころだらけの岸辺にまで達している。その丸まった、灰色の石ころの上にぽつんと大きな球形のブイがひとつ、転がっているのが見えてくる。あたかも本来の役割からは切り離されたようにして、しかし、すでにそこを拠点としているかのように堂々ともして、それでいながらそのうちまたどこかへ移り、運ばれ、消えてしまうのではないかともいったようにそのレモン色をした丸いブイは放置されている。どこか遠く遥かな感じもして、のんびりとした空気も漂っている。すると、次の瞬間、平が球の上に立っている。じっと立ち尽くしたまま、両腕がいくらか開かれ気味に横へ向かって伸びている。ブイはいかにも転がり出しそうな玉の形をしているものの、それなりの重量を持ち、その場にしっかりと根を張ってもいるかのようだ。

不動の塊の上で安定を図ろうとしているようで、ある種、奇妙でもあり、見知らないものを目にしているような気持ちにもなってくる。どこか箍(たが)が外れている感じもするが、それは静かに視界のなかへ定着されていく。平の目は確かに先の方へ向けられているが、見られていないことによって、なおいっそう見据えられているという気持ちにもなってくる。もしかして彼がそうした姿を取っているのは、自身の欲求とはまた違ったところから発したもののためではないかとも思えてくる。何かが始まろうとしているのか、すでにとっくに始まっているのか。とはいえ、一面の石ころの上に広がっている光景は相変わらずのんびりとした空気を保っている。

再び、思い出されてくる。何故、加地の背中をどやしつけたのか、平がそうしたことを行なったのはどうしてか。そうだとしたら、それは何かの意志を示したものだったはずだ。それがどこまで彼自身の気持ちによっているものかは確かではないにしても。平がいま、あそこで披露しているのは玉乗りといったものなのか。しかもそこに見えているレモン色のブイはまったく動いてはいない。もしかして、さっきの素振りは〈あいつ〉の何かを、意志を表そうともした符牒のようなものではなかったか。まるで〈あいつ〉の皮を被り、それにかこつけて、背中に打撃を加え、加地を脅してでもいるつもりだったというように。けれども、それだけのことか。もしかして、そこにはもう〈あいつ〉が取りついていた、どこへでも現れ出るといったように。そこにはもう〈あいつ〉が宿っていた。しっかりと張りついて、ともに足を踏み出しているといったように。——あたかもそれまで広がっていたのんびりとした眺めが何ひとつ変化することなく、そっくり薄気味の悪い情景へと変わっていくようだ。けれど、光線の具合も、伸びている影もそのままで。それにまた、風も吹き出してくるということもないのに。背中がどやしつけられる。すると、眺めが生まれる、眺めが変わっていく。

「その眺めって、どこのこと」不意に声が聴こえてくる、まるでわが身を覗かれてでもいたというかのように。背後を見上げると、そこにじっと立っている椎名の姿が確かめられる。その直後に、加地は自身がいくらか扁平になった岩場の上に横たわっていることを知る。その場所はいくらか前に飛び込んでいた岩穴のすぐ横のところに違いない。どうやら彼女によってこの場へ引き出されたようだ。それなら平はどうだったのか。自らそこから這い出してでもきたのか。少なくとも加地より以前に、彼ははっきりと意識を取り戻していたようだ。「その背中って、どこのことだ」それから、加地は直前に抱いていた疑いが再び、湧いて出てきたように相手に尋ねる。

椎名はいまや、加地の後ろから回り込むようにして、同じ岩の上へ腰を下ろしている。その動作は落ち着いていて、その場に座ってからもじっとして動じることもない。加地は改めて相手に尋ねるかのようだ。「それなら、あそこで気を失っていたのか」

椎名は同じようにじっとして、先の方を見つめたままやがて答える。「意識――いったい、そんなものどこにあったの」奇怪な言葉が返ってくる。何を言っているのかわからない。そこに表れている落ち着きは底の抜けたものといったものに見える。不意に、窓から差し込んでくる日の光が思い浮かんでくるようだ。その背後には通りの街並みがあり、それは治療ユニットなどの置かれている診察室を満たしている。そこは彼の仕事場であり、もっとも馴染んだ場所でもある。これまでその場に腰かけていた患者だった人々の顔がいくつも、幾十もたちまち浮かび上がってくるようだ。天井からは一列に並んだスポットライトが作品の掛けられている白い壁面を照らし出している、フロアの中央あたりには丸テーブルとスツールが置かれている――それは幾度も足を運んだことのある椎名のところのギャラリーの光景だった。いまやそれらにはどこか隔たった膜がかかってもいるかのようだ。

向こうの先に見えている眺めに変化が生じる。いつのまにか波打ち際に移っていた平が足もとの石ころを見下ろしながら、そこに沿って歩いていっている。それがどこか馴染みのある光景に見えてくる。平はふと立ち止まると、顔を上げ、こちらの方を眺めてくる。相手の視線と加地のそれがまともに出合う。しかし、そこには何の手応えも感じられない。何かが思い浮かんでくる。それはこの波打ち際で出会ったときのどこかの未知の人間の視線と同じものだ。目が出合っているものの、見てはいない、見られてはいない。平の視線には何の力も働いてはいず、風景でも眺めているかのようにそれが向けられている。

そしてさらに、無関心と、無頓着の極みといったようにその目はまたおもむろに別の方へ向かっていく。それから再び、歩き始める。ゆっくりとした歩みで、むしろ遥かに、時の止まったような緩慢さで波打ち際をそこに沿ったまま歩いていく。足もとでは砕けた波が音もなく、白く泡立っている。そこにはすでにひとり、未知の人そのものが歩いている。


すると、そのとき加地の後ろにいたのは平ではなく、椎名であったのかもしれないという思いが湧き上がってくる。加地は確認し、問いただすように相手に声をかける。「あなたは叩いたな、わたしの背中を。すると、わたしの目が開いた、目の先に眺めが見えた、眺めが生まれた。まんまとこんなところへおびき出されたのか。まるでそんなところで打ち出の小槌でも振っているようじゃないか。次々に眺めが生まれてきて、次々に人物が繰り出されてきて」

さっきまでは後ろに立っていた椎名もいまはすっかり落ち着いたように岩の上に座っている。

「あなたには見えないのよ、自分の背中はね」超然としたようにも、淡々としたようにも言ってのける。「わたしがあなたの背中を叩く。あなたの視界が開ける」

加地は釣られたように言葉を繰り返す。「わたしの背中が打たれる。目の先に眺めが見えてくる」

「波の音までも」椎名がつけ加える。

「波の音までも」加地が繰り返す。

そのまましばらく彼が黙り続けていると、椎名がけしかけるように言ってくる。「わざわざ岩穴から引き上げてあげたのじゃないですか。喋りなさい、さあ、もっと言いたいことを。悔みごとでも、恨みごとでも」

加地は横たわったまま、手の先をどこかあたりへまさぐるように伸ばしていく。すると、指の先がその場に転がっていた石ころに触れ、こんどのものは以前の岸辺のそれに比べ、かなり鋭角的で扁平なものだったが、その塊を取り上げ、それに向かって語る。「それでまた、あの埠頭の岸壁からも引き上げてあげたというつもりでいる。この女、言いたい放題だぞ、まるでもうしたいがままじゃないか。そして、〈あいつ〉まで、あんなまともじゃないものまで呼び込んで」

椎名はひたすら前を向いたままでいる。それから、口を開く。「そして、世界というのは騙すか、騙されるかの話だと言ったのはあなたですからね。別れられるなんて思ったら大間違い。引き上げてあげるしかないじゃないですか。もちろん、いつだって〈あいつ〉はいる。まともじゃないものはついて回る。別れられるはずがない。その者が何でまともじゃないかって。それはあなたが自分をまともだと信じきっているからよ」

□

岩場を波の打ち寄せ返す響きだけが繰り返されている。ひたすらに人の動きは静止している。椎名は目の前に野放図に広がっている、じっとして沈黙した背中を見つめている。何か込み上げてくるものがあるかのようだ、あるいは目前のものを吹き払い、拭っていこうとするものが。半ば自分でも驚くように、彼女は目前の背中を叩く。声をかける。「ほら、あそこよ、立ち昇ってきている、煙じゃない」

加地は打たれた背中と、放たれたその言葉に刺激され、首を巡らし、上の方を見上げる。横に眺められるかなり先の高い崖の上から白く濛々とした煙が、しかし、まったく静かに立ち昇り、空の高くを棚引き、流れていっている。その遥かな眺めに気持ちが打たれる。どこかへ引きずられ、引っ張り出されてもいくかのようだ。それから、自分に向かってつぶやく。「確かにくるくると姿を変えてきて。そうだ、〈あいつ〉とそっくりのやつなど、掛け値なしの〈あいつ〉などどこにもいるはずがない」

椎名が棚引いていく白い煙を見つめながら言う。「どこにでもいるじゃない、あなたの頭が反対するところに」

加地は改めて上空を漂い、流れていく白い煙をじっと見つめる。それから、いきなり声を張り上げる。「おお、〈あいつ〉がいるじゃないか、あそこに。文句なしの〈あいつ〉なんてどこにもいないんだ」

椎名はその場で身をよじる。岩の上の先に見つかった尖った、扁平な石ころを拾い上げると、そのものへ向かって語りかける。「どういうの、この男。もう、まるで愚かしい経文でも唱えている。自分で自分を水浸しにしないでは気が済まなくなっている」

加地はしばらく身じろぎもせず、沈黙を守ったまま、ただ白い煙の動きを目で追っている。それから、平静な口調で言葉を発する。「もちろん、無関心で、無頓着だ。わたしたちとは何の関わりもなく、立ち昇り、広がっていっている、たぶんね、あの煙は。だけど、だれかがあれを立ち昇らせた、何かをしている、何かをしようとしている、それであれが立ち昇っている、何かをしようとしたその余りものでしかないのかもしれない、そんなような何かかもしれない。どうして溢れ出ているのか。それでも、あの濛々としたものは何であんなに無関心なんだ、何とも冷淡なほどじゃないか。わたしの思いさえ、声さえ奪おうとするのか。何て所業だ、なんてやり口だ」

椎名もまた、煙を見て、穏やかな口調で続ける。「ずいぶんきれいな白じゃない、それに悠揚として流れていく。あくどさなんか少しも感じられない」

加地は落ち着いたままに続ける。「もしかしたら、見回りにきているのかもしれない、〈あいつ〉はね。空の高みから様子を窺っている。ほら、あの緩慢な流れ、素振り、じっくりと上から見張っているようじゃないか」

椎名も何のこともなく、それに続ける。「脅している、挑発している、そう、もしかしたらね。わざわざあんなにあからさまにわが身を見せてね。でも、何だか許してもくれている、そう、あの高みからね、いったい何を、どういうつもりで」

加地が続ける。「からかっているのさ、ただ嘲っている、あんなにわざとらしく、のろのろと進んでいきながら」

椎名が言う、上を仰ぎながら。「何でもない、ただの馬鹿丸出しよ、空っぽなだけ」

加地が言う、視線を見上げて。「静かに抉ってくる、いつでも裏切ろうと待っている。みるみると、あるいはいつのまにか、すっかりその姿かたちが変わっているじゃないか。気味の悪いもの、得体の知れないもの」

椎名が言う。「踊っている、愉しげに、思慮深げに、空の上を」

加地は見上げていた首をいくらか戻し、空の一角の遠い先を見つめる。淡々とした、抑揚のない声で言う。「〈あいつ〉は次にどんなふうに姿を変えてくるのか。人はそれに、その白さに、その濛々とした動きにその身を染め上げられる。眺めて、感じて、感じさせられる」

身体は重くもったりと岩の上に横たえられながらも、ふとその重みから離れて、宙に浮き始めていくようなものを加地は覚える。いくらかは倦んだようにも、それでいて捉われもなく、空のなかへ向かって高まり、溶け入ってもいくかのようだ。すると不意に、そこには遍く見渡せるようにして海岸の一帯、一面の石ころの集積、黒い磯場などが広がり、目に入ってくる。空の高みから見下ろす岩の上にぽつんと小さく点のようになって、わが身が置かれている。空の上の煙とも見紛うものとなって、こんどは下に広がる岩場の方を、その光景を眺め下ろしている。するとやがて、眼下に延々と繰り広げられていく絵巻物のなかへと呑み込まれていくような感覚にも占められていく。

加地が語る。「いったい煙となって、遥かに漂い流れ、すると、岩場に身を置いているふたりが目に入る。〈あいつ〉は言うのさ、あそこのふたりを黙らせろ、静かにさせろ。いっそ眠らせろ、とね。邪魔なんだ、目障りなんだ、と」

椎名もその視線に重なり合うようにして、言葉を発する。「煙となって、遥かな先を見下ろしている〈あいつ〉は言ったのです。さあ、探せ、見つけ出してみろ、わたしを見つけ出せ、わたしを招け、いつでもやってくるぞ、続けるぞ、とね。いいじゃない、やり抜きましょう、探しましょう」

加地が言う。「まともじゃないやつはどうにかしなければならない」

椎名が言う。「余計な者って、齧ってみたらどんな味」

□

あたりは静まり返り、岩場に寄せ返している波の音の他には何も聴こえない。とはいえ、その飽かずに繰り返されている響きすら、むしろ周りの静寂を際立たせているかのようだ。どこへ消えたのか、海鳥の姿も見当たらない。

再び、尖った、扁平な石ころを拾い上げた椎名はそれへ向かって語る。「いま、あの男は岩の上でじっとしている。何もしていない、せいぜい呼吸を続けているだけだ。あの女も岩の上でじっとしている。何もしていない。ときどき男の背中を見つめ、こんどはいつそれを叩いてやろうかと密かに考える」

椎名は石ころに向かって、さらに語り続ける。「すると、その男が口を開く。『騙してみろ、騙されてみろ。それなら、こんどはわたしが叩こう、あの女の背中を。さあ、何が飛び出してくるか、どんな眺めが生まれてくるか』その男は密かにそう思うが、すでにそれは声になって、表れているはずだ」

椎名はさらに、石ころに向かって語り続ける。「あの女はその男を岩穴から引き上げた。もっと喋らせるために、もっとその先にあるものを眺めさせるために。いま、その男は喋っている、喋っていた。そうだ、あの埠頭の岸壁から転落していく代わりに」

さらに、椎名は石ころに向かって語り続ける。「〈あいつ〉はいつ、どんなふうに、どこへ、どんな姿となって、また次々やってくるのか。〈あいつ〉を探しなさい、騙されてみなさい、見つけ出さなくては、騙し抜かなくては」

さらに、椎名は石ころに向かって語り続ける。「それから、その女はあたりを見回す。どんな眺めが生まれてくるのか。そこは一面の石ころばかり。ときどきゴミ、ときどき漂着物。そして、ところどころで雨が降る。ところどころで風が吹く。斑（まだら）の雨、斑の風。斑の男、斑の女。さあ、背中を叩け。まずはそうしたところ——用意が整う」

それから、椎名はあたりを見回す。そこは一面の石ころばかり。ときどきゴミ、ときどき漂着物。そして、ところどころで雨が降る。ところどころで風が吹く。斑の雨、斑の風。斑の男、斑の女。

さあ、背中を叩け。

「おお、こんなところにあなたがいるではないか」加地が言う。

「おお、こんなところにあなたがいるではないか」それは木霊ではない。同じくらいの力で椎名が返す。

装幀／新潮社装幀室
カバー写真／表　iStock.com/_OSSA_
裏　iStock.com/piskunov

著者紹介
由井鮎彦（ゆい・あゆひこ）
東京都生まれ。『会えなかった人』で第27回太宰治賞、第9回絲山賞を受賞。著書に『後ろの国のサル／隣人たち』（新潮社図書編集室）がある。

来(き)たる人(ひと)

著者
由井(ゆい) 鮎彦(あゆひこ)

発行日
2024年4月25日

発行　株式会社新潮社 図書編集室
発売　株式会社新潮社
〒162-8711 東京都新宿区矢来町71
電話 03-3266-7124

印刷所
錦明印刷株式会社
製本所
加藤製本株式会社

ISBN978-4-10-910277-3　C0093

後ろの国のサル／隣人たち　由井鮎彦

広場の杭につながれたサルは黒服の男に竿を振るわれ続け、公園の噴水はひたすら水を噴き上げ続けている。空虚にして充実した場所、そこでそれぞれ三人の登場人物たちは互いを模倣し合い、互いを反復し合うことで未知なるものへと変貌を遂げてゆく。第27回太宰治賞受賞作家、待望の第2作。

発行　新潮社　図書編集室　本体価格一四〇〇円（税別）